LE POUVOIR DE FLAMEN

Du même auteur

Romans adulte :

Le pouvoir de Flamen

Halloween chez Audrey

La revanche du léopard *(à paraître...)*

Romans jeunesse :

Une citrouille vraiment effrayante

Enlèvement au collège

Un fantôme dans le métro

Jeu de piste macabre dans le 6ème

Série Halloween chez Justine :

1 - Loups-garous, vampires et autres monstres...

2 - L'attaque du monstre gluant

3 - Debout les morts !

4 - Croisière sans retour

5 - Le manoir de la mort

6 - Une momie dans les catacombes

7 - Un château en Transylvanie

Album :

Le lapin qui grossissait

Nouvelles :

La gare qui n'existait pas

Le secret de l'échiquier

Le moulin aux fées

Le miroir vénitien

Meurtres à la pleine lune

Plus que la fortune

Le projet R.H.

Joël VERBAUWHEDE

LE POUVOIR

DE FLAMEN

Retrouvez l'auteur sur Internet :
editionsmondesparalleles.free.fr

Illustrations de couverture : Joël Verbauwhede
(Images utilisées libres de droits)
© 2020 Éditions Mondes Parallèles
2018 Joël Verbauwhede, tous droits réservés
ISBN 978-2-37830-004-3

Dédicace

À ma femme, toujours…

Mon chemin

Je marchais sur un long et sinueux chemin
Le regard perdu au-delà de l'horizon
J'avançais toujours, sans me poser de questions
Poursuivant le soleil dans sa course sans fin

Laissant le hasard donner la route à mes pieds
Je continuais, jour après jour, nuit après nuit
Sans jamais me soucier du vent ou de la pluie
Pensant que rien ne pourrait jamais m'arrêter

Je te vis un jour au milieu de mon chemin
J'avançai mais derrière il n'y avait plus rien
Désemparé, je me tournai alors vers toi

Et c'est devant ton sourire que j'ai compris
Que ce long chemin, c'était celui de ma vie
Et qu'il avait fini par me conduire à toi

Prologue

Maîtrisant le voyage spatial longtemps limité par la vitesse de la lumière, l'homme a finalement colonisé sa galaxie. Il n'y a trouvé que peu de planètes habitables et les sondes automatisées qui ne découvrirent rien d'intéressant furent autodétruites par le Bureau des Explorations ou BE.

Migel 5, une planète hostile à l'atmosphère empoisonnée. Malgré sa gravité sensiblement identique à celle de la Terre, son sous-sol dépourvu de minerai, sa surface frappée régulièrement par des météorites trop grosses pour se consumer dans sa faible atmosphère de méthane et sa position à l'écart des voies commerciales de la galaxie ont découragé la colonisation de la planète.

Lorsque le BE voulut détruire sa sonde en orbite autour de Migel 5, le système d'autodestruction ne fonctionna pas. Le Bureau des Explorations découvrit que le champ magnétique particulier de la planète modifiait les ondes supraluminiques qui ne pouvaient plus déclencher l'explosion de la sonde. Ce n'était pas la première fois qu'une telle chose se produisait, mais Migel se trouvant trop loin des voies commerciales, le Bureau des Explorations refusa d'envoyer une navette pour récupérer ou détruire la sonde, se contentant de considérer les informations envoyées par cette sonde comme un parasite des ondes supraluminiques.

Comme tant d'autres cailloux perdus dans l'immensité de l'univers, Migel 5 resta oubliée des hommes, jusqu'au jour où…

Daniel Gordon. Un jeune homme dont les excellents résultats à l'Académie valurent l'un des postes les plus convoités du BE. Passionné par son travail, il prit au mot l'un de ses collègues qui se moquait de lui en avançant que Gordon serait sans doute le seul employé du Bureau à être suffisamment consciencieux pour étudier les rapports du fantôme de Migel 5 comme on appelait la sonde qui n'avait pas été détruite.

Durant ses moments de loisirs, Gordon examina les informations que lui envoyait la sonde de Migel 5. Un autre aurait sans doute laissé tomber au bout de quelques jours, mais Daniel Gordon compara les rapports pendant plusieurs mois, pour finalement découvrir quelque chose qui remettait en cause ses connaissances scientifiques.

Intrigué, il vérifia ses calculs sans trouver d'erreur. Sans comprendre ce qu'il venait de découvrir, il transmit ses informations au Centre d'Études Spatiales qui lui répondit :

— Très amusante, votre plaisanterie. Si vous nous aviez envoyé les rapports de votre sonde, nous serions peut-être même tombés dans le panneau.

Mortifié, Daniel envoya aussitôt les rapports qu'il mentionnait, insistant sur le fait qu'il ne s'agissait nullement d'un canular.

Les responsables du CES, le Centre d'Études Spatiales, étudièrent attentivement les relevés pris sur Migel 5, parvenant aux mêmes conclusions que Gordon : un phénomène inconnu avait irradié une énergie incommensurable dans une petite zone de Migel 5.

Une semaine plus tard, Daniel Gordon mourait dans l'explosion d'un speeder de course défectueux. Nul ne s'avisa que Gordon ne s'était jamais intéressé aux courses de speeder qui se déroulaient à quelques kilomètres du BE.

Deux semaines plus tard, le signal émis par la sonde de Migel 5 fut interrompu. Les autorités du CES avertirent le Bureau des Explorations qu'ils avaient pris l'initiative de détruire cette vieille sonde inutile. Nul ne s'avisa que c'était la première fois que le CES, réputé avare de crédits, faisait une telle chose.

*

* *

Cent quatre ans plus tard. Un laboratoire de recherches ultra-secret caché dans une profonde faille de Migel 5.

Mylène Slater soupira :

— Je ne comprends toujours pas ce que nous faisons ici. Nous avons accepté de participer au projet *A.M.*, mais nous ne savons toujours pas de quoi il s'agit. Notre travail consiste essentiellement à classer des dossiers cryptés. Je me flattais de connaître la plupart des codes existants, mais celui qu'ils utilisent est indéchiffrable sans l'accès à un ordinateur de classe alpha. Je suis sûre que c'est un code militaire.

Howard Duke hocha la tête.

— Cela ne m'étonnerait pas. Tout le monde sait que le CES développe des armes pour la Flotte Spatiale. Mais je suis comme toi, je ne comprends pas pourquoi ils nous ont affectés ici. Quand tu es tombée enceinte, j'ai bien cru que nous allions tous les deux perdre notre emploi au CES. D'habitude, ils licencient les femmes enceintes sous le prétexte que la grossesse diminue leur productivité.

Surgissant d'un couloir, le docteur Traden, un petit savant aux cheveux gris et au nez proéminent qui lui donnait l'aspect d'un oiseau de proie, ricana en entendant la remarque du jeune homme.

— C'est ce que nous faisons croire, mais il serait stupide de se séparer de nos plus brillants scientifiques. Il nous suffit de vous envoyer dans un endroit isolé comme celui-ci en attendant la naissance de votre enfant, puis de vous affecter à un autre laboratoire de la compagnie, en laissant croire à vos anciens collègues de travail que vous avez été renvoyés. Bien entendu, si vous révéliez notre façon de décourager nos employés d'avoir des enfants, nous serions dans l'obligation de vous licencier réellement.

— C'est très astucieux, convint Duke. Mais pouvez-vous nous dire en quoi consiste le projet AM ?

— Je suis navré, mais le secret est si bien gardé que je n'en sais pas beaucoup plus que vous. Ils m'en disent juste assez pour que je puisse accomplir mon travail.

— Vous devez au moins savoir ce que signifient les lettres AM, le pressa Mylène.

Howard sourit :

— Peut-être Astronef Militaire ? Ou Asile de Migel ? Ou bien Astéroïde Maudit ?

Le savant hésita un instant, puis soupira :

— Après tout, je suppose que je peux vous révéler cela sans trahir un secret. AM signifie Anti-Matière.

Quelques mois plus tard, ils n'en savaient pas davantage sur le projet AM et avaient hâte que leur enfant naisse pour pouvoir retourner à la civilisation. Duke était un peu inquiet de savoir que sa femme allait accoucher dans cet endroit reculé, mais il constata que le bloc médical était à la pointe de la technologie et les médecins très compétents.

Mylène commençait son neuvième mois de grossesse quand ils furent envoyés pour nettoyer l'intérieur d'une machine sphérique d'une dizaine de mètres de diamètre. Howard soupira en maniant son balai :

— Quand le CES m'a dit que j'avais un brillant avenir dans la compagnie, je ne pensais pas que cela consisterait à faire briller l'intérieur d'une espèce d'œuf géant.

— Tant qu'ils me laissent mon salaire de programmatrice, je ne me plains pas de passer le balai au lieu de me casser la tête avec leurs ordinateurs. Mais tu regrettes peut-être d'avoir dû tout quitter à cause de moi…

— Tu sais bien que non. Cet enfant que tu portes vaut tous les sacrifices. Tu vas faire de moi le plus heureux des pères.

Attirant la jeune femme contre lui, il l'embrassa tendrement.

Soudain une lumière rouge clignota dans la sphère et une sirène d'alarme retentit. Duke se dégagea des bras de sa femme pour courir à la porte, juste à temps pour voir celle-ci se refermer avec un déclic. Il tenta de l'ouvrir, mais le verrou magnétique s'était enclenché et il comprit que ses efforts étaient vains.

Pâlissant en comprenant qu'ils étaient enfermés, Mylène s'inquiéta :

— Que se passe-t-il ?

Serrant sa femme contre lui pour la rassurer, Howard Duke dut admettre :

— Je ne sais pas.

Dans la salle de contrôle, un technicien annonça d'une voix froide et impersonnelle :

— Séquence d'essai du générateur d'antimatière enclenchée ! La lune sera en position dans quatre minutes. Évacuez les abords de la chambre à antimatière…

L'antenne de focalisation reliée à l'immense sphère s'éleva au-dessus du laboratoire de Migel 5. Lorsqu'elle fut en place, une secousse projeta Howard et Mylène au sol. Aidant sa compagne à se relever, le jeune homme se précipita à la porte pour la frapper violemment. Mais il aurait fallu un laser pour forcer l'ouverture. Il abandonna son action futile pour tenter de rassurer Mylène qui semblait terrorisée, s'efforçant de ne pas lui montrer qu'il avait presque aussi peur qu'elle.

Avec une période de dix-sept ans, quatre mois et trois jours de temps terrestre, la lune de Migel 5 provoquait une éclipse annulaire du soleil et un important flux d'énergie frappait la surface de la planète. À cet endroit se créait à la fois de la matière et de l'antimatière en proportions identiques, un mélange de quarks et d'antiquarks qui s'agençaient en protons et antiprotons.

Ces particules et antiparticules coexistaient plusieurs minutes avant de s'annihiler mutuellement.

C'est ce phénomène qu'avait découvert Daniel Gordon et c'est pourquoi le Centre d'Études Spatiales avait lancé le projet AM. Contrairement à l'antimatière classique qui se désintégrait aussitôt au moindre contact avec de la matière et restait coûteuse à produire et difficile à manipuler, cette *antimatière bêta* pourrait révolutionner l'armement et la propulsion des astronefs militaires, pour peu que l'on parvienne à la stabiliser complètement.

C'était la sixième fois que la sphère à antimatière allait recevoir l'énergie de l'éclipse annulaire, mais cette fois deux êtres humains se trouvaient dans l'œuf métallique.

Quand l'éclipse fut terminée et que la sphère argentée se déverrouilla, le docteur Ganthe était trop bouleversé pour s'aviser que les mesures effectuées donnaient des résultats différents des essais précédents. Il se précipita dans la chambre de confinement de l'antimatière, certain que tout ce qui s'y trouvait avait été désintégré.

Ce qu'il découvrit à l'intérieur le pétrifia de stupeur. Il resta de longues secondes la bouche ouverte, clignant des yeux comme pour chasser l'hallucination qui se tenait devant lui : un bébé étendu au centre de la sphère. Voyant le petit corps remuer faiblement, Ganthe s'approcha en tremblant et prit la petite fille dans ses bras, devinant qu'il s'agissait de l'enfant de Mylène Slater et Howard Duke.

Sans comprendre comment l'enfant avait pu survivre alors que la femme qui la portait avait été désintégrée avec son mari, le savant se précipita au bloc médical où les médecins s'efforcèrent de sauver la petite fille née prématurément, mais qui semblait par ailleurs ne pas avoir souffert du flux d'antimatière bêta.

Chapitre I

Un bar sordide et enfumé sur la station spatiale XG34. Un pilote accoudé au comptoir raconte ses aventures spatiales en vidant bouteille sur bouteille. Les habitués se moquent gentiment :

— Plus il est saoul, plus ses histoires sont formidables !

— Tu ne vas pas me dire que tu crois à ses élucubrations ?

— Bien sûr que non ! Mais tu dois admettre que ce qu'il raconte est plus passionnant que les émissions de la tridivision.

La nuit tombe et la plupart des clients sont partis. Il ne reste que le pilote qui continue inlassablement à raconter ses histoires au barman qui l'écoute avec complaisance, resservant à boire à son meilleur client de la journée. Il a l'air encore jeune, mais quelque chose dans son regard le vieillit. Quelque chose qui se rattache sans doute à l'une de ses histoires.

La porte du bar s'ouvrit soudain violemment. Une silhouette se glissa à l'intérieur, puis referma prestement la porte.

Avec circonspection, elle s'approcha du comptoir et murmura à l'adresse du barman :

— Excusez cette intrusion, mais j'avais l'impression que des gens me suivaient. J'ai vu de la lumière, alors je me suis réfugiée ici.

Interrompu au beau milieu de son histoire par la douce voix féminine, le pilote se retourna vers la femme, tentant de distinguer ses traits dissimulés par le capuchon de son manteau.

— Si vous êtes suivie, il ne fallait pas entrer ici. Vos poursuivants verront eux aussi la lumière du bar. Il leur suffira de vous attendre dehors ou même d'entrer à leur tour. Si vous voulez échapper à quelqu'un, je vous conseillerais plutôt de vous perdre dans les couloirs obscurs de la station.

S'asseyant en tremblant, elle se mordit les lèvres, puis ôta sa capuche avant de murmurer d'une voix saccadée :

— Vous croyez ? Oui, c'est logique, mais il est trop tard. Si je ressors et qu'ils m'attendent…

Son visage inquiet était apparu en pleine lumière. Le pilote la dévisagea pendant plusieurs secondes, semblant avoir du mal à accommoder sa vision sans doute rendue floue par l'alcool. Devant le ravissant visage de la jeune fille aux cheveux roux qui se tenait devant lui, il poussa un sifflement appréciateur.

— Mademoiselle, je comprends les hommes qui vous suivent. J'avoue que je serais tenté de les imiter.

Les yeux noirs de la fille le foudroyèrent et la gifle qui lui cingla la joue le fit tomber lourdement de son tabouret. La chute le dégrisa et avant que la fille ne se détourne pour se diriger vers la porte, il vit dans ses yeux un si grand désarroi qu'il se reprocha aussitôt sa plaisanterie déplacée.

Se relevant en se frottant la joue, il grommela :

— Vous n'y allez pas de main morte ! C'est la première fois qu'une fille me frappe ainsi pour une mauvaise plaisanterie. Je suis désolé si je vous ai offensée, mais je ne vous conseille pas de sortir du bar par cette porte si vous voulez éviter ceux qui vous suivaient.

Indécise, la jeune fille hésita, ne sachant si elle pouvait se fier ou non à ce pilote mal rasé, à moitié ivre et aux mauvaises manières.

À contrecœur, elle tourna vers lui un regard effrayé et murmura si doucement qu'il dut tendre l'oreille pour l'entendre :

— Je m'appelle Flamen, monsieur…

— Jeff Stone. Le meilleur pilote de cette partie de la galaxie. Toujours prêt à voler au secours d'une demoiselle en détresse !

Le sourire moqueur du pilote décontenança Flamen qui hésitait visiblement entre ressortir du bar et demander conseil à cet homme étrange.

Soudain la porte s'ouvrit à la volée et trois hommes portant des vêtements sombres entrèrent. Flamen courut vers une

16

autre porte au fond de la salle, mais les nouveaux venus la suivirent et l'entourèrent avant qu'elle puisse l'ouvrir.

La jeune fille se mit à trembler.

— Non ! Je ne retournerai jamais là-bas. Plutôt mourir !

Les trois hommes ricanèrent en s'approchant. Derrière son comptoir, le barman marmonna une vague protestation.

Stone les interpella d'une voix pâteuse :

— Hep ! J'ai comme l'impression qu'vous ennuyez cette dame.

Il s'était mis debout en titubant, se raccrochant à son tabouret pour rétablir son équilibre. Les trois hommes éclatèrent de rire et l'un d'eux lui lança une plaquette de dix crédits.

— Tiens, l'ivrogne. Attrape ça et bois à not' santé. Quant à toi, le barman, te mêle pas de ce qui ne te regarde pas.

Jeff Stone fit mine de se baisser pour ramasser la plaquette de plastique tombée à terre, mais saisit fermement l'un des pieds de son tabouret.

Se sachant acculée, pensant que le pilote ivre ne pourrait pas l'aider, Flamen décida de se défendre contre ses agresseurs. La peur qui l'étreignait reflua pour faire place à la colère.

Elle recula en lançant son coude en arrière, l'enfonçant dans l'estomac de l'homme qui se trouvait derrière elle, puis lança son pied droit dans l'entrejambe de celui qui lui faisait face.

Pris par surprise, les deux hommes reculèrent en gémissant, mais le troisième réagit en frappant la jeune fille d'un coup de poing dans le ventre qui lui coupa la respiration. Sentant les larmes lui monter aux yeux, Flamen vit alors un tabouret de bois traverser la pièce en tournoyant pour s'écraser sur la nuque de son agresseur qui tomba assommé.

Elle croisa alors le regard décidé du pilote qui ne semblait plus du tout ivre. En trois bonds, il traversa la salle pour la rejoindre et assomma de deux vigoureux coups de poing les deux hommes frappés par Flamen. Il aida ensuite la jeune fille à se relever.

— Est-ce que ça va ? Oser frapper une femme ! Je ne sais pas qui sont ces hommes, mais ce sont des brutes. Vous avez eu du cran de leur tenir tête. Mais vous ne seriez pas allée très loin par cette porte, elle donne sur les chambres louées aux clients du bar.

— Merci pour votre aide, monsieur Stone. Je suis confuse de vous avoir giflé, mais cela fait longtemps que j'essaie de leur échapper et je suis à bout de nerfs. J'espère que vous voudrez bien me pardonner.

— Seulement si vous oubliez le « monsieur ». On m'appelle capitaine Stone, sauf mes copains et les jeunes filles en détresse qui peuvent m'appeler Jeff.

— Merci, Jeff. Mais il vaut mieux que nous nous séparions. Les gens qui veulent me capturer ont le bras long. Je ne veux pas vous attirer d'ennuis.

— Trop tard ! commenta Stone tandis que deux hommes entraient à leur tour, pointant des pistolasers sur eux.

Le barman plongea sous son comptoir en gémissant :

— Réglez vos affaires comme vous l'entendez, mais par pitié n'abîmez pas mon établissement.

Stone indiqua à la jeune fille une petite porte à gauche du comptoir.

— Fuyez par-derrière, je m'occupe d'eux !

Joignant le geste à la parole, il plongea sur les deux hommes malgré la menace de leurs pistolasers, les faisant basculer à la renverse sous son poids. Ils pressèrent instinctivement la détente de leurs armes, mais la rapidité du pilote les empêcha de viser correctement et les deux rayons le manquèrent, l'un d'eux ne faisant que lui frôler le bras gauche avant de faire exploser le grand miroir accroché derrière le bar, faisant pleuvoir des débris de verre sur le barman terrifié.

Le ton de commandement du pilote incita Flamen à lui obéir sans discuter. Elle ouvrit la porte indiquée par Stone, suivit un couloir sombre dans lequel s'ouvraient plusieurs portes. Celle du fond, l'entrée des fournisseurs, lui permit d'accéder à une petite ruelle derrière le bar. Elle s'enfuit alors dans le dédale de couloirs de la station spatiale. Quand ses forces la trahirent, elle s'écroula dans un recoin obscur pour reprendre haleine. Elle réalisa qu'elle avait abandonné Jeff Stone qui se battait contre ses ennemis, seul et désarmé face à des hommes décidés armés de pistolasers.

Elle se retrouvait seule, sans argent, dans un endroit de la station qu'elle ne connaissait pas. Le froid, l'humidité et la pénombre de la ruelle où elle devinait le crissement des griffes des rats eurent raison de son courage. Craignant que le pilote qui l'avait aidée ait péri, elle sanglota :

— Jeff Stone est peut-être mort à cause de moi. Et pourquoi ? Ce n'est qu'une question de temps avant qu'ils me reprennent. Je suis désolée, monsieur Stone, je ne voulais pas vous attirer d'ennuis.

Ses sanglots redoublèrent, l'empêchant d'entendre les pas qui se rapprochaient de sa cachette.

— Je croyais vous avoir dit de ne pas m'appeler monsieur. Ça me vieillit et je me mets à déprimer. Et quand je déprime, je vais dans un bar et je bois jusqu'à ce que l'on me jette dehors.

Reconnaissant le sourire ironique de Stone, Flamen se jeta dans ses bras en sanglotant de plus belle.

— Oh, Jeff ! J'ai cru que tu étais mort par ma faute. Je suis soulagée de voir que tu n'as rien. Va-t-en, s'il te plaît, laisse-moi seule. Ils seront toujours à ma poursuite et n'hésiteront pas à tuer ceux qui oseront leur barrer le chemin.

Elle le repoussa doucement et le sourire du pilote s'élargit.

— D'abord tu es contente de me revoir, ensuite tu veux que je m'en aille ? Tu es étrange, Flamen. Il y a en toi un mélange de détresse et de courage, et tes cheveux de feu me fascinent. J'ai parcouru la galaxie, mais nulle part je n'ai vu de tels cheveux. Si tes ennemis sont aussi puissants que tu sembles le croire, tu dois quitter XG34 au plus vite. Mon vaisseau, le *Phénix*, s'en va demain. Je t'y ferai monter en cachette et je te déposerai où tu voudras.

Séchant ses larmes, la jeune fille hésita un instant, puis plongea ses yeux noirs dans ceux de Stone.

— Nous ne nous connaissons pas. Pourquoi m'aiderais-tu ?

Jeff Stone sourit :

— C'est mon boulot ! Quand quelqu'un a des problèmes, je vole à son secours. Le reste du temps, je gagne ma vie en faisant du transport de marchandises avec mon cargo ou je noie mon chagrin dans les bars.

— Ton chagrin ?

Le pilote s'efforça de chasser la mélancolie que trahissait son regard.

— Ne fais pas attention. Quand j'ai trop bu, j'ai tendance à trop parler. Il vaut mieux ne pas traîner dans le secteur. Si tes poursuivants sont obstinés, ils vont le fouiller de fond en comble.

— Ils sont *très* obstinés ! Mais attends une minute.

Il lui avait pris la main pour l'entraîner, mais elle résista et il s'enquit impatiemment :

— Qu'y a-t-il ?

— Ces... ces hommes... Ils veulent non seulement me ramener, mais aussi... Promets-moi que tu n'essaieras pas de...

— Tu te jettes dans mes bras et quelques instants après tu as peur de moi ?

Le sourire moqueur de Stone disparut lorsqu'il croisa le regard suppliant de Flamen. Dans la pénombre de la ruelle, il constata que la jeune fille tremblait et que la main qu'il retenait dans la sienne était moite de transpiration.

Poussant un soupir, il la saisit par les épaules et la souleva du sol sans effort apparent, lui maintenant les yeux en face des siens. Il murmura alors avec une douceur qui contrastait avec sa force :

— Comme tu peux le voir, si j'avais l'intention de te faire du mal, je pourrais le faire tout de suite. Je suis né sur une planète à gravité élevée, alors je suis plutôt fort et rapide.

20

Flamen remarqua les bras anormalement épais de l'homme et se souvint de la vitesse stupéfiante avec laquelle il s'était jeté sur les hommes armés de pistolasers. Il la reposa doucement au sol et la lâcha avant de déclarer :

— J'ai l'habitude du danger et des poursuites et tu as visiblement besoin d'aide. Je suis prêt à t'offrir la mienne, mais pour cela il faut que tu me fasses confiance…

Le pilote avait tendu sa main ouverte à la jeune fille qui la saisit avec hésitation.

— Je n'ai pas le choix, mais je dois te prévenir que je n'ai pas d'argent. Tu as déjà risqué ta vie dans ce bar. En m'aidant, tu ne gagneras que des ennuis.

— Ça tombe bien, ma vie était un peu monotone, ces temps-ci !

Interloquée, Flamen allait l'interroger mais il lui posa un doigt sur les lèvres, lui intimant le silence.

— Plus tard les questions ! Quand nous serons en sécurité, je te raconterai peut-être mon histoire, toi tu me parleras de tes ennuis. Pour le moment, filons en silence vers l'astroport.

En arrivant sur les docks spatiaux, ils étaient satisfaits de ne pas avoir été suivis. Cependant le pilote obligea sa compagne à s'accroupir avec lui derrière une caisse en indiquant plusieurs hommes qui avaient éveillé sa méfiance.

— Est-ce qu'ils font partie de tes ennemis ?

— C'est possible. Ceux qui me recherchent ont de nombreux hommes de main à leur solde. Qu'est-ce qui te fait croire qu'ils sont suspects ?

— Ils tournent le dos aux vaisseaux. Ils attendent visiblement quelqu'un. Dans le doute, il vaut mieux supposer que c'est nous. Tes *amis* du bar doivent encore profiter de la sieste que je leur ai offerte, alors je pense que ceux-là ont été envoyés à l'astroport par précaution. Il ne me semble pas avoir causé de troubles sur cette station, il me suffit de monter tranquillement à bord de mon vaisseau pour partir d'ici.

— Tu… tu vas me laisser là ?

Le sourire ironique reparut sur les lèvres de Stone.

— Je fais essentiellement du transport de marchandises, mais je peux prendre des passagers lorsqu'ils ont de quoi payer leur voyage…

— Tu sais bien que je n'ai pas d'argent, je croyais que…

La jeune fille avait pâli et semblait prête à fondre en larmes à nouveau et le pilote se reprocha aussitôt de l'avoir taquinée.

— Ne t'affole pas, il te suffit de monter à bord du *Phénix* sans te faire remarquer. Il m'arrive de trouver dans mes soutes des passagers clandestins. La loi spatiale m'autorise à les éjecter dans le vide, mais je ne pourrai sans doute pas faire ça à une aussi jolie rouquine.

Flamen rougit et chuchota :

— Je ne suis pas sûre de pouvoir m'habituer à ton humour, Jeff, mais comme tu es le seul à m'avoir offert de l'aide, je n'ai pas le choix. Le *Phénix*, c'est ce superbe vaisseau rouge et or ? demanda-t-elle en désignant un splendide yacht d'apparat.

— Non, il est à gauche.

— Celui-là, le vert ? Mais il est trop petit pour transporter des marchandises.

— Non, entre les deux, le cargo.

La jeune fille dirigea son regard à l'endroit que lui indiquait Stone, faisant la grimace en découvrant le tas de ferraille cabossé et noirci qu'elle n'avait tout d'abord pas osé identifier comme un vaisseau spatial.

— Cette épave ? Mais il ne réussira même pas à décoller !

Mortifié, le pilote rétorqua :

— Cette épave m'a tiré des flammes de l'enfer. Si elle ne te plaît pas, tu peux toujours tenter ta chance sur un autre vaisseau.

La perspective de se retrouver éjectée dans l'espace par un capitaine inflexible fit frissonner la jeune fille qui murmura :

— Excuse-moi, Jeff. Je ne voulais pas t'offenser. J'ai tort de juger les choses à leur apparence. Ton vaisseau est sans doute très bien à l'intérieur, comme toi.

Stone faillit se mettre en colère en réalisant qu'elle faisait allusion à sa combinaison fripée et maculée de cambouis, à ses cheveux ébouriffés, sa barbe de trois jours et ses mains sales. Il se retint en comprenant qu'elle ne lui tenait pas rigueur de son apparence mais le complimentait en fait sur sa générosité.

Gêné, il ne sut que dire, mais Flamen le tira d'embarras en l'interrogeant avec inquiétude :

— Comment vais-je pouvoir monter à bord sans que ces hommes me voient ?

— Hum… J'ai une méthode simple et sûre, si tu es courageuse et que tu n'as pas peur de te salir. Mais je te garantis que tes ennemis ne devineront jamais que tu es montée à bord de mon cargo.

Il la regardait d'un air interrogateur, mais Flamen lui renvoya un regard déterminé.

— Je te fais confiance, Jeff.

— Bon, alors suis-moi.

Il l'entraîna vers une porte de l'astroport où un écriteau indiquait *réservé aux employés*. Avant que Flamen puisse s'inquiéter du verrou magnétique devant lequel ils se trouvaient, Stone avait tiré d'une poche de sa combinaison une petite carte de plastique qu'il glissa dans la fente de l'appareil de sécurité. Un témoin vert s'alluma et la porte coulissa sans bruit. Ils entrèrent et la porte se referma derrière eux. Le local technique était heureusement vide.

— Tous les pilotes ont une carte comme celle-là ? s'étonna Flamen.

Jeff Stone sourit en rempochant la carte magnétique.

— Non, mais je connais quelqu'un qui vend à prix d'or des objets utiles mais interdits.

— Tu veux dire que nous sommes entrés illégalement dans ce…

— … Dans cette station de contrôle du carburant, oui. Mais l'usage de pistolasers sur une station spatiale est également interdite, alors tes ennemis ne doivent pas beaucoup se préoccuper de la loi eux non plus. Je n'aurais sans doute pas survécu aussi longtemps sans contourner de temps en temps les règlements à mon avantage. Bien entendu, tu peux encore refuser ma proposition et aller demander la protection des autorités…

À la mention de la Police Spatiale, la jeune fille pâlit, ce qui renforça l'idée que le pilote se faisait d'elle : une mineure cherchant à échapper à ses tuteurs légaux.

Il sortit de sa poche un objet qu'il lui tendit avant d'ouvrir une écoutille dans un coin de la pièce.

— Voilà un respirateur O2-1H. Il te permettra de survivre une heure dans le réservoir de carburant de la station. Quand je demanderai qu'on fasse le plein de mon vaisseau, un tuyau sera raccordé au réservoir du *Phénix*. Il est assez large pour que tu puisses y passer, mais une grille sert de filtre. Ton poids poussé par la pression du carburant devrait suffire à l'arracher et je te récupérerai dans mon vaisseau.

Stone avait parlé d'un ton tranquille, comme si cela lui semblait aussi naturel que de traverser une rue. Flamen frissonna et avoua :

— J'ai peur, je n'y arriverai pas. Tu n'as pas une autre solution ?

Le pilote exhiba l'un des pistolasers des agresseurs du bar.

— J'ai cru bon de conserver un souvenir de tes admirateurs. On peut s'en servir pour abattre ceux qui t'attendent sur les docks, puis monter dans le *Phénix* et quitter la station sans autorisation et sans avoir refait le plein de carburant, avec la Flotte Spatiale à nos trousses…

La jeune fille poussa un soupir résigné et sourit bravement.

— Je préfère la première solution. Tu as déjà utilisé cette méthode pour fuir d'une station ?

— Bien sûr ! lui assura Jeff Stone. Là-dedans, il fait froid, noir, c'est visqueux et l'odeur nauséabonde traverse le respirateur. Mais tu es courageuse, tu tiendras le coup ! Ce conduit t'amènera au bord du réservoir, dans la zone qui est pompée vers les vaisseaux. Tu es prête ?

— Non, mais plus j'attendrai, plus j'aurai peur. N'oublie pas de me repêcher de l'autre côté.

Inspirant profondément, elle plaqua le respirateur sur son nez et plongea dans les ténèbres du conduit.

Stone resta un instant devant le trou béant avant de se décider à le refermer, murmurant pour lui-même :

— Cette fille a vraiment du cran. Je ne sais pas si j'aurais osé plonger là-dedans avec aussi peu d'hésitation qu'elle.

Il ressortit de la station de contrôle du carburant et se présenta à l'officier responsable de l'astroport à qui il réclama le plein de carburant du *Phénix*, puis monta dans son appareil. Se précipitant dans la soute, il dut cependant attendre anxieusement que le remplissage de son réservoir soit achevé avant de pouvoir tourner le volant de l'ouverture qu'il y avait rajoutée.

En tombant dans le réservoir de la station, Flamen fut aussitôt enveloppée par la froide viscosité du carburant. S'efforçant de garder les yeux et la bouche fermés, elle pressa fortement le masque sur son nez en priant pour sortir rapidement de cet endroit. Quand enfin elle se sentit entraînée par le courant, elle avait perdu la notion du temps et commençait à désespérer, laissant le froid l'engourdir.

Le choc violent contre la fine grille servant à filtrer les impuretés lui rendit ses esprits. Avec angoisse elle se rendit compte que le treillis métallique avait résisté et que la pression du carburant l'écrasait douloureusement contre cet obstacle.

Serrant les dents, elle oublia la douleur et monopolisa ses forces vacillantes pour frapper la grille de toute la colère qu'elle ressentait pour ceux qui la pourchassaient. Au moment où elle allait abandonner, les fixations de la grille cédèrent et elle fut propulsée dans le tuyau, un morceau de métal du filtre s'enfonçant dans son bras au passage.

Sous la douleur, elle voulut crier, mais le goût âcre du carburant lui emplit la bouche. Avec une grimace de dégoût, elle tenta de recracher le liquide huileux dans lequel elle était immergée.

Elle heurta soudain une paroi métallique et comprit qu'elle était dans le réservoir du cargo. Quand le flot de carburant se calma, elle nagea difficilement vers le haut pour émerger du liquide nauséabond. Tâtonnant sur les bords métalliques, elle se sentit tout à coup saisie par le bras et tirée hors du réservoir.

Flamen s'effondra sur le sol de la soute, crachant le liquide noir qui la recouvrait entièrement. S'essuyant maladroitement les yeux, elle reconnut Stone qui l'avait sortie du réservoir et la regardait avec anxiété.

Elle se jeta dans ses bras en sanglotant.

— Oh, Jeff ! J'ai eu si peur. J'ai cru que j'allais mourir dans cet horrible endroit. J'avais beau me dire que tu avais déjà fait ça, je n'ai pas ta force. Je crois que rien au monde ne pourra me forcer à recommencer.

Lui caressant doucement ses cheveux noirs et huileux de carburant, il avoua :

— Tu te trompes, je n'avais encore jamais utilisé ce système pour m'échapper. Je t'ai dit le contraire pour t'encourager. J'avais monté un volant d'ouverture à l'intérieur du réservoir pour pouvoir ressortir. J'ai eu très peur pour toi. Tu es restée quarante-cinq minutes dans le carburant, je craignais que tu paniques.

— Jeff, tu t'es servi de moi pour tester ton truc ?

La douleur d'avoir été trompée perçait dans la voix de la jeune fille. Le pilote la serra plus fortement contre lui.

— Non, je te jure que c'est faux. Je t'ai fait faire ça uniquement parce que j'avais étudié ce plan pour pouvoir l'utiliser moi-même un jour et parce que je savais que c'était sûr. Viens avec moi. Nous avons besoin d'une bonne douche.

Mais les émotions et les épreuves endurées avaient eu raison de la résistance de Flamen qui ne tenait plus sur ses jambes. Elle eut vaguement conscience que Stone la soulevait dans ses bras, puis s'évanouit.

La douleur de son bras droit la fit revenir à elle. Le pilote venait d'en arracher l'écharde de métal qu'elle avait reçue en traversant le filtre du réservoir de la station.

Elle prit alors conscience qu'elle était en sous-vêtements sous le jet de la douche et que Stone s'efforçait de nettoyer la matière noirâtre visqueuse qui la recouvrait.

— Non... Je vous en prie. Je peux me laver seule... Laissez-moi... Je vous ai fait confiance en plongeant dans cet horrible réservoir.

Comme elle le repoussait d'une main sans force, il murmura doucement :

— Je croyais que nous pouvions nous tutoyer, Flamen. Ne t'inquiète pas, je te laisse te laver seule. Tu as des serviettes dans ce compartiment, je t'attendrai à côté. Appelle-moi si ça ne va pas.

— J'ai mal au bras.

— Je sais, je te soignerai dès que tu auras enlevé cette crasse. Ne t'inquiète pas, l'entaille est profonde, mais ce bout de métal n'a touché ni nerf ni vaisseau sanguin.

Quelques minutes plus tard, la jeune fille sortait de la douche, drapée dans un peignoir de bain. À bout de force, elle se laissa tomber sur la chaise que lui avait amenée le pilote.

Elle retint à grand peine un gémissement quand Stone appliqua un gel cicatrisant sur sa blessure. Il la soutint ensuite jusqu'à une chambre spacieuse où elle put s'asseoir sur un lit moelleux.

Il lui sourit gentiment.

— Tu es courageuse, Flamen. Tes cheveux ont un peu souffert de leur séjour dans le carburant, mais tu es hors de danger à présent. Repose-toi. Je vais m'occuper des préparatifs du décollage, alors ne t'inquiète pas si tu es un peu secouée. Le *Phénix* manque de confort, mais tu y es la bienvenue aussi longtemps que tu le voudras. Nous allons passer un certain temps dans l'espace, mais tu pourras descendre à notre prochaine escale si tu le désires.

Il se releva mais Flamen le rappela avant qu'il s'en aille :

— Jeff…

— Oui ?

— Je te dois la vie… Si tu avais voulu… tu aurais pu…

— Tu es épuisée, Flamen, tu dis des bêtises.

— Dis-moi seulement une chose, Jeff. Est-ce qu'il y a une madame Stone qui t'attend dans un spatioport ?

Flamen vit soudain une peine immense envahir le regard du pilote qui murmura avec difficulté :

— Il n'y a plus de madame Stone. Dors bien, Flamen.

Il lui tapota la main avant de sortir, s'adossant contre une cloison quelques instants pour calmer les battements de son cœur.

Seule dans la chambre, la jeune fille s'en voulut d'avoir ravivé une peine que le pilote gardait au fond de lui. Cela la préoccupa un moment, mais la fatigue eut rapidement raison d'elle et elle sombra dans un sommeil agité où des hommes en noir la poursuivaient impitoyablement pour la ramener à l'endroit qu'elle avait eu tant de mal à quitter.

Chapitre II

Le hurlement de Flamen la réveilla en sursaut d'un cauchemar où des hommes en noir la pourchassaient. Désorientée, elle se redressa sans savoir où elle était et tâtonna dans le noir. Elle constata qu'elle était vêtue d'un peignoir de bain, étendue dans un grand lit moelleux.

Elle venait de se lever quand la porte de la cabine s'ouvrit brusquement. La lumière jaillit, allumée par un homme brun qu'elle ne reconnut pas. Elle poussa un cri et recula jusqu'au lit.

S'avisant qu'elle était presque nue, elle resserra vivement les pans du peignoir et examina l'homme avec des yeux effrayés.

— Ne t'inquiète pas, Flamen. Tu as dû faire un cauchemar, mais tu es en sécurité ici. Tu ne me reconnais pas ? Tu n'as quand même pas oublié le réservoir de carburant ?

La jeune fille identifia alors le sourire moqueur de l'homme et sa bouche s'ouvrit de stupéfaction. Le pilote s'était rasé soigneusement, avait coiffé ses cheveux hirsutes, pris un bain et enfilé une combinaison propre. La veille, elle lui aurait donné presque quarante ans, mais elle se rendit compte qu'il devait avoir une vingtaine d'années.

— Jeff ? C'est toi ?

Stone éclata de rire.

— Incroyable, la transformation, hein ? Il fallait bien que je me lave après t'avoir sortie du réservoir. Et tu m'avais vexé à propos de mon apparence en me comparant à mon vaisseau. J'ai peur qu'il soit plus difficile de transformer le *Phénix*. Il faudra t'habituer à cette vieille carcasse branlante.

— Je te remercie, Jeff. Tu m'es venu en aide sans rien savoir de moi…

— Rien ne t'y oblige, mais j'aimerais connaître ton histoire, Flamen. Je vais d'abord t'apporter le petit déjeuner. Tu as dormi presque douze heures et tu dois être affamée.

— Douze heures ? Est-ce que c'est le jour ou la nuit ?

Le sourire de Stone s'élargit.

— Dans l'espace, ces choses-là sont relatives. Il n'y a pas de jour et de nuit artificiels comme sur la station. Sur la plupart des vaisseaux, il y a un système du même genre, mais le *Phénix* vit au rythme de son pilote. Je suis insomniaque, quelques heures de sommeil peuvent me suffire pour plusieurs jours. Je t'apporte à manger tout de suite.

Il se leva et se dirigeait vers la porte quand Flamen le rappela en rougissant :

— Jeff… Tu pourrais me ramener aussi des vêtements ? Je ne vais pas me promener en peignoir de bain dans le vaisseau ?

— Pourquoi pas ? Je peux augmenter le chauffage si tu as trop froid.

Il avait parlé d'un ton sérieux et ce n'est qu'en voyant réapparaître le sourire moqueur qu'elle comprit qu'il plaisantait. Avec une moue boudeuse, elle attrapa l'oreiller pour le lui lancer au visage, mais il l'évita lestement et sortit en sifflotant.

— Jeff, tu es insupportable ! bougonna-t-elle.

Mais lorsqu'il revint avec une combinaison bleue et des sous-vêtements féminins, ainsi que du pain grillé et du café, sa colère s'était évanouie et elle mangea avec appétit.

En examinant les vêtements, elle le taquina :

— Tu fais passer toutes les filles que tu rencontres par le réservoir, alors tu leur prévois des vêtements ?

Stone se détourna, laissant Flamen s'habiller.

— Non, c'étaient ceux de ma femme. Je pense qu'ils t'iront, elle avait à peu près la même taille que toi. Habille-toi, je t'attendrai dans le couloir.

Sa voix laissait percevoir un profond chagrin. Flamen le regarda partir en se mordant les lèvres, confuse d'avoir ravivé sa peine.

Elle s'habilla rapidement. La combinaison lui allait à peu près. Les manches étaient un peu longues, mais la jeune fille se sentait plus à l'aise qu'en peignoir de bain. Elle sortit de la chambre et suivit le pilote dans les coursives du vaisseau.

— J'ai dû incinérer tes vêtements, ils étaient fichus après leur passage dans le carburant. À notre prochaine escale, tu pourras t'acheter des habits neufs, mais tu peux garder ceux-là, je n'en ai pas l'utilité.

— Merci, Jeff... pour tout ce que je te dois.

— Inutile de me remercier. Je te l'ai dit, c'est mon travail de venir en aide aux jeunes filles en détresse. Mais je meurs de curiosité. Qui sont ces gens qui te traquent et comment as-tu échoué dans ce bar ?

Flamen hésita un instant et il devina :

— Tu te dis que tu ne sais quasiment rien de moi et que tes poursuivants donneraient sans doute une fortune pour te récupérer. Si tu as envie d'écouter mon histoire, je peux te rassurer...

— Avec plaisir, Jeff. Je te raconterai tout ensuite, c'est promis.

Ils étaient parvenus dans une luxueuse cabine dont les murs portaient des bouteilles que Flamen contempla avec étonnement.

— Bienvenue dans la cabine du capitaine Stone. La plus réputée de tout l'univers. Je possède une bouteille de chacun des alcools connus de la galaxie, même certaines fabrications artisanales qui te feraient regretter le carburant du réservoir. Mais aucune n'a jamais réussi à me faire oublier Léda. Être né sur une planète à forte gravité m'a doté d'une résistance à l'alcool incroyable. Malheureusement... Assieds-toi, je vais te raconter le début des aventures de Jeff Stone et du *Phénix*.

La jeune fille s'assit dans le fauteuil qu'il lui indiquait, refusant d'un geste le verre d'alcool jaune qu'il lui tendait.

— Non, je n'ai jamais bu d'alcool. Je préfère éviter de commencer juste après un petit déjeuner.

Haussant les épaules, Stone vida le verre d'un trait, puis s'en resservit un second avant de commencer son récit.

— La planète Keval était à peine habitable en raison de sa température et de sa gravité trop élevées, mais elle était riche en minerais et mes parents vivaient dans la petite colonie minière qui s'y était installée. Ils possédaient une petite mine d'argent qu'ils exploitaient avec leurs amis. La colonie prospéra, réussissant même à s'acheter un cargo, le *Phénix*. Le pilote était sympa, il emmena plusieurs fois le gamin que j'étais dans l'espace. Mon émerveillement dans le vaisseau l'amusait et au lieu de se lasser de mes questions, il m'expliqua comment fonctionnait le cargo, me montrant comment se repérer sur les cartes de navigation. Je passai une bonne partie de mon enfance à jouer dans les coursives du vaisseau avec Léda, la fille du pilote.

Un jour, j'avais quinze ans, un des tunnels de la mine de mes parents s'effondra, les tuant eux et le pilote du cargo qui était descendu dans leurs galeries pour vérifier s'ils avaient bien découvert un gisement de matronite, l'un des minerais les plus rares de la galaxie.

Pour la colonie, la mort de mes parents était un drame comme il s'en produisait parfois, mais la mort du pilote du cargo était une catastrophe. Aucun des colons ne sachant piloter, le *Phénix* resterait sur Keval avec ses soutes pleines de minerai jusqu'à ce que les habitants fassent venir un autre pilote, ce qui leur coûterait beaucoup d'argent et leur ferait perdre leur autonomie. Personne ne pourrait s'occuper de moi et de Léda qui serions probablement envoyés dans des institutions de charité.

Affecté par la mort de mes parents, je m'efforçai d'oublier mon chagrin pour tenter de consoler celui de Léda qui avait passé toute sa vie avec son père dans l'espace et était terrifiée à l'idée d'être emmenée sur une planète inconnue dans un endroit où elle serait prisonnière. J'avais du mal à la réconforter, d'autant que je redoutais cette éventualité au moins autant qu'elle.

C'est alors que je trouvais une autre alternative. L'Idée avec un I majuscule, c'était que les colons de Keval ne pouvaient s'occuper de deux gamins, mais qu'ils avaient un besoin vital d'un pilote pour conduire leur vaisseau. Ayant passé de longues heures à observer le père de Léda, j'affirmai à mon amie que j'étais capable de piloter le *Phénix*.

Elle s'arrangea alors pour attirer le chef de la colonie à bord du vaisseau, parvenant à l'enfermer dans une cabine. Ensuite nous nous rendîmes dans le poste de pilotage et la première aventure de ma vie commença.

Si j'arborais un sourire confiant en allumant les propulseurs, c'était uniquement pour donner le change à Léda. En réalité, j'étais mort de trouille. Le décollage fut un peu hasardeux, nous fûmes violemment secoués jusqu'à ce que le cargo s'arrache à l'attraction de Keval et que je constate que j'avais oublié de mettre en marche le compensateur de gravité. Comme nous nous retrouvions en apesanteur, mon oubli devint flagrant et je nageai jusqu'au pupitre de commande pour mettre le système en marche. La gravité artificielle se mit aussitôt en place, occasionnant une chute heureusement sans gravité que Léda ne songea pas à me reprocher : nous étions dans l'espace, j'avais donc réussi !

Au moment de passer dans l'hyperespace, je fus presque soulagé de constater que j'ignorais les coordonnées de la station spatiale où livrer notre chargement. Malheureusement pour moi, Léda me tendit une feuille où elle avait noté les coordonnées qu'elle avait calculées. Elle avait l'air détendue en entrant les chiffres dans l'ordinateur de navigation et je l'interrogeai :

— Tu es certaine de tes calculs ?

— Évidemment ! C'était mon père, le pilote du *Phénix*, ne l'oublie pas. Si tu es capable de le piloter, laisse-moi au moins te servir de navigatrice. Ainsi les colons croiront que tu as besoin de moi et ils nous garderont tous les deux comme pilotes du *Phénix*.

— Tu n'as pas un peu peur ?

— Bien sûr que non ! Tu es assez courageux pour te lancer là-dedans en souriant, mais ne crois pas que j'ai moins de courage que toi parce que je suis une fille.

J'étais coincé : si j'avouais maintenant mes appréhensions à Léda, elle se moquerait de moi. Son assurance m'avait impressionné, et je lui enjoignis d'attacher sa ceinture d'une voix professionnelle avant d'abaisser la manette de l'hyperpropulsion.

Quand le cargo sortit dans l'espace normal à quelques milliers de kilomètres de la station, j'annonçai mon arrivée aux autorités, puis je poussai un soupir de soulagement en même temps que Léda.

— Ouf ! J'ai bien cru que nous n'y arriverions pas.

Nous avions prononcé les mêmes mots en même temps, avouant nos craintes. Nous nous regardâmes un moment sans rien dire avant d'éclater de rire : chacun de nous deux avait pris exemple sur le courage simulé par l'autre pour tenir le coup. Nous nous sommes posés sur la station en pilotant ensemble. Quand le *Phénix* s'est immobilisé sur l'astroport, nous nous sommes embrassés sans bien réaliser ce que nous faisions.

Quand nous avons libéré le chef de la colonie, il est entré dans une colère noire contre nous, son voyage ayant été assez peu confortable à cause de mon pilotage hésitant. Mais quand il s'aperçut que nous l'avions amené à la station où il devait vendre les minerais de la colonie, sa colère fit place à la stupéfaction et il fut forcé d'admettre que notre plan était valable : les contrôles étaient rares dans cette partie de la galaxie, il suffisait de cacher la mort du père de Léda pour que nous puissions prendre sa place et tout le monde y gagnait.

Quelques années plus tard, je passai avec succès mon brevet de pilote et j'épousai Léda. Quand elle tomba enceinte, je réalisai que Keval n'était pas un endroit agréable où fonder une famille. Je m'étais secrètement renseigné pour émigrer sur une planète plus accueillante, mais je m'étais heurté au problème essentiel que connaissait tout l'univers : le manque d'argent.

Je me souvins alors que mes parents pensaient avoir découvert un gisement de matronite dans leur mine. Je décidai de vérifier, emportant une petite quantité du minerai à mon voyage suivant à la station pour livrer la production de la colonie.

Léda étant fatiguée par sa grossesse, je préférai la laisser sur Keval, entourée de nos amis mineurs. À la station, je découvris que la mine que je possédais contenait sans doute le plus important gisement de matronite de la galaxie. J'étais riche, c'est le cœur léger que je rentrai sur Keval pour annoncer la nouvelle à ma femme…

Les larmes roulèrent sur les joues du pilote qui s'interrompit.

Flamen lui prit doucement la main et murmura :

— Que s'est-il passé ensuite, Jeff ? Même si tes souvenirs sont douloureux, ça te soulagera d'en parler.

Le pilote poussa un profond soupir et reprit son récit :

— Quand le *Phénix* est sorti de l'hyperespace près de Keval, il est tombé dans une tempête de météorites. Le cargo était solide et j'étais un bon pilote. J'ai eu la malchance de m'en sortir et de pouvoir atterrir à l'endroit où se trouvait la colonie. Mais les météorites avaient tout rasé. Il ne restait plus rien, je n'ai même pas retrouvé le corps de ma femme. L'ironie du sort, c'est que la mine de mes parents est la seule construction à avoir survécu à la pluie de météorites.

Je me retrouvais possesseur d'une grande fortune, héritant en outre du *Phénix* qui appartenait à la colonie dont j'étais le seul rescapé, mais mon seul regret était de ne pas avoir péri aux côtés de Léda.

J'ai repris les commandes du *Phénix* et je l'ai dirigé droit sur le soleil de Keval. Un pilote meurt aux commandes de son vaisseau… Mais la mort dans laquelle j'espérais rejoindre celle que j'aimais m'a été refusée.

— Le soleil a recraché le *Phénix* ? s'enquit Flamen.

— C'est presque ça. La chaleur commençait à augmenter dans le cargo quand j'ai reçu le message de détresse. Bien que Keval soit une planète isolée, il a fallu qu'un autre vaisseau choisisse mon système solaire pour tomber en panne. Il était pris par l'attraction du soleil et ses faibles moteurs ne pouvaient l'en arracher. Personne n'aurait pris un tel risque, mais j'avais déjà décidé de mourir, alors…

J'ai rattrapé le petit vaisseau et m'y suis arrimé. Mais quand je suis entré dedans, la chaleur était intenable malgré ma combinaison. Tous les humains à bord étaient morts, leurs cadavres desséchés n'étaient pas beaux à voir. Mais ça n'aurait pas changé ma décision, s'il n'y avait pas eu ce maudit Pik.

— Un Pik ? Qu'est-ce que c'est ?

Un grattement à la porte interrompit le pilote qui se retourna lorsqu'elle s'ouvrit. Une créature écailleuse bleue pourvue de grandes ailes violettes se jeta sur lui, frottant son long bec garni de crocs pointus contre son épaule. Flamen amorça un mouvement de recul mais Jeff la rassura d'un geste.

Il caressa l'animal avant de le présenter à la jeune fille :

— Voici Pik. Je ne sais pas d'où il vient ni de quelle genre d'animal il s'agit, mais il avait survécu à la chaleur infernale régnant dans la navette en perdition, alors je l'ai ramené sur le cargo avec moi. À cause de lui, j'ai dû mettre toute la puissance des réacteurs du *Phénix* pour sortir de l'attraction solaire. Ce fut difficile, plusieurs systèmes du vaisseau ont rendu l'âme, mais il était dit que ni moi ni le *Phénix* ne péririons ce jour-là. Simplement pour sauver cet animal. Tu dois me trouver stupide, n'est-ce pas ?

Flamen s'approcha de l'étrange oiseau et le caressa doucement, les larmes aux yeux.

— Non, je me rends compte que ton bon cœur ne pouvait laisser mourir cet animal. Tu l'as recueilli et depuis tu aides les gens en difficulté comme moi... J'ai eu de la chance de t'avoir rencontré, Jeff.

— Je crains que tu n'idéalises un peu mon image. Si je me fourre dans les coups les plus tordus de la galaxie, c'est parce que je sais bien qu'un jour ou l'autre j'y laisserai ma peau. Quitte à mourir, autant que ce ne soit pas pour rien. Je n'ai pas pu sauver Léda, ni les autres colons de Keval, ni les passagers de la navette, mais quand j'en ai l'occasion, je viens en aide à ceux qui en ont besoin. Ma mine me fournit plus d'argent que je n'en dépense. Ce vieux cargo cabossé écarte de moi les convoitises et je m'y suis trop attaché pour acheter un autre vaisseau.

Tu vois que tu peux me raconter ton histoire sans crainte : Jeff Stone n'est pas à vendre, même pour un million de crédits ! Plus une aventure est dangereuse, plus elle m'intéresse.

Flamen caressa un moment Pik sans rien dire, puis sourit à Stone.

— Ce qui t'est arrivé est terrible, je ne sais pas si j'aurais eu le cran de consacrer ma vie à aider les autres. Mais je peux te garantir que tu ne vas pas t'ennuyer si je reste avec toi. *Ils* me retrouveront malgré mon évasion de XG34. Et ils n'hésiteront pas à te tuer si tu te trouves sur leur chemin. Tu ferais sans doute mieux de me déposer sur la plus proche planète habitable.

— Pas question ! À moins que tu en aies assez de ma compagnie et de voler sur un vieux coucou déglingué comme le *Phénix*...

— Non, je n'ai aucun endroit où aller, personne qui voudrait m'aider. Je vais te raconter mon histoire, ensuite tu changeras peut-être d'avis. Peut-être même auras-tu peur de moi...

Le sourire mutin de Flamen s'effaça et elle commença son récit.

Chapitre III

— Mes parents travaillaient pour le Centre d'Études Spatiales, sur un projet secret : le projet Anti-Matière. Mais à la suite d'une erreur, ils se sont trouvés piégés dans la chambre à antimatière lors de l'expérience. Ils ont été désintégrés, mais j'ai survécu.

— Attends, Flamen. Que veux-tu dire par *survécu* ? Tu étais avec eux lorsqu'ils ont été désintégrés ?

— Oui. En fait j'étais encore dans le ventre de ma mère quand c'est arrivé. Elle a disparu avec mon père, et quand les scientifiques ont ouvert la porte, ils m'ont trouvée dans la chambre à antimatière, un petit bébé prématuré mais intact malgré le flux d'antimatière bêta qui aurait dû me détruire en même temps que mes parents.

La stupéfaction se peignit sur les traits du pilote qui pensait avoir vu les choses les plus étranges de la galaxie.

— Ben ça alors ! Au moins, tu étais trop jeune pour souffrir de la mort de tes parents.

— C'est vrai, mais je crois que j'aurais encore préféré ce qui t'est arrivé. La mort de tes parents, puis de ta femme t'ont anéanti, mais cela prouve que tu as ressenti de l'affection pour des gens, et qu'ils t'aimaient en retour. Moi, je n'avais rien à perdre, pas de famille ni d'amis, rien qui me rattache à la vie. Je manquais cruellement d'affection…

— Tu n'as pas été placée dans un centre spécialisé qui recueille les orphelins et leur trouve une famille adoptive ? Léda et moi n'y avions échappé que parce que nous avions caché la mort de nos parents.

— Ce n'est pas la mort de mes parents que les scientifiques du CES ont cachée aux autorités, mais ma *naissance*. Même aujourd'hui, officiellement je *n'existe pas* ! Ils avaient leurs raisons pour agir ainsi : ayant survécu à une énergie capable d'annihiler l'alliage métallique le plus résistant, je posais un problème que les savants voulaient résoudre à tout prix. Si j'avais été adulte, ils m'auraient sans doute crainte au point de vouloir me détruire, mais je n'étais qu'un petit bébé apparemment inoffensif.

J'ai été élevée dans ce maudit laboratoire. Le docteur Ganthe était heureusement très gentil avec moi et j'ai toujours été bien traitée. La tridivision me permettait de savoir à quoi ressemblait le monde extérieur, Ganthe me promettait de m'y emmener lorsque je serais grande.

— Tu avais donc bien quelqu'un qui te témoignait de l'affection.

Flamen hésita :

— Au début, c'est ce que je croyais. Mais j'ai fini par comprendre que tous ces savants étaient uniquement préoccupés de garder en bonne santé le cobaye de laboratoire que j'étais.

— Tu veux dire qu'ils ont fait des expériences sur toi ? s'indigna Stone.

— Non, ils avaient bien trop besoin de moi pour prendre le risque de m'abîmer. Mais ils passaient leur temps à m'étudier, à me faire subir des examens médicaux interminables, tout ça pour se rendre compte que je n'avais absolument rien d'anormal.

À bout de patience, l'un des chercheurs voulait me faire irradier par un flux d'énergie. Bien que la plupart de ses collègues aient admis que cela permettrait sans doute de faire avancer leurs recherches sur l'antimatière bêta, ils redoutaient de perdre leur unique cobaye. Ils se sont finalement mis d'accord pour tenter de réitérer avec moi l'expérience qui n'avait été qu'un accident avec ma mère.

Le docteur Ganthe devait s'être un peu attaché à moi car il s'opposa à ce projet. Il y eut une vive discussion au cours de laquelle je l'entendis crier que j'étais un être humain et pas un cobaye de laboratoire. Mais les autorités du CES refusèrent d'écouter Ganthe qui démissionna, ne voulant plus être responsable de ce que comptaient me faire les scientifiques du projet AM.

Je devais avoir douze ans à l'époque et je ne comprenais pas très bien ce qui m'arrivait. J'ai été triste d'apprendre que le docteur Ganthe ne reviendrait plus. Malgré la gentillesse des autres savants, je les trouvais trop froids et trop distants pour leur parler des changements que je ressentais en moi.

— Tu parles de la puberté ? devina Jeff.

La jeune fille rougit légèrement.

— En partie. J'ai cru que les changements que je ressentais en moi étaient normaux. Jusqu'à ce que…

Flamen hésita et le pilote, fasciné par son récit, la pressa :

— Jusqu'à ce que ?

— Ils voulaient reproduire ce qui était arrivé à ma mère, qui était enceinte lorsqu'elle avait été exposée à l'antimatière bêta. D'après les savants, l'éclipse qui engendrait le flux d'énergie n'avait lieu que tous les dix-sept ans environ. Ils voulaient donc que je sois enceinte lorsqu'ils me placeraient dans la chambre sphérique conçue pour recueillir le flux d'antimatière bêta.

— Ils te parlaient de leurs intentions et tu ne te rebellais pas ? s'offusqua Stone.

— Non, ils ne me disaient quasiment rien de leurs projets. Quand je les interrogeais, ils me répondaient en utilisant des termes techniques incompréhensibles afin de me décourager de leur poser des questions. Mais ils avaient l'habitude de se réunir dans la même pièce une fois par semaine.

J'ai emprunté un stéthoscope au bloc médical. En le posant sur la porte de leur salle de réunion, je pouvais écouter leurs discussions. Quand ils ont parlé de… m'accoupler pour que je sois enceinte au moment de l'expérience, j'ai résolu de m'enfuir du laboratoire. Ils avaient fini par conclure que le flux d'énergie qui avait tué mes parents n'avait eu aucun effet sur moi. Ils pensaient qu'une seconde génération exposée à l'antimatière bêta avait des chances de développer des capacités intéressantes. Mais ils se trompaient en s'imaginant que j'étais une fille normale.

L'un des médecins me demanda un jour de me déshabiller sous le prétexte d'un nouvel examen médical. Nous étions seuls dans le bloc médical. Je n'avais pas quinze ans, ce salaud n'a pas eu grand mal à me maîtriser. Il me faisait mal en me tordant les poignets. Je ressentais tant de dégoût et de haine pour cet homme... Et soudain il a... *disparu.*

— Disparu ? s'étonna le pilote du *Phénix,* si intéressé par le récit de Flamen qu'il en oubliait de boire le verre plein qu'il tenait à la main.

— Je n'ai pas bien compris ce qui s'est passé. Ce sont les scientifiques qui me l'ont raconté lorsqu'ils ont visionné la bande de la caméra vidéo de l'infirmerie. Mes cheveux roux se sont mis à briller, puis il y a eu une intense lueur blanche qui a enveloppé le médecin qui a été désintégré. Sans dégagement de chaleur, sans abîmer le sol du bloc médical, sans que je ressente rien de particulier.

Comme tu peux t'en douter, les savants du projet AM ont multiplié les examens médicaux et les interrogatoires. Ils ont constaté avec étonnement que les atomes de mon corps étaient maintenant constitués pour moitié de matière et pour moitié d'antimatière. Alors qu'ils auraient dû se désintégrer mutuellement, ces atomes antagonistes avaient formé des liaisons moléculaires apparemment stables. Ma réaction d'autodéfense avait activé l'antimatière bêta jusqu'alors indécelable.

C'était extraordinaire à leurs yeux : ils avaient enfin de l'antimatière bêta stabilisée ! Certains affirmaient que tôt ou tard je me désintégrerais spontanément, mais le temps a passé et je suis toujours en vie.

Ils me ménageaient donc davantage et se sont mis à s'intéresser à mes envies. Si certains étaient d'avis de réitérer la tentative du médecin comme expérience, ils ne trouvèrent heureusement pas de volontaire pour subir le même sort.

Comme les mois passaient, ils trouvèrent un moyen plus subtil pour parvenir à leurs fins. Ils ont fait venir des garçons un peu plus vieux que moi au laboratoire, me disant qu'ils s'inquiétaient de ma solitude. Les jeunes hommes qu'ils me présentaient étaient séduisants, intelligents et très gentils. J'ai failli me laisser prendre au piège, mais l'un d'eux était trop sûr de lui, trop impatient. Un jour, il en a eu assez de me faire la cour. Il m'a saisie par les épaules et m'a embrassée de force, sans me demander mon avis.

— Il a été désintégré ? devina Jeff.

— Oui, confirma Flamen en hochant tristement la tête. C'était le deuxième homme que je tuais, sans même le faire exprès. C'est un réflexe de défense que je ne peux pas contrôler. J'étais si désespérée par l'acte que je venais de commettre que j'ai... tenté de me suicider.

Le sourire du pilote avait disparu.

Il tapota la main de la jeune fille, lui demandant doucement de poursuivre :

— Mais tu n'as heureusement pas réussi.

— Non, j'avais avalé une dizaine de tubes de médicaments pris au hasard au bloc médical. Quand ils m'ont trouvée par terre, à moitié inconsciente et respirant avec difficulté, les médecins ont compris ce que j'avais fait. Ils ont voulu me faire un lavage d'estomac, mais ils n'en ont pas eu le temps... Quelques minutes après avoir avalé une dose mortelle de médicaments, je me suis relevée en parfaite santé. Les savants ont constaté que mon corps avait détruit les substances nocives qui le menaçaient de la même façon que les deux hommes qui m'avaient agressée.

Il n'était plus possible de nier la vérité : j'étais un monstre, qui avait tué deux fois déjà et qui ne voulait plus vivre.

Ma tentative de suicide avait inquiété les savants qui m'étudiaient. Ils craignaient que je me tranche les veines ou que je trouve un autre moyen de me tuer. Ils ne savaient que faire, doutant que placer un garde derrière moi en permanence soit d'une grande utilité : il me suffirait de désintégrer le garde, voire de me désintégrer moi-même…

— Je croyais que tu ne contrôlais pas ton pouvoir, dit Stone.

— Non, c'est vrai. Mais les savants n'en étaient pas entièrement certains. Ils étaient même persuadés que si j'essayais avec assez de conviction, je pourrais utiliser ce pouvoir de destruction à volonté. Cette pensée me faisait encore plus peur que le reste.

— Ils ont réussi à te convaincre de ne pas te suicider ?

— Non, mais ils m'ont questionnée sur ce qui me plaisait, me promettant de réaliser mes souhaits pour que je retrouve le goût de vivre. Je leur ai dit que je voulais voir la mer, me baigner dans une eau verte transparente et ensuite m'allonger sur une plage de sable fin bordée de palmiers.

La voix de Flamen s'était faite rêveuse et son regard se perdit dans le vague. Stone sourit en lui pressant doucement la main.

— Tu as réalisé ton rêve ?

La jeune fille se secoua aussitôt, dégageant vivement sa main comme si ce contact l'avait brûlée.

Elle recula et répondit sèchement :

— Non. Ne me touche plus, Jeff.

Le ton de sa voix était chargé de reproches et le pilote la regarda avec surprise avant de s'excuser :

— Pardonne-moi, je ne voulais pas t'offenser. J'essayais simplement de te réconforter. Comme un ami…

Il avait l'air sincèrement contrit. La jeune fille baissa la tête.

— Excuse-moi, Jeff. J'ai senti une chaleur dans ma main quand tu m'as touchée et… j'ai eu peur de…

Elle s'interrompit, honteuse, se mordant les lèvres pour ne pas fondre en larmes. Le pilote réprima un mouvement de recul et se força à plaisanter en agitant la main devant elle.

— … me désintégrer ? Non, rassure-toi, ma main est toujours là !

— Ce n'est pas seulement ta main que tu risques en me touchant, Jeff. Si je me sentais menacée, tu serais entièrement désintégré !

Stone haussa les épaules et reprit la main de Flamen pour y déposer un chaste baiser.

— Me voilà prévenu : rassure-toi, je peux être un parfait gentleman en présence d'une dame de qualité telle que toi ! Tu n'as donc pas pu réaliser ton rêve ?

Abasourdie par son audace, la jeune fille reprit son récit :

— Les responsables du projet AM ont donné leur accord pour que je quitte le laboratoire. Ils m'ont emmenée sur la station spatiale XG34, dans une agence de voyages pour que je puisse choisir l'endroit que je voulais visiter. Les prix étaient astronomiques, mais ils m'ont assuré que les dépenses n'avaient pas d'importance. Ils étaient prêts à me payer le voyage dans tous les endroits les plus magnifiques de la galaxie pour que je retrouve le goût de vivre. Les brochures de l'agence étaient impressionnantes, j'étais bien en peine de choisir parmi les merveilles qui m'étaient proposées.

Ils ont paru soulagés de voir mon intérêt pour les voyages et m'ont proposé de prendre mon temps pour me décider. Nous sommes descendus dans le plus cher des hôtels où les repas étaient délicieux. Nous avons visité la station et j'hésitais encore entre deux destinations quand j'ai compris brusquement qu'aller sur une plage magnifique ne changerait rien.

Dans ma chambre d'hôtel, je me sentais mieux car je me préparais à partir. Je ressentais exactement la même chose quand j'ai quitté le laboratoire. Sans même y aller, je savais que sitôt arrivée dans les plus beaux endroits de la galaxie, ma seule envie serait de repartir. Sans compter que les hommes du CES seraient toujours derrière moi, pour me surveiller et me protéger. Pour vérifier, j'ai ouvert la porte de ma chambre. Comme je m'y attendais, deux hommes montaient la garde devant celle-ci. Si j'avais envie de sortir, ils m'accompagneraient.

Mais je n'avais pas envie de sortir. Je n'avais plus envie de rien. Je leur ai souri, puis j'ai refermé la porte et je me suis dirigée vers le conduit d'évacuation des ordures. J'ai sauté dedans avec le même sourire.

— Mais dans les grands hôtels, les ordures sont désintégrées !

— Oui, je le savais. Pourtant je souriais…

— J'avais le même genre de sourire lorsque j'ai lancé le *Phénix* vers le soleil de Keval. Je souriais parce que j'étais soulagé : mes souffrances allaient s'achever avec la vie dont je ne voulais plus. Mais il y a eu cette navette en détresse et Pik…

Entendant son nom, l'oiseau émit une sorte de croassement, puis se percha sur l'épaule de Stone.

Flamen le regarda un instant, puis reprit son récit :

— Au moment d'être désintégrée, je me suis recroquevillée en fermant les yeux. Mais mes cheveux m'ont enveloppée comme s'ils étaient vivants, m'enfermant dans un cocon lumineux qui m'a protégée du flux d'énergie du désintégrateur à ordures. Quand j'ai rouvert les yeux, mes cheveux avaient poussé d'une vingtaine de centimètres et il y avait un énorme trou dans la paroi métallique du réceptacle à ordures.

J'avais redirigé l'énergie qui devait me détruire contre l'un des murs du réduit où je me trouvais enfermée. À moins que je l'aie absorbée et que j'aie creusé le trou pour sortir de ce piège sans même m'en rendre compte…

Quand j'ai franchi le trou, je me suis retrouvée dans une ruelle déserte derrière l'hôtel. Pour la première fois de ma vie, j'étais débarrassée des scientifiques du CES. Il n'y avait plus personne pour contrôler ma vie, j'étais libre.

Mon euphorie est retombée au cours de la journée. Sans argent, affamée, j'ai fini par retourner à l'hôtel. Je pensais que monsieur Traden comprendrait mon besoin de liberté et qu'en me

46

voyant revenir il me ferait moins surveiller. Traden est le responsable du projet. C'est lui qui avait autorisé mon départ du laboratoire.

Suffoqué, le pilote s'étonna :

— Tu es retournée avec eux malgré ce qu'ils voulaient te faire ?

— À ce moment-là, mes sentiments étaient... confus. Je prenais réellement conscience que j'étais une mutante et je n'avais nulle part où aller. Les seules personnes qui me connaissaient et vers qui me tourner, c'étaient les gens du CES.

Mais quand je suis revenue à l'hôtel, j'ai vu Traden en pleine altercation avec un autre savant. Ils ne m'avaient pas vue et parlaient assez fort pour que j'entende leurs paroles :

— Vous avez tort, monsieur Traden. Cette fille est trop précieuse pour risquer de la perdre ainsi. Si vous la persécutez, elle fera une troisième tentative de suicide. Elle finira par réussir à se tuer.

— Vous sous-estimez cette petite garce. Elle savait qu'elle ne risquait rien en sautant dans ce conduit à ordures. Sa première tentative de suicide était certainement un leurre pour nous obliger à l'amener ici, sur une station où elle aurait l'occasion de s'enfuir. Elle nous a menés en bateau avec son histoire de mer et de plage.

Le savant a souri du jeu de mot involontaire de Traden et celui-ci s'est mépris sur son sourire :

— Cela vous amuse peut-être de passer pour un idiot, mais pas moi. J'ai des comptes à rendre à la Compagnie. Il faut retrouver cette fille et lui faire prendre conscience de ce qu'elle est : rien de plus qu'un rat de laboratoire dont je ne supporte plus les caprices. J'ai envoyé une trentaine d'hommes à sa recherche, ils vont la trouver et la ramener.

— Mais elle va les désintégrer ! Même s'ils réussissent à la ramener, je ne vois pas comment vous comptez la rendre docile.

— Elle pourra peut-être désintégrer les premiers, mais je suis sûr qu'elle aura besoin de recharger son énergie et que les autres n'auront aucun mal à s'emparer d'elle. Ils lui feront regretter amèrement sa fugue et quand ils en auront fini avec elle, elle sera obéissante, je vous le garantis ! J'espère que vous n'allez pas démissionner comme ce crétin de Ganthe qui gaspille maintenant ses talents sur un projet mineur qui ne choque pas sa conscience.

— Non, monsieur Traden. Ma réticence tient au fait que je crains que votre initiative n'abîme notre cobaye.

— Ne vous inquiétez pas, mes hommes ont l'habitude de mater les fortes têtes sans trop les abîmer.

— Les ordures ! grogna Stone en serrant les poings.

— Oui, tu comprendras aisément que je me sois enfuie de l'hôtel une seconde fois. Les hommes de main de Traden à mes trousses, j'ai fini par me réfugier dans ce bar où nous nous sommes rencontrés. Jeff… tu tiens toujours à me venir en aide ? Même si je ne suis qu'un monstre créé par accident ? Je ne sais même pas comment tu pourras m'aider.

— Plus que jamais. Et tu es le plus joli monstre que j'ai rencontré. Pour commencer, je t'offre l'asile à bord du *Phénix*. Nous nous arrêterons sur la prochaine station pour t'acheter des vêtements. Je ne refuserai pas un petit coup de main sur le cargo si tu veux m'aider. Tu auras l'occasion de voir du pays et de décider comment tu veux mener ta vie maintenant que tu es libre.

— Merci, Jeff. Je te dois beaucoup.

— N'y pense plus. Je suis content d'avoir quelqu'un à qui parler. Pik est affectueux, mais sa conversation est limitée.

— Craaâ ! confirma l'animal en sautant sur l'épaule de Flamen qui le caressa doucement.

— Apparemment, il t'a acceptée à bord. Mutante ou non, Pik s'en moque et moi aussi. Viens, je vais te faire visiter le vaisseau. Ensuite tu seras libre de refuser mon offre. Tu as critiqué son aspect extérieur, mais quand tu auras vu dans quel état sont certaines zones, tu comprendras qu'il faut être à la fois suicidaire et ivre pour oser voler dans ce cargo !

Chapitre IV

Flamen commençait à regretter d'avoir accepté de visiter le *Phénix*. Certaines machines étaient en court-circuit et projetaient des flots d'étincelles en grésillant. D'autres systèmes ne fonctionnaient pas ou étaient bricolés avec des morceaux de ficelle et alimentés par des câbles à moitié fondus. L'état du module hyperspatial, fissuré en plusieurs endroits, fit frissonner la jeune fille.

Elle examinait avec inquiétude les langues d'énergie qui tressautaient dans l'appareil quand Stone la pressa :

— Viens ! Il ne faut pas rester trop longtemps dans ce compartiment à cause des radiations.

Gardant pour elle la remarque peu aimable qui lui venait à l'esprit, Flamen suivit le pilote dans les coursives de l'épave.

Constatant que les immenses soutes ne contenaient rien, elle s'étonna :

— Ton cargo est vide ? Je pensais que tu faisais du transport.

— C'est vrai. J'ai vendu un stock de matronite sur XG34 et nous nous dirigeons maintenant vers XP21 pour acheter une cargaison de médicaments à destination d'une planète en proie à la guerre civile. Et bien sûr, je transporte un intéressant spécimen de mutante à chevelure rousse pour le zoo de XP21.

Bouleversée, la jeune fille s'arrêta net.

— Tu... tu veux me vendre à un zoo ?

— Bien sûr que non, Flamen. Je plaisantais, voyons. Le CES m'offrira bien plus d'argent qu'un zoo !

Cette fois, la jeune fille sourit de la plaisanterie du pilote, tout en lui reprochant gentiment :

— Ce n'est pas très sympa de te moquer de moi. Tu ne peux pas savoir combien je souffre d'être... différente.

— Flamen, tu dois t'accepter telle que tu es.

— Je vais essayer, mais ne me demande pas d'utiliser mes capacités pour faire avancer le *Phénix* quand il tombera en panne. Cette épave doit laisser une traînée de débris dans son sillage !

Mortifié, Stone se rembrunit, puis prit le parti d'en rire.

— C'est vrai qu'il perd quelques morceaux, mais je me suis attaché à ce vieux cargo et je le rafistole moi-même.

— Mais pourquoi ne le fais-tu pas réparer ? Tu m'as dit que tu étais riche…

— Riche, n'exagérons pas. Je ne vends la matronite que je possède que par petites quantités afin de ne pas attirer l'attention sur moi. Mais si je me refuse à envoyer le *Phénix* dans un atelier de réparations, c'est surtout à cause des nombreuses modifications que j'y ai apportées, dont certaines sont un peu…

— … illégales ?

— C'est ça ! D'après le règlement de navigation spatiale, les vaisseaux civils de transport ne doivent pas posséder d'armement lourd. Mais dans ce cas, ce sont des proies faciles pour les pirates et ils doivent donc rester sur les routes commerciales protégées par la Flotte. Moi, je tiens à ma liberté et je ne crains pas les pirates. Le *Phénix* est mieux armé qu'un croiseur de la Flotte !

Une alarme résonna soudain, interrompant Stone.

Flamen s'inquiéta :

— Qu'est-ce qui se passe ?

— Rassure-toi, c'est le signal pour me prévenir que nous allons bientôt quitter l'hyperespace. Viens, je vais te montrer la salle des commandes.

La jeune fille suivit Stone jusqu'au poste de pilotage à l'avant de l'appareil, redoutant un peu d'y trouver un fouillis inextricable de câbles électriques dénudés produisant des étincelles et de la fumée. Elle poussa un soupir de soulagement en constatant qu'il n'y avait ni étincelles ni fumée. En revanche de nombreux panneaux étaient démontés et Jeff dut déplacer une dizaine de câbles qui encombraient le siège du copilote pour que Flamen puisse s'asseoir.

Devant la moue ironique de la jeune fille, Stone avoua :

— Je suis un peu débordé par les réparations. Si tu t'y connais en mécanique, un coup de main ne sera pas de refus.

— Je n'y connais pas grand chose, mais ce que j'ai vu de cette épave ferait sans doute fuir n'importe quel technicien.

— Tu ne crois pas si bien dire. L'ami qui me fournit des pièces détachées me fait payer une prime de risque à ses techniciens pour leur travail. Il prétend que me laisser me poser chez lui est une inconscience de sa part et que tout l'argent du CES ne suffirait pas à le convaincre de monter à bord de mon cercueil volant.

— Si tu cherches à me faire peur, c'est réussi. Si nous survivons jusqu'à l'atterrissage, je n'oserai plus remonter à bord de ce tas de ferraille.

Jeff sourit, puis dit d'une voix grave :

— Je voulais que tu saches à quoi t'en tenir sur le *Phénix*. Si tu préfères rester sur XP21 pour trouver un moyen de transport plus sûr, je peux te donner un peu d'argent…

— Pas question ! J'ai confiance en toi, Jeff. Tu ne me vendras pas au CES et je préfère encore mourir sur cette épave que retomber entre leurs mains.

— Alors accroche ta ceinture, nous revenons dans l'espace normal.

Flamen obéit et s'en félicita car la transition secoua violemment le vaisseau. Pik avait été projeté contre une paroi. Il se releva en ronchonnant.

— Désolé, mon vieux compagnon, mais tu devrais avoir l'habitude.

— Tu veux dire que c'est toujours comme ça ? s'inquiéta la jeune fille. Le vaisseau qui m'a amenée sur XG34 ne vibrait pas ainsi lors de la transition.

— C'est parce que ses compensateurs d'inertie fonctionnaient correctement. Ceux du *Phénix* sont un peu usés. Il faudra que je les remplace la prochaine fois que j'irai chez mon ami Joker. Et je te préviens, le saut en hyperespace est encore pire que la sortie ! Tu devais vraiment être épuisée après ton passage dans le réservoir pour ne pas t'en être aperçue.

La radio crachota alors :

— Station XP21 à vaisseau émergeant, identifiez-vous.

Stone pressa plusieurs touches, puis répondit :

— *Phénix* à station XP21. Ici le capitaine Jeff Stone. Je vous envoie mon identification.

Un silence.

— Code d'identification confirmé pour cargo *Phénix*. Vous êtes autorisé à atterrir sur le quai numéro 9. Quelle est votre cargaison, *Phénix* ?

— Pas de cargaison, XP21. Je viens chercher un stock de médicaments que j'ai commandé.

— En effet, *Phénix*. Votre cargaison vous attend dans le hangar 17. Vous avez des passagers ?

Flamen réprima un frisson en entendant cette question en apparence anodine, mais Stone répondit sans hésiter :

— Négatif, station. Terminé.

Il coupa la transmission et Flamen s'inquiéta :

— Est-ce que sa question était normale ? Ou est-ce qu'ils sont déjà à ma recherche ?

— Calme-toi, Flamen. Le CES est puissant, mais il n'est pas devin. Il n'a aucune raison de croire que tu as pu quitter XG34. Même si c'était le cas, il lui faudrait plusieurs jours pour nous rejoindre. Le système de propulsion hyperspatiale du *Phénix* a été récupéré sur un croiseur de la Flotte. Sa vitesse est supérieure à celle de la plupart des vaisseaux civils. Quant aux questions, cela dépend des stations et des opérateurs. Certains ne demandent même pas l'identification du vaisseau et c'est au pilote de réclamer un quai pour se poser, d'autres veulent tout savoir : provenance, destination, nombre de minutes estimées à passer sur la station, âge et couleur des chaussettes du capitaine !

La jeune fille se mit à rire, rassurée. En procédant aux manœuvres d'atterrissage, le pilote lui expliquait ce qu'il faisait et Flamen sourit.

— Tu veux m'apprendre à piloter ?

— Au moins te donner quelques bases. La combinaison que tu portes te désigne comme membre d'équipage. Viens, descendons par la rampe. Le réservoir de carburant ne sert que pour les passagers clandestins.

En riant, ils sortirent du cargo, se heurtant presque à un homme en uniforme qui les attendait. Il salua Stone en un garde à vous impeccable.

— Capitaine Stone, je présume ? Et...

— ... et ma femme Léda, navigatrice. Vous venez pour les formalités administratives, lieutenant ?

— En effet, capitaine. Je suis navré de vous presser ainsi, vous auriez sans doute préféré vous reposer un peu, mais nous attendons un vaisseau de la Flotte avec à son bord un amiral qui est très à cheval sur le règlement. Je préfère vous faire remplir immédiatement le formulaire.

Le lieutenant fit la moue en désignant le cargo ovoïde à la coque cabossée et noircie.

— Si votre vaisseau a des avaries, vous devriez l'envoyer à l'atelier.

— Le *Phénix* est parfaitement opérationnel, lieutenant. Je conviens que son apparence est un peu rebutante, mais je n'ai pas les moyens de faire redresser et repeindre la coque.

Stone remplit la fiche, puis la rendit au lieutenant en lui demandant :

— Pourriez-vous m'envoyer un mécanicien pour refaire le plein de mon cargo et des manutentionnaires pour charger ma cargaison ?

— Immédiatement ?

— Je suis un marchand, lieutenant. Le temps, c'est de l'argent. Nous repartirons dès que les soutes seront chargées. En attendant, nous avons juste le temps de renouveler la garde-robe de ma femme.

Une heure plus tard, Jeff et Flamen s'enfonçaient dans la station tandis que les caisses de médicaments commençaient à s'empiler dans les soutes du *Phénix*.

La jeune fille demanda à voix basse :

— Est-ce que ça va, Jeff ? Tu n'étais pas obligé de me présenter comme ta femme, j'ai bien senti ta voix trembler quand tu as prononcé son nom...

Le pilote garda le silence un long moment, puis avoua :

— Après la destruction de la colonie sur Keval, j'ai déclaré la mort de chaque habitant... sauf celle de Léda. Je n'ai retrouvé aucun corps, mais j'ai retourné les ruines de Keval pendant des mois. Je sais que personne n'a survécu. Simplement je n'ai pas eu la force de remplir son formulaire de décès. Tu dois me trouver stupide...

Flamen lui prit le bras et secoua la tête.

— Pas du tout. Ne me fais plus passer pour elle, je ne lui ressemble sans doute même pas !

— Non, mais tant que l'on ne te fait pas passer un scanner biométrique, ça te donne une identité légale. Tous ceux qui connaissaient vraiment Léda sont morts. Je sais qu'elle t'aurait donné son identité sans hésiter pour t'aider à échapper au CES.

— Merci, Jeff, murmura Flamen, émue.

Ils gardèrent le silence jusqu'à l'entrée du centre commercial.

En passant devant un salon de coiffure, le pilote lui signala :

— Je crains que tes longs cheveux roux ne te fassent repérer. Tu devrais les faire couper et teindre.

— Je… je ne préfère pas. Dans le réceptacle à ordures de l'hôtel, mes cheveux m'ont protégée du faisceau qui aurait dû me désintégrer. En plus, ça pourrait être dangereux pour la coiffeuse, regarde !

Pour illustrer son propos, la jeune fille saisit l'un de ses cheveux et l'arracha d'un coup sec. Le cheveu se désintégra aussitôt dans sa main avec un bref éclair blanc.

Stone admit à contrecœur :

— Vu leur réaction, il vaut mieux les laisser tels quels, en effet. Mais quand tu vas essayer des vêtements, tu ne passeras pas inaperçue.

Effectivement, lorsque Flamen sortit de la cabine d'essayage de la boutique où il l'avait emmenée, elle devint aussitôt la cible de tous les regards, regards intéressés des hommes et envieux des femmes. Elle portait un justaucorps à manches courtes fait d'un tissu ajustable à mémoire de forme. D'un noir profond comme l'espace, piqueté d'étoiles scintillantes, il semblait couler sur le corps de Flamen, moulant étroitement ses formes et descendant jusqu'à ses chevilles comme une seconde peau.

Fasciné, Jeff Stone déglutit avec peine. Ainsi vêtue, ses longs cheveux lui faisant une cape flamboyante descendant jusqu'au creux des reins, Flamen était vraiment très belle. Pieds nus, elle pirouetta et sourit au pilote.

— Alors, Jeff, qu'en dis-tu ? Ce serait dommage de me couper les cheveux, non ?

Subjugué par le charme et la fraîcheur de la jeune fille, Stone sourit à son tour :

— C'est vrai, mais tu ne comptes pas sérieusement porter ça ? Tu vas déclencher une émeute sur la station, les hommes du CES ne seront pas les seuls à te pourchasser !

Le rire cristallin de Flamen résonna agréablement aux oreilles du pilote.

— Ne t'inquiète pas, je trouvais que ça m'irait bien et j'avais simplement envie de l'essayer. Mais c'est trop cher et bien trop voyant. Je vais essayer autre chose de plus courant.

Elle se retournait vers la cabine d'essayage, mais Stone la poussa vivement, la projetant au sol tandis qu'un rayon laser laissait une trace noire sur le mur au-dessus d'elle. Un autre rayon manqua le pilote de peu. Il rejoignit la jeune fille derrière la mince cloison de la cabine d'essayage qui les abritait des tireurs, deux hommes que Stone reconnut sans difficulté : il les avait déjà assommés dans le bar de XG34.

Tandis que les vendeuses et les autres clients du magasin de vêtements se mettaient à courir en tous sens en hurlant, Stone s'assit tranquillement, s'adossant à la cloison, puis tâta les poches de sa combinaison dont il tira un petit objet métallique.

S'efforçant de dissimuler sa frayeur, Flamen lui chuchota :

— Jeff, nous sommes pris au piège. Qu'est-ce qu'on peut faire ?

Calmement, le pilote ramassa les bottines noires à semelles magnétiques qu'il avait choisies pour la jeune fille et les lui tendit.

— Mets-les à tes pieds et prépare-toi à courir. Dès qu'ils comprendront que je n'ai pas d'arme, tes *amis* vont venir te chercher.

Stone avait parlé d'une voix forte et la jeune fille se hâta d'enfiler les bottines en comprenant que ses ennemis avaient dû entendre le pilote avouer qu'il était désarmé.

Effectivement, les deux séides du CES se montrèrent, pointant leurs pistolasers sur Jeff et Flamen. Mais le pilote dirigea alors vers eux l'objet qu'il tenait à la main. Il produisit un bourdonnement, puis l'air devint flou entre Stone et les deux hommes qui furent violemment projetés en arrière.

— Un projecteur d'ondes soniques. La portée est réduite, mais l'effet est comparable à heurter un mur de pierre à trente kilomètres à l'heure. Ils devraient nous laisser tranquilles un moment. Viens !

— Attends ! Mes autres vêtements et la combinaison de ta femme !

Stone la tira par le poignet en s'énervant :

— On s'en moque ! Léda est morte, elle n'en a plus besoin. Pas question de s'encombrer inutilement !

Ils voulurent se pencher sur les deux hommes inanimés pour ramasser leurs armes, mais de nouveaux rayons rouges les manquèrent de peu. Ils poursuivirent donc leur course sans s'arrêter, fonçant vers une baie vitrée tandis que les autres hommes du CES continuaient à tirer. Stone pointa son projecteur sonique vers la vitre et la fit exploser avant de saisir la jeune fille dans ses bras pour sauter à travers le trou.

— Jeff ! Nous sommes au deuxième étage ! lui rappela-t-elle un peu trop tard.

Mais Stone atterrit souplement dans la rue en contrebas en fléchissant les jambes. Ils repartirent en courant vers le spatioport.

Jeff boitait légèrement mais il rassura sa compagne :

— J'ai dû me faire une légère foulure. Naître et passer son enfance sur une planète à forte gravité a des avantages : une fois, j'ai sauté d'un quatrième étage pour échapper aux pirates qui me pourchassaient. Mais je suis inquiet, je ne comprends pas comment ils ont pu retrouver ta piste aussi vite. Ce n'est pas normal.

— C'est ma faute, j'aurais dû t'écouter et couper mes cheveux. J'aurais même dû rester à bord du *Phénix*.

— Non, tu n'es pas en cause. Il nous a fallu cinq jours pour aller de la station XG34 à XP21. Si tu avais été repérée aujourd'hui, ils n'auraient pas pu nous rejoindre avant trois jours en utilisant un transport rapide. Pour être déjà sur la station, il a fallu qu'ils sachent que tu étais à bord de mon cargo, qu'ils devinent sa destination et qu'ils dépassent le *Phénix* avec un vaisseau plus rapide.

— Ils ont dû se renseigner sur toi après ton intervention dans le bar. En apprenant que tu possédais le *Phénix*, il leur a été facile de nous suivre.

— C'est possible, mais il y a un hic : on ne peut pas suivre un vaisseau dans l'hyperespace car les détecteurs ne fonctionnent pas. Et comme je n'avais pas communiqué ma destination à XG34, ils n'auraient pas dû pouvoir nous suivre.

— Mais en enregistrant la direction du vaisseau au moment où il passe dans l'hyperespace, on doit pouvoir deviner sa destination.

— C'est vrai, avec le vecteur d'entrée dans l'hyperespace, il suffit en général de demander à un ordinateur de navigation quelle est la planète ou la station spatiale que l'on peut atteindre avec ce vecteur. Tu es très intelligente d'y avoir pensé. Mais ils n'ont pas pu déterminer notre destination de cette façon. Sachant que tu étais poursuivie, j'ai pris la précaution de faire un double-saut.

— Un double-saut ? Qu'est-ce que c'est ?

Stone s'apprêtait à lui répondre, mais se ravisa, un sourire moqueur aux lèvres.

— Je suis sûr que tu peux le deviner toute seule. Mais chut ! Nous approchons du spatioport. Cette fois, ils vont nous attendre devant le *Phénix*.

Ils s'accroupirent dans l'ombre d'un entrepôt pour jeter un œil sur les quais. Une demi-douzaine de soldats armés de fusilasers montaient la garde devant la rampe d'accès du *Phénix*.

Flamen s'étonna :

— Mais… comment ont-ils osé faire participer les autorités à notre poursuite ? Ce qu'ils font est illégal !

Le pilote poussa un soupir désabusé.

— Tu te trompes, Flamen. Tu es mineure et je t'ai enlevée de force à tes tuteurs légaux.

— Qu'est-ce que tu racontes ? Tu ne m'as pas enlevée !

— Non, mais c'est sans doute ce que ce monsieur Traden a dû raconter aux responsables de la station. Ils nous ont laissé quitter le spatioport pour que nous ne puissions pas nous enfuir avec le *Phénix*. Ils nous ont suivis jusqu'au magasin, croyant nous prendre au piège. Si je me rends, mon cargo sera saisi et je croupirai en prison pendant que tu retrouveras ton tuteur.

— Jeff, tu ne parles pas sérieusement ? Tu ne vas pas abandonner ?

— Hum ! J'hésite…

Son sourire moqueur exaspéra la jeune fille qui faillit se mettre en colère, mais décida de le prendre à son propre jeu.

Elle se pencha vers lui d'un air malicieux pour lui chuchoter à l'oreille :

— Jeff, si tu me sors de cette station, je te donnerai un baiser.

Stone soupira :

— J'aurais préféré que tu devines ce qu'est un double-saut, mais tu n'es pas laide, alors c'est d'accord !

Comprenant qu'il se moquait d'elle, elle lui donna un coup de poing dans l'épaule avant de déclarer :

— Un double-saut, c'est quand on effectue d'abord un passage très court en hyperespace pour se placer hors de portée des détecteurs ennemis, puis on prend la bonne direction et les poursuivants ne peuvent pas connaître le vecteur d'entrée du second saut. Alors ?

— C'est exact ! Tu feras une excellente copilote. Mais il vaut mieux éviter de s'attaquer à six soldats armés de fusilasers avec mon projecteur d'ondes soniques.

— Tu ne peux pas les mettre hors de combat d'ici ?

— Non, la portée de cet appareil n'est que de quelques mètres et sa batterie est presque vide. Nous ferions mieux de contourner les docks, suis-moi !

Stone entraîna Flamen vers un des immeubles bordant le spatioport. La porte était verrouillée, mais le pilote sortit un petit chalumeau-laser d'une des poches de sa combinaison.

Il déclara avec un sourire :

— Un bon mécanicien a toujours ses outils sur lui ! Et après avoir entendu ton histoire, j'ai préféré m'équiper des quelques gadgets indispensables à une évasion.

Quelques minutes plus tard, ils entraient dans le bâtiment et empruntaient l'ascenseur pour se rendre au dernier étage. Quand Stone ouvrit la fenêtre du couloir, Flamen put voir la coque cabossée du *Phénix* à une vingtaine de mètres.

— Jeff… Nous n'allons quand même pas sauter ?

— Mais si ! J'ai une ceinture antigrav. On va voler jusqu'au sommet du vaisseau. Il y a une écoutille secrète pour les cas de ce genre. Combien pèses-tu ?

— Jeff, ce n'est pas une question à poser à une jeune fille.

— Peut-être, mais ma ceinture antigrav est limitée à cent quarante kilos. Si nos poids conjugués sont au-dessus, nous atterrirons quand même en douceur, mais aux pieds des gardes.

— Cinquante-deux kilos, avoua Flamen.

— Je pense que ça ira. Accroche-toi à moi.

Stone passa son bras gauche autour de la taille de la jeune fille, la plaquant contre lui.

Sentant les battements de son cœur s'accélérer, Flamen voulut se dégager de l'étreinte du pilote qui s'énerva :

— Flamen ! Nous devons quitter cette station au plus vite. Si tes ennemis persuadent les soldats de la station de nous traquer, nous ne pourrons pas nous cacher bien longtemps. Accroche-toi à moi !

— Excuse-moi, Jeff, murmura la jeune fille en passant ses bras autour du cou de Stone pour se serrer davantage contre lui.

La légèreté de son vêtement la laissait douloureusement consciente du corps du pilote contre le sien, mais elle se força à ignorer le malaise qui l'envahissait.

Maintenant Flamen contre lui de la main gauche, le pilote activa la ceinture antigrav de sa combinaison de l'autre main pour leur faire survoler le vide qui les séparait du cargo.

60

Jetant un œil vers le bas, Flamen réprima un frisson en constatant qu'ils flottaient dans les airs à plus de quinze mètres au-dessus des quais de l'astroport. Adressant une prière muette pour que les gardes postés devant la rampe ne relèvent pas les yeux, elle posa sa tête contre l'épaule de Stone et ferma les yeux.

Il la secoua doucement en se posant sur la coque du *Phénix*.

— Voilà, Flamen, nous y sommes. Tu peux ouvrir les yeux. Tu as le vertige ?

La jeune fille tremblait, voulant repousser le pilote tout en ayant besoin de s'accrocher à son bras pour ne pas perdre l'équilibre.

— Non, je ne crois pas. Enfin... peut-être un peu. Tant de choses me sont arrivées ces derniers jours... On ne m'avait jamais poursuivie ni tiré dessus avant. Je me sens... bizarre.

Jeff lui tapota doucement la main en lui souriant avec sympathie.

— Ce n'est rien. Tu verras, on s'habitue à ces choses-là.

Il déverrouilla rapidement l'écoutille dissimulée sous une plaque cabossée et s'y glissa avec Flamen avant de la refermer derrière eux. Ils rampèrent dans un étroit boyau jusqu'à un panneau d'acier à côté duquel se trouvait une marque noire. Stone y posa son pouce droit, et le panneau coulissa.

Flamen devina :

— Une serrure à empreinte digitale ?

— Oui, nous voilà dans le poste de pilotage du *Phénix*. Nous avons réussi !

Chapitre V

Stone se plaça aux commandes du cargo, constatant avec soulagement que les autorités ne l'avaient pas encore saisi : l'ordinateur de bord accepta son code personnel et tous les témoins des systèmes en état de marche s'allumèrent. Il pressa un bouton et la rampe d'accès se rétracta derrière les soldats abasourdis. Le réservoir ayant été rempli et les caisses de médicaments chargées dans ses soutes, le cargo n'avait plus aucune raison de s'attarder sur XP21.

Un crachotement sortit des haut-parleurs du cockpit et une voix furieuse se fit entendre :

— Pilote aux commandes du *Phénix*, identifiez-vous immédiatement !

— Ici Jeff Stone, capitaine du *Phénix*. Je demande l'autorisation de décoller.

— Tour de contrôle à *Phénix*. Autorisation refusée. Je répète : autorisation refusée. Capitaine Stone, vous êtes accusé d'enlèvement d'une mineure, de coups et blessures sur les hommes qui cherchaient à la libérer et de vandalisme dans le centre commercial de la station. Veuillez ouvrir votre rampe et laisser monter à bord l'officier qui procédera à votre arrestation.

Flamen avait pâli, mais Stone éclata de rire.

— Désolé, station, mais on vous a mal informé. La mineure en question s'est emparée de mon vaisseau. Sous la menace d'un pistolaser, elle m'oblige à décoller. Contrôle, terminé.

Le pilote enclencha les répulseurs, et les soldats entourant le *Phénix* s'empressèrent de fuir. Mais l'onde de choc les rattrapa, les projetant violemment à terre. Le cargo venait de quitter la station XP21.

Dans le poste de pilotage, Flamen protesta :

— Jeff, tu te rends comptes que tu me fais passer pour une pirate ?

— C'était simplement pour semer le doute dans les esprits des autorités. Comme ça ils n'oseront peut-être pas me tirer à vue. Et puis… tu feras une magnifique pirate, qui me doit d'ailleurs un baiser : nous avons quitté la station !

La jeune fille rougit violemment.

Elle baissa les yeux et murmura :

— C'est vrai, je te l'avais dit, mais…

Un signal d'alarme retentit et le pilote poussa un juron : un croiseur de la Flotte venait de surgir sur son écran et lui coupait la route. La radio bipa, puis la haute stature d'un homme aux cheveux gris apparut sur l'écran de communication.

— Pilote du *Phénix*, ici l'amiral Ghalin, du croiseur *Sentinel*. Je vous somme de vous rendre.

Deux traits rouges frôlèrent la proue du cargo.

— Ils nous tirent dessus ! s'écria Flamen.

— Calme-toi, c'étaient simplement les deux coups de sommation réglementaires. Mais nous serons passés en hyperespace avant qu'ils puissent ajuster leur tir.

Stone avait manœuvré pour éviter le croiseur et la proue du *Phénix* était à nouveau dirigée vers le vide infini de l'espace.

— Mais tu ne vas pas passer en hyperespace sans calcul de trajectoire ? On risque de percuter une étoile !

— La probabilité est faible, la rassura Stone en abaissant la manette du propulseur hyperspatial.

Le vaisseau frémit un instant, mais resta dans l'espace normal et un voyant rouge clignota, signalant que le système d'hyperpropulsion était défectueux.

— Jeff, je sais que le moment est mal choisi pour critiquer cette épave que tu appelles un vaisseau, mais nous avons un problème.

Elle désignait sur l'écran le croiseur dont la taille devait faire deux fois celle du *Phénix*. Le *Sentinel* se plaçait en position de tir.

Le pilote frappa du poing sur la console en un mouvement de frustration.

— Je ne comprends pas. Avec mes rafistolages, le système d'hyperpropulsion aurait dû tenir encore un mois ou deux. À moins que...

Pris d'une intuition, Stone fit apparaître sur un écran les vues de plusieurs caméras placées à l'intérieur du cargo. Flamen étouffa un cri en voyant deux hommes armés de pistolasers qui se dirigeaient vers le poste de pilotage.

— Sûrement des hommes de Traden ! Mais alors... ils ont saboté l'hyperpropulsion !

— Certainement, confirma sombrement le pilote. Nous avons deux graves problèmes, mais je ne peux en régler qu'un à la fois. Nous ne pouvons pas passer en hyperpropulsion pour échapper au *Sentinel* et un groupe d'ennemis est monté à bord. Tu ne veux toujours pas te rendre à eux ?

— Plutôt mourir ! répondit la jeune fille d'un ton catégorique.

— Très bien ! Alors voilà ce que l'on va faire. Les boucliers du *Phénix* sont levés. Tu vas prendre les commandes et tu essaieras d'esquiver les tirs du croiseur. Moi, je m'occupe de nos passagers clandestins.

Il pressa un bouton et un panneau secret coulissa, révélant une réserve d'armes impressionnante. Flamen se douta que la possession d'une seule des armes encadrées en rouge devait valoir plusieurs années de prison. Mais Stone ne prit que trois pistolasers et en tendit un à la jeune fille.

— Au cas où ils arriveraient jusqu'ici. Tu sauras t'en servir ?

— Oui, mais pourquoi n'as-tu pas pris des armes plus puissantes ?

Le pilote sourit :

— Je préférerais chasser ces rats au lance-flammes, mais le vaisseau risquerait d'en pâtir. Le lance-roquettes est lui aussi exclu, tout comme les armes à plasma qui risqueraient de percer la coque. Quant aux fusilasers, ils sont peu maniables à courte distance. Fais-moi confiance, pour chasser des intrus dans les coursives d'un vaisseau, rien ne vaut un simple pistolaser.

Une arme dans chaque main, il se dirigeait vers la porte quand Flamen le rappela :

— Attends, Jeff. Comment utilise-t-on les armes du vaisseau ?

— Je préférerais ne pas y être contraint. Le *Phénix* est plus maniable que ce croiseur et ses boucliers devraient tenir le coup un moment si tu parviens à garder tes distances. Attaquer un croiseur de la Flotte reviendrait à déclarer la guerre à notre Fédération Planétaire. Je ne suis pas suicidaire à ce point. Bonne chance, Flamen.

— À toi aussi, Jeff. Fais attention à toi.

Il sortit du poste de pilotage et la jeune fille sentit l'appréhension la saisir en se retrouvant seule aux commandes du *Phénix*. Elle zigzagua du mieux qu'elle put, mais plusieurs rayons laser touchèrent l'arrière du cargo. Les boucliers absorbèrent l'énergie, mais le vaisseau fut brutalement secoué.

Comprenant qu'ils visaient les moteurs et n'utilisaient pas de missiles afin de la capturer vivante, Flamen s'écria :

— Non ! Vous ne me ramènerez jamais là-bas.

D'autres lasers touchèrent la poupe du vaisseau, et une alarme se déclencha. L'indicateur des boucliers arrière était dans le rouge, et Flamen comprit qu'elle devait à tout prix sortir de la ligne de tir du *Sentinel*. Lançant le *Phénix* dans un virage serré, elle piqua vers la station XP21, redressant au dernier moment, profitant de la maniabilité du cargo pour placer la station spatiale entre lui et le croiseur.

Jeff Stone s'accroupit dans un renfoncement, attendant patiemment les deux hommes qu'il avait repérés grâce à l'une des caméras intérieures du *Phénix*. Quand il les vit arriver, progressant par bonds successifs, chacun d'un côté du couloir, il chassa ses derniers scrupules. Visant soigneusement, il se redressa soudain et pressa la détente de ses deux pistolasers en même temps. Les deux rayons rouges frappèrent les deux hommes en pleine poitrine. Ils s'écroulèrent, laissant tomber leurs armes.

Stone s'approcha pour les ramasser, intrigué par le bruit singulier qu'elles avaient fait en tombant. Il frissonna en comprenant de quel type de pistolaser il s'agissait. Des plass, abréviation de PistoLasers d'ASSaut, utilisés uniquement par les Commandos d'Intervention d'Elite de la Flotte.

Le pilote n'en avait vu jusqu'alors qu'à la tridivision, dans les reportages sur la Flotte vantant les prouesses du CIEF. Malgré plusieurs contacts dans le milieu des contrebandiers, lesquels avaient eux-mêmes des relations avec les pirates, Stone n'avait jamais pu s'en procurer un seul. Et maintenant il en avait deux entre les mains !

Mais il n'avait pas envie de s'en réjouir. Il retourna du pied l'un des hommes qu'il venait d'abattre et son cœur se serra en reconnaissant le blason du CIEF sur la combinaison.

Examinant rapidement l'une des armes, il constata qu'elle était plus légère qu'un pistolaser ordinaire, mais il savait que son canon plus large pouvait cracher un trait de feu cent fois plus puissant. La seule arme de poing possédant une puissance de feu supérieure était le pisto-plasma, mais sa masse de deux kilos et demi et sa cadence de tir de douze coups par minute en faisait une arme peu pratique.

Une voix forte le tira de ses réflexions :

— Ne bouge plus ! Lâche ces armes doucement et lève les mains !

Stone songea un peu tard que chaque groupe du CIEF devait garder un homme en retrait pour surveiller leurs arrières. Il obtempéra en réfléchissant désespérément au moyen de se sortir d'affaire. Peut-être que s'il se rapprochait suffisamment il parviendrait à désarmer l'homme. Le pilote chassa aussitôt cette idée. Les commandos d'élite de la Flotte recevaient un entraînement intensif au combat rapproché. Malgré son expérience des bagarres dans les bars mal famés de la galaxie, il ne ferait pas le poids contre cet homme. D'autant qu'il semblait résolu à le tuer au moindre mouvement suspect.

— Combien êtes-vous ? l'interrogea le soldat.

Soudain un croassement fit se retourner l'homme. Pik accourait au secours de son maître : agrippant le casque du commando avec ses griffes, il le lui arracha en s'envolant. L'homme réagit aussitôt en pointant son arme sur l'animal qui lâcha le casque et esquiva souplement un rayon éblouissant qui fit fondre l'une des cloisons du couloir. Réalisant qu'il avait oublié un instant le pilote du cargo, le commando dirigea à nouveau son arme vers lui mais c'était trop tard.

Voyant Pik détourner l'attention de son ennemi, Jeff Stone plongea au sol, ramassant l'un des plass et tirant en même temps que le commando. Le trait d'énergie passa au-dessus de lui tandis que le sien touchait le bras droit de l'homme au niveau du coude. Le bras sectionné tomba à terre en tenant toujours le plass. L'homme s'écroula mais tenta tout de même de reprendre son arme de la main gauche.

Jeff écarta le plass d'un coup de pied et posa le canon fumant de son arme entre les deux yeux du soldat.

— À mon tour de poser la question. Combien êtes-vous ?

La grimace haineuse de l'homme et son air buté convainquirent le pilote que malgré le moignon carbonisé de son bras droit, le commando restait dangereux. Voyant le regard de l'homme s'écarquiller en regardant l'oiseau se poser sur son bras arraché pour y donner de petits coups de bec, Stone sourit.

— Pik ?

— Craaâ ? répondit le volatile en exhibant la double rangée de dents acérées de son bec.

— Bouffe plutôt ce salopard.

— Non ! cria le soldat. Pitié !

— Combien êtes-vous ? répéta implacablement le pilote.

— Neuf ! Trois groupes de combat ! Je vous en prie, rappelez-le !

Pik s'était approché de l'homme en sautillant, claquant du bec avec gourmandise. Stone recula, puis pressa la détente du plass, réduisant en cendres la tête du commando.

— Plus que six ! Viens, Pik, tu t'amuseras plus tard. Pour le moment nous avons d'autres gros rats à débusquer.

Laissant l'oiseau passer devant en éclaireur, Stone parcourut prudemment les coursives du vaisseau, sachant très bien qu'il avait peu de chances de venir à bout seul de six hommes entraînés. Mais il n'avait pas le choix.

La chance fut tout de même avec lui lorsqu'il entra dans le compartiment du générateur d'hyperpropulsion. Les trois hommes qui s'y trouvaient avaient suivi des yeux Pik qui traversait le couloir en croassant, tirant sur l'oiseau qui fonçait vers le commando le plus éloigné. Mais le vol saccadé du Pik le rendait difficile à atteindre.

Le pilote en profita pour tirer sur les deux hommes qui lui tournaient le dos. Ils s'écroulèrent tandis que le troisième tirait sur le pilote qui se jeta au sol. Stone sentit la brûlure du laser qui lui frôla le bras et la douleur lui fit lâcher son arme.

Cependant le soldat n'eut pas le temps de l'achever. Pik referma son bec sur son cou, sous le casque, et la tête de l'homme roula au sol.

Se relevant en grimaçant, Jeff ramassa son arme de la main gauche et remercia Pik d'un signe de tête. Il s'approcha du générateur d'hyperpropulsion et poussa un juron rageur en constatant que les commandos l'avaient saboté : là où se trouvaient auparavant deux fissures dans l'appareil, il y avait maintenant un trou. Impossible de passer en hyperespace.

Stone examina rapidement son bras blessé, constatant que même si le rayonnement du plass n'avait fait que l'effleurer, sa combinaison avait fondu sur son bras. Il ne pouvait quasiment plus bouger la main et devrait soigner la blessure au plus vite. Cependant il devait d'abord trouver les trois hommes du CIEF qui étaient quelque part à bord. Ses recherches demeurèrent infructueuses, il décida donc de retourner à la salle des commandes pour voir comment s'en tirait Flamen.

Dans le poste de pilotage, la jeune fille souriait, heureuse de constater que le croiseur ne parvenait plus à lui tirer dessus. Il s'efforçait de contourner la station, mais la maniabilité exceptionnelle du *Phénix* permettait à Flamen de conserver XP21 entre le *Sentinel* et le cargo. Bien sûr ce petit jeu ne pourrait sans doute pas s'éterniser, mais être aux commandes du vaisseau grisait la jeune fille, à tel point qu'elle n'entendit pas la porte du compartiment s'ouvrir.

— Ne bouge plus ! Retourne-toi doucement.

Flamen se leva de son siège et se retourna vivement en pointant le pistolaser que Stone lui avait donné. Sans viser elle pressa la détente plusieurs fois. Deux des rayons frappèrent l'un des hommes qui tomba.

— Stop ! Ou nous tirons !

Les deux autres soldats la menaçaient de leurs armes, elle n'avait aucune chance de tourner son pistolaser avant qu'ils l'abattent.

— Lâche cette arme ! Nous avons ordre de te prendre vivante, alors ne nous oblige pas à tirer.

Songeant à ce qui l'attendait si elle retombait aux mains du CES, Flamen poussa un soupir et murmura :

— Désolée de t'avoir attiré des ennuis, Jett.

Elle pointa son arme sur le commando le plus proche et pressa la détente, le frappant en pleine tête. Elle voulut ensuite diriger son pistolaser sur le dernier soldat.

Mais celui-ci n'avait aucune envie de subir le même sort que ses infortunés compagnons. Malgré ses ordres formels de prendre la jeune fille rousse vivante, il ne voulait pas se laisser abattre comme une cible au stand de tir. Il tira donc le premier et le trait de feu de son plass frappa le ventre de Flamen.

La jeune fille ressentit une douce chaleur l'envahir tandis qu'une odeur de brûlé s'élevait. Elle se dit que la mort était finalement moins douloureuse qu'elle le croyait et pencha la tête pour voir la lueur rouge de son ventre s'évanouir, juste avant qu'un éclair blanc à la clarté insoutenable n'en jaillisse pour frapper le commando, le désintégrant avec son arme, son casque et sa combinaison.

En état de choc, Flamen lâcha son pistolaser et resta immobile. Stone la trouva dans la même position lorsqu'il pénétra dans le cockpit quelques instants plus tard. Avisant les corps des deux soldats abattus par les lasers, il se précipita, pressant l'épaule de la jeune fille avec inquiétude.

— Flamen, tu n'es pas blessée ?

— Jeff… Mon nombril… Tu vois mon nombril ?

Interloqué, le pilote baissa les yeux et confirma :

— Oui, je le vois. Tu as fait un trou dans ton justaucorps ? Je suis heureux que tu ne sois pas blessée.

— Jeff, le troisième homme m'a touchée au ventre avec son rayon, mais je… je n'ai rien. Il n'a fait que brûler le tissu. Et ensuite…

— Tant mieux, mais où est-il ?

Stone brandissait son arme de la main gauche avec inquiétude, mais Flamen lui révéla d'une voix angoissée :

— Je l'ai tué ! Un éclair est sorti de mon corps à l'endroit où il m'avait touchée et l'a désintégré. Je pensais qu'il me tuerait. Je… je croyais vraiment que j'allais mourir !

Elle éclata en sanglots et Jeff voulut la réconforter quand une violente secousse les jeta à terre. La coque du cargo fit entendre des craquements métalliques inquiétants.

Stone se releva d'un bond et se jeta dans le siège du pilote.

— Flamen ! Assieds-toi et boucle ta ceinture. On discutera de tes pouvoirs de mutante lorsqu'on aura réglé le problème du *Sentinel.*

Au moment où il reprenait les commandes en main, une nouvelle salve de canons laser frappa l'arrière du vaisseau, provoquant une explosion assourdie dans un des panneaux du poste de pilotage. Il en sortit des étincelles et un panache de fumée noire.

— Nous avons perdu les boucliers arrière ! Accroche-toi, Flamen, il est temps de riposter.

— Mais je croyais qu'ouvrir le feu sur un vaisseau de la Flotte équivalait à une déclaration de guerre !

— C'est vrai, mais nous venons de tuer neufs soldats du CIEF, les forces d'élite de la Flotte, alors je crois que la guerre est déjà déclarée ! Ce sont eux qui nous ont attaqués les premiers.

La jeune fille eut juste le temps de boucler sa ceinture avant que Stone ne lance le *Phénix* dans une boucle qui l'amena derrière le croiseur. Abaissant un levier, il mit le vaisseau en position de combat : sortant d'ouvertures habilement dissimulées dans la coque cabossée du cargo, une quinzaine de canons lasers pointèrent leurs nez menaçants sur le *Sentinel*. Le pilote attendit que les canons se verrouillent sur leurs cibles, remarquant avec étonnement que les scanners indiquaient que les boucliers du *Sentinel* étaient abaissés.

Voyant le *Phénix* se placer en position de tir sur son arrière, l'amiral Ghalin cria :

— Relevez le bouclier arrière, pleine puissance, vite !

— Mais amiral, vous aviez dit que nous pouvions les abaisser puisque les senseurs indiquaient que ce cargo n'était pas armé.

Ghalin avait fait abaisser les boucliers pour économiser ses réserves d'énergie et pouvoir prendre en chasse un vaisseau qui venait de quitter une station et avait sans doute refait le plein de carburant. Le sien sortait de l'hyperespace avec un réservoir aux trois-quarts vide.

Cependant la manœuvre du *Phénix* ne laissait aucun doute sur ses intentions : après avoir joué à cache-cache autour de la station, laissant le croiseur lui tirer dessus sans riposter, il passait à l'attaque, et le chasseur devenait proie.

L'officier responsable du scanner s'écria :

— Quinze canons laser viennent de surgir des flancs du cargo !

— Le bouclier arrière sera rétabli dans sept secondes, annonça un autre soldat.

L'amiral Ghalin se prit la tête entre ses mains et soupira :

— J'ai sous-estimé ce pilote et son vaisseau, deux cents hommes vont payer mon erreur de leur vie.

Les quinze canons laser du *Phénix* tirèrent en même temps, frappant les trois moteurs du *Sentinel* par groupes de cinq. Trois explosions secouèrent violemment le croiseur, jetant au sol ses hommes d'équipage.

Des alarmes retentirent, mais Ghalin garda son sang-froid.

— Timonier, manœuvre d'évasion ! Lieutenant Allan, étendue des dégâts ?

Une voix effrayée lui répondit :

— Nos trois moteurs sont endommagés, amiral. Le générateur de bouclier arrière est détruit. Nous ne pouvons plus manœuvrer et les moteurs deux et trois approchent du seuil critique de fusion. S'ils tirent à nouveau, le *Sentinel* explosera.

Abattu, l'amiral se leva, regardant sur l'écran le vaisseau qui venait de le vaincre en bafouant tout ce qu'il savait des tactiques militaires.

Il soupira :

— Battu par un civil dans un vieux cargo bon pour la casse.

L'officier chargé des communications l'avertit soudain :

— Un message du *Phénix*, amiral.

— Passez-le sur mon écran !

— À vos ordres.

Ghalin se rassit dans son fauteuil et toisa avec fureur le visage souriant de Jeff Stone qui apparaissait sur son écran.

— Vous avez commis un acte de piraterie inqualifiable en attaquant un vaisseau de la Flotte.

— Ravis de vous revoir, amiral Ghalin. Si nous parlions de votre reddition ?

— Me rendre à un civil ? Vous plaisantez, Stone.

— *Capitaine* Stone, amiral. Et je ne pense pas que vous soyez en position de discuter.

— Il y a plus de deux cents hommes à bord du *Sentinel*. Vous n'oseriez pas…

Le lieutenant Allan cria :

— Amiral, le *Phénix* a de nouveau verrouillé ses canons laser sur nos moteurs. Nous sommes perdus !

— C'est bon, capitaine Stone. Vous avez ma reddition inconditionnelle. Mon vaisseau est à vous.

Stone éclata de rire.

— Dans l'état où il est, vous pouvez le garder, amiral. Je préfère nettement mon cargo. Désolé d'avoir dû riposter, mais c'est vous qui m'avez attaqué le premier. Bonne route, amiral !

Sur un nouvel éclat de rire, le pilote du cargo coupa la communication. Sur ses écrans, Ghalin vit le *Phénix* s'éloigner dans l'espace, s'étonnant de ne pas le voir passer en hyperespace

Dans le cargo, Flamen sauta au cou de Stone.

— Tu as été génial, Jeff. Tu les as bien eus !

Le pilote fit une grimace de douleur et dégagea son bras droit. Il s'était forcé à rire pour donner le change à leurs poursuivants, mais il ne pouvait plus ignorer la gravité de sa blessure.

— Aïe ! Doucement, Flamen. Contrairement au tien, mon corps est sensible aux lasers. Et je ne trouve pas si génial que ça d'avoir déclaré la guerre à la Fédération Planétaire. J'aurais peut-être dû réfléchir davantage avant de me mêler de tes affaires.

Remarquant l'état de l'avant-bras de Stone, la jeune fille éclata en sanglots.

— Oh, Jeff ! Tu as été blessé à cause de moi !

Bouleversée, elle prit sa décision et demanda froidement :

— Tu vas jeter les corps des commandos dans le vide ?

— Oui, c'est le sort habituel des passagers clandestins, tenta de plaisanter le pilote.

— Alors mets-moi avec eux.

La voix détachée de Flamen fit tout d'abord croire à Stone qu'il avait mal compris. Puis il croisa son regard et lut un tel désespoir dans ses yeux qu'il ne sut que dire. Avant qu'il puisse l'en empêcher, elle avait ramassé l'un des plass pour le poser contre son cœur.

— Non ! Flamen, ne fais pas ça, je t'en prie.

— Pourquoi ? Je t'ai causé assez d'ennuis, Jeff.

— Mais si ton corps absorbe une nouvelle fois le laser, il risque de me frapper comme il l'a fait pour ce soldat, et je ne tiens pas à être désintégré !

La jeune fille pâlit et lâcha l'arme.

— Tu as raison, je risque de te tuer... Tu n'as qu'à me jeter dans l'espace vivante. La décompression devrait me tuer, tu ne crois pas ?

— Flamen, si tu es vraiment décidée à mourir, tu devras attendre quelques jours. Mon bras a besoin de soins urgents. J'ai enclenché le pilote automatique, mais tant que je n'aurai pas réparé le trou que ces gens ont fait dans le générateur hyperspatial, nous serons coincés dans ce système. Les trois planètes gravitant autour de ce soleil sont inhabitables et il est hors de question de retourner sur la station XP21. J'ai programmé une trajectoire qui va nous amener de l'autre côté du soleil. Grâce au rayonnement solaire, nous serons indétectables par la station ou le *Sentinel*. Mais je ne suis pas en état d'effectuer les réparations. J'ai besoin de ton aide, Flamen.

Le pilote se leva en vacillant, et la jeune fille s'enquit :

— Jeff, tu ne joues pas la comédie pour me faire changer d'avis, au moins ?

Mais Stone ne put répondre. Perdant connaissance, il s'écroula sur Flamen. Elle se releva et lui toucha le front, constatant qu'il était brûlant de fièvre.

À grand peine, la jeune fille le tira à travers les coursives, poussant un soupir de soulagement en déposant le pilote sur son lit.

Flamen courut ensuite à la petite infirmerie de bord où elle fouilla les placards jusqu'à trouver le gel médical avec lequel Stone l'avait soignée. Elle revint appliquer le cicatrisant sur la brûlure de l'avant-bras du pilote qui ne put retenir un gémissement en reprenant connaissance.

— Jeff, ça va aller ?

— Ne t'inquiète pas, quelques jours de repos et je serai comme neuf, prêt à défendre une jolie demoiselle en détresse qui me doit toujours un baiser.

— Jeff, tu n'es pas sérieux ? Tu ne tiens pas réellement à embrasser une mutante ? Je risquerais de te désintégrer !

— Ce serait une bien douce façon de mourir, mais je ne veux pas t'y obliger. Ce n'était pas très sympa de ma part de te le demander, oublie ça.

Flamen se pencha lentement sur le pilote et posa doucement ses lèvres sur les siennes. Elle sentit son cœur s'affoler dans sa poitrine et s'écarta vivement, le corps parcouru de tremblements incontrôlés.

Stone s'inquiéta :

— Flamen, tu ne te sens pas bien ?

Elle rougit en croisant le regard du pilote et murmura :

— Si, Jeff, ça va. Je… C'était simplement mon premier baiser. J'ignorais que ça faisait un tel effet. Repose-toi, je t'apporterai le repas tout à l'heure.

Elle se détourna et Stone ne vit pas les larmes rouler sur ses joues quand elle quitta sa cabine.

Chapitre VI

Stone retrouva Flamen dans le poste de pilotage. En deux jours, la fièvre était tombée et sa blessure était en bonne voie de guérison.

— Ah ! Te voilà ! Je te cherchais.

— Jeff, tu n'aurais pas dû te lever. Tu vas mieux ?

— Oui, j'ai une santé de fer. Une heureuse conséquence de mon enfance passée à subir la gravité trop forte de Keval. Je ne trouve plus les corps des soldats, c'est toi qui les as déplacés ou Pik qui les a dévorés ?

— C'est moi. Je les ai mis dans le sas et je les ai éjectés. J'ai récupéré leurs armes. Il y a huit plass et huit couteaux comme celui-ci.

Elle lui tendit un couteau à la lame bleue effilée de vingt centimètres. Stone le soupesa, notant son poids inhabituel et son équilibre parfait, puis le fit tournoyer d'un mouvement du poignet, le rattrapant par la poignée. D'un mouvement sec et précis, il lança l'arme qui se ficha en sifflant dans l'une des cloisons métalliques.

Devant l'air surpris de la jeune fille, il expliqua :

— C'est bien ce que je pensais. Ce n'est pas du métal, mais un cristal découvert sur Antarès. C'est plus solide que tous les alliages métalliques connus. Merci d'avoir éjecté les corps du *Phénix*, ce n'était pas une tâche agréable.

— Non, d'autant que j'avais envie de m'éjecter avec les cadavres. Mais tu as encore besoin de mon aide, alors j'attendrai.

Stone soupira :

— Flamen, tu dois accepter ta différence.

Elle détourna la tête.

— Tu ne peux pas comprendre, Jeff.

— Peut-être que si.

Il saisit une barre d'acier tordue en forme de nœud qui se trouvait dans un coin du poste de pilotage et la tendit à la jeune fille.

— C'est moi qui ai fait ce nœud, essaie de tordre le métal.

— Je n'y arrive pas, mais je n'ai pas ta force. Je peux peut-être désintégrer cette barre, mais pas la tordre.

— C'est de l'acier trempé. J'ai gagné trois mille crédits en pariant que je pourrais y faire un nœud alors que des hommes qui paraissaient plus costauds que moi n'ont pas pu la tordre. Mais je ne peux pas la désintégrer. Moi aussi je suis un mutant, d'une certaine façon. Est-ce que tu comprends ce que je veux te dire ?

Il lui avait pris la main et l'obligea à le regarder dans les yeux.

— Jeff, c'est différent.

— Non, ce n'est différent que dans ton esprit. Tu dois t'accepter telle que tu es, comme je le fais.

Il l'attira vers lui en un geste d'affection, mais elle le repoussa :

— Je ne sais pas, Jeff. Même si tu as raison, il me faudra du temps. Vivre me fait peur, mais je vais essayer. Si tu me soutiens, j'y parviendrai peut-être…

— Peut-être y parviendrons-nous tous les deux, murmura Stone en lui baisant la main avant de la relâcher. Viens, allons voir si on peut réparer le système d'hyperpropulsion. À une vitesse inférieure à celle de la lumière, nous mettrons plusieurs siècles pour nous rendre chez mon ami Joker. Pour l'instant, la station a assez à faire pour tenter de sauver le *Sentinel*, mais dès qu'ils recevront des renforts de la Flotte, ils se lanceront à notre poursuite.

Ils se rendirent dans la salle du générateur abîmé. Stone examina la largeur du trou en faisant la moue.

— Il faudrait remplacer le caisson, mais je n'en ai pas d'autre a bord. Je pourrais essayer de souder une plaque sur le trou. Ça tiendra… ou ça ne tiendra pas. Je n'aime pas beaucoup jouer ma vie à pile ou face, mais nous n'avons pas le choix.

Flamen s'approcha du trou, y posant les deux paumes de ses mains, bouchant l'ouverture.

— J'ai une meilleure idée. Je peux empêcher l'énergie de sortir du trou.

— Flamen, tu es folle ! Retire tout de suite tes mains, les radiations vont te tuer ! s'inquiéta le pilote.

— Calme-toi. Je ressens les radiations, mais elles ne me font aucun mal, au contraire. Ça chatouille un peu, j'ai l'impression que je pourrais absorber l'énergie si je le voulais ! C'est toi qui m'as dit que je devais accepter mes différences. Fais-moi confiance et retourne aux commandes pour passer en hyperespace.

— Très bien, mais tu devras le faire une seconde fois pour la réémergeance en espace normal.

— Pas de problème : si ça marche une fois, je pourrai le refaire.

— Bon, d'accord, mais fais attention à toi. Je ne tiens pas à me retrouver piégé dans l'hyperespace à tout jamais.

Quelques minutes plus tard, le *Phénix* plongeait dans l'hyperespace, son vecteur de saut masqué aux détecteurs de la station XP21 par le soleil. D'ailleurs les techniciens de la station étaient trop occupés à remorquer le *Sentinel* pour chercher à localiser un cargo en fuite. Le croiseur endommagé avait été évacué et ses moteurs éteints avant que le générateur atteigne le seuil critique de fusion, mais XP21 n'était pas équipée pour gérer un vaisseau de guerre aussi endommagé.

Stone retrouva Flamen dans le compartiment du générateur hyperspatial et son cœur se serra : la jeune fille était allongée sur le sol, respirant difficilement. Il se précipita, la souleva dans ses bras, puis l'emporta dans sa cabine et l'allongea doucement sur le lit. Sa peau semblait anormalement froide.

— Flamen, réponds-moi ! Que s'est-il passé ?

— Mal... J'ai mal...

— Où ? Tes mains ? Tu as été brûlée ?

Mais les mains de la jeune fille paraissaient intactes.

— Non, mon corps... À l'intérieur... mal partout... Je me sens... faible.

— Attends-moi, je vais chercher la trousse à pharmacie.

Il se leva, mais Flamen tenta de le retenir d'une main sans force en criant :

— Jeff ! Ne... ne me laisse pas...

Il se rassit à son chevet et lui prit la main, lui assurant :

— Je reste là, Flamen ! Raconte-moi ce qui s'est passé.

— Quand tu as pressé la commande d'hyperpropulsion, l'énergie aurait dû entrer dans le générateur que je touchais, mais il n'y en avait pas, le système doit être coupé de sa source d'énergie. Les saboteurs ont dû le débrancher.

— Mais nous sommes pourtant entrés dans l'hyperespace !

— Oui, comme il n'y avait pas d'énergie, cette machine a pompé *mon* énergie.

— Mais tu ne te rends pas compte de l'énergie qu'il faut pour faire passer dans l'hyperespace un vaisseau de la taille du *Phénix*. Chaque saut me coûte une grande quantité de carburant.

— Oui, il fallait beaucoup d'énergie en si peu de temps... Ça faisait tellement mal, comme si on m'arrachait un organe vital à l'intérieur de mon corps... J'ai cru mourir !

Ému devant les larmes qui coulaient sur le visage de la jeune fille, Stone demanda :

— Tu as peur de mourir ?

— Oui. Je sentais mon énergie s'écouler hors de mon corps et j'ai réalisé que je ne voulais pas mourir.

Elle se mit soudain à trembler.

— J'ai froid, serre-moi contre toi, Jeff.

Sa peau avait pâli et ses cheveux roux semblaient plus ternes. Stone hésita, puis s'allongea à son côté, caressant doucement ses bras nus pour les réchauffer. Passant sa main sous ses longs cheveux, il lui frictionna le dos.

La tête contre son épaule, la jeune fille plaquait son corps tremblant contre le sien et sanglotait doucement.

— Je ne veux pas mourir, Jeff. Tu m'aideras… toujours ?

— Tant que tu auras besoin de mon aide, je te le promets. Tu sembles aller mieux, ta température est redevenue normale et ta peau a retrouvé ses couleurs. Je vais t'apporter une boisson nutritive pour que tu reprennes des forces, ensuite je te laisserai te reposer. Nous resterons une semaine dans l'hyperespace, alors tu peux prendre ton temps pour te rétablir. C'est à mon tour de veiller sur toi.

Il se dégagea doucement et se leva, mais elle le retint.

— S'il te plaît, Jeff… Ta promesse… tu es sincère ? Vraiment ?

Il se pencha tendrement sur elle et posa brièvement ses lèvres sur celles de la jeune fille.

— Oui, je scelle cette promesse par ce baiser, murmura-t-il gravement en se redressant.

En sortant de la cabine après lui avoir apporté un bol de liquide reconstituant, Stone avait toujours son charmant sourire devant les yeux. Il secoua la tête, puis décida d'aller examiner le système d'hyperpropulsion pour détourner ses pensées de sa trop jolie passagère.

Comme l'avait deviné Flamen, l'une des valves sortant des turbines principales était bouchée, empêchant l'énergie d'entrer dans le générateur hyperspatial. Les dégâts étaient heureusement sans gravité. Il nettoya la valve et le tuyau d'admission en une heure, puis les remonta soigneusement.

Pendant que Flamen se reposait, il en profita pour examiner avec attention tous les recoins du vaisseau, cherchant d'autres sabotages ou une balise de repérage. Il n'en trouva pas, mais ne s'en étonna pas : sans les pouvoirs de Flamen, le *Phénix* n'aurait pas pu quitter le système solaire de la station XP21. Et ignorant son armement, le *Sentinel* pensait n'avoir aucun mal à vaincre un vieux cargo déglingué.

La jeune fille se rétablit en quelques jours, vidant les réserves de boissons nutritives du cargo. Au moment de sortir de l'hyperespace, ses cheveux roux avaient retrouvé leurs reflets flamboyants. Stone la regarda cependant retourner au générateur d'hyperpropulsion avec une certaine inquiétude.

— Tu es sûre que cette fois tu ne risques rien ?

— Je le crois, si le flux d'énergie n'est plus bloqué. De toute façon, même si le même phénomène se reproduit, c'est extrêmement douloureux et épuisant, mais ça ne me tuera pas. En échange, tu me devras un baiser. Un *vrai* baiser…

Sous le regard de Flamen, Stone sentit son pouls s'accélérer et fit mine de s'intéresser aux commandes pour masquer son trouble. Mais la jeune fille ne fut pas dupe et son rire cristallin résonna dans les coursives du vaisseau.

À l'émersion, le pilote dut réduire sa vitesse car le cargo approchait d'un champ de météorites. Il allait arrêter le vaisseau pour aller vérifier que Flamen n'avait pas souffert de l'énergie qu'elle avait contenue avec ses mains, mais la porte s'ouvrit et la jeune fille vint s'asseoir sur ses genoux. Passant ses bras autour du cou du pilote, elle l'attira vers elle pour l'embrasser.

Rassuré sur l'état de Flamen, Stone se dégagea vivement pour reprendre les commandes. Le *Phénix* plongea sous un énorme astéroïde qui racla sa coque en le secouant brutalement. D'un coup d'œil à son écran, le pilote vérifia qu'il n'y avait pas d'avarie et protesta faiblement.

— Flamen, te rends-tu compte que ce rocher a failli nous écraser pendant que tu m'embrassais ?

— Excuse-moi, mais je crois… que je t'aime, Jeff.

L'aveu de la jeune fille, d'une voix tranquille en le regardant de ses grands yeux noirs, prit Jeff Stone au dépourvu.

Ne sachant que dire, il bredouilla :

— Mais, hum… Tu ne crois pas que tu te laisses un peu emporter, simplement parce que je t'aide alors que les autres hommes que tu as rencontrés te voulaient du mal ?

— Peut-être, je… Attention !

Tirant violemment sur la manette de direction, Flamen lança le cargo vers la droite, évitant un autre astéroïde de justesse.

Poussant un soupir de soulagement, elle quitta le siège du pilote, lui laissant reprendre les commandes en décidant :

— L'endroit où tu nous as amenés est un peu trop encombré. Sors-nous de là, nous parlerons plus tard.

— Tu as raison.

Slalomant entre les roches qui tourbillonnaient dans le vide spatial, le *Phénix* s'enfonça dans les profondeurs du champ de météorites avec une aisance qui stupéfia la jeune fille.

— Je ne pensais pas que l'on pouvait se déplacer là-dedans sans bouclier. Tu es un pilote exceptionnel, Jeff.

Stone rougit légèrement et expliqua avec modestie :

— De toute façon il faut désactiver les boucliers, sinon l'envergure du vaisseau ne passerait pas là-dedans. Je suis déjà venu ici plusieurs fois et le *Phénix* y a récolté quelques bosses avant que je m'habitue à ces manœuvres.

La radio crachota et un homme chauve aux grosses lunettes apparut sur l'écran.

— Vous êtes dans une zone militaire interdite. Identifiez-vous ou nous devrons vous détruire !

— Salut, Joker, ici Stone, du *Phénix*. Toujours aussi méfiant ?

— Stone ! Ta poubelle vole encore ? Il est vrai que dans l'espace n'importe quoi peut voler, même ces cailloux qui protègent ma demeure des indésirables. Je pensais que ton tas de ferraille finirait dans un cimetière spatial, mais au lieu de ça il est devenu célèbre.

— Comment ça ?

— Tu n'es pas au courant ? Le *Phénix* est recherché par la Flotte. Tu es sur leur liste rouge, qu'as-tu fait pour les agacer à ce point ?

— Heu… J'ai dû démolir un croiseur et liquider une escouade de commandos du CIEF.

— Tu sais que la récompense pour toute information conduisant à ta capture est de vingt mille crédits ?

Flamen s'inquiéta :

— Il va nous livrer ?

Mais Stone ricana :

— Bien sûr que non. La Flotte serait bien trop contente de trouver le repaire de Joker, le seul homme de la galaxie capable de te dégotter l'introuvable.

— C'est vrai, mais à qui appartient cette jolie voix ? Je croyais que tu avais perdu ta femme…

— Elle s'appelle Flamen et c'est une… passagère. Si tu poses trop de questions, j'irai voir ailleurs.

— Ne t'énerve pas, Stone. Tu sais que tu es l'un de mes clients réguliers et que je ne te vendrai pas, même pour un million de crédits. Tu peux atterrir, j'ai coupé le champ de force.

Le pilote coupa la communication et s'engagea dans une sorte de tunnel creusé dans un astéroïde d'une dizaine de kilomètres de diamètre.

Débouchant sur le quai d'un petit astroport caché dans le gigantesque rocher, il se posa en douceur et conseilla à Flamen :

— Ta tenue te va très bien, mais tu préféreras sans doute mettre une des combinaisons qui sont dans ce compartiment pour descendre à Jok'Rock.

La jeune fille ouvrit le panneau que lui indiquait Stone et s'indigna en découvrant une demi-douzaine de combinaisons à sa taille identiques à celle qu'elle avait abandonnée en s'enfuyant du magasin de vêtements de XP21.

— Jett, tu m'as laissé croire que j'étais obligée de porter cette tenue moulante alors que tu avais ces combinaisons !

La jeune fille le toisait, les mains sur les hanches. Sensible à son humeur, le tissu noir semblait onduler en vagues tumultueuses autour de son corps. Le pilote se força à détourner les yeux des étoiles qui scintillaient au rythme des battements du cœur de Flamen pour la regarder dans les yeux.

— Je ne t'avais pas parlé de ce compartiment ? J'ai dû oublier, excuse-moi.

Devant le regard furieux de Flamen, il avoua en baissant la tête :

— D'accord, je te trouve ravissante dans cette tenue. Je préfère que tu portes ça plutôt qu'une combinaison informe qui ne te met pas en valeur. J'ai eu tort, mais tu ne vas quand même pas me désintégrer pour ça ?

Le rire cristallin de Flamen le rassura.

— Non, mais il suffisait de le dire, j'aurais gardé le justaucorps pour te faire plaisir.

Elle l'embrassa sur la joue, puis le chassa du poste de pilotage.

— Laisse-moi m'habiller, je te rejoins à la rampe.

Quelques minutes plus tard, ils descendaient du vaisseau et Joker vint à leur rencontre. Il serra chaleureusement la main de Stone, puis s'inclina devant Flamen.

— Bienvenue à Jok'Rock, Stone. Tu n'amènes pas souvent de jolies filles chez moi, mais celle-ci vaut le détour. Deux fois bienvenue, mademoiselle. S'il vous abandonne sur un spatioport, pensez à moi.

— Joker… commença Jeff en foudroyant le petit homme chauve du regard.

— D'accord, d'accord, ne t'énerve pas. C'est chasse gardée, je comprends.

Constatant l'air furieux du pilote, la jeune fille éclata de rire.

— Bon, parlons affaires, Stone. Je suppose que tu as quelques petites réparations à me demander ?

— Le bouclier arrière est mort et il faut changer le caisson du générateur hyperspatial. Il me faut aussi un nouveau code valide pour remplacer celui du *Phénix* et lui permettre de se poser dans des lieux civilisés. Et tu as sans doute de nouveaux gadgets à me proposer…

Apostrophant trois ouvriers qui s'approchaient, Joker leur donna des ordres pour qu'ils s'occupent des réparations, puis entraîna ses visiteurs dans les couloirs de son astéroïde.

— Tu vas voir, j'ai des trucs qui vont te faire baver d'envie. J'espère que tu as amené pas mal d'argent avec toi, parce que je suis sûr que tu vas te laisser tenter.

— Certainement, avec un vendeur de ton talent, je vais encore repartir les poches vides. Mais il y a plus urgent. Tu as certainement un scanner radiographique. Je pense que Flamen a un traceur implanté dans le corps.

— Quoi ? s'étonnèrent en même temps la jeune fille et le contrebandier.

— Ils ont suivi le *Phénix* dans l'hyperespace malgré un double-saut. C'est la seule explication possible.

— Mais je le saurais, protesta Flamen. Je n'ai aucune cicatrice.

— Tu as examiné ses vêtements avec attention ? s'informa Joker. Les nouveaux traceurs que je me suis procurés sont microscopiques.

— J'ai détruit tous ses vêtements juste après l'avoir prise à bord.

— Je vois, tu es prudent. Mais tu aurais dû me prévenir avant de l'amener ici. Si la Flotte est à ses trousses, elle risque de trouver mon repaire. Les risques que tu me fais courir seront rajoutés sur ta note.

— N'exagère pas, je sais très bien que les rayonnements ultraviolets du soleil autour duquel tourne ta ceinture d'astéroïdes brouillent les émetteurs de faible puissance.

— Ah ! C'est vrai, je t'ai confié ce secret. C'est d'ailleurs la raison principale qui m'a poussé à m'installer dans ce trou perdu. N'empêche qu'ils vont te chercher dans ce secteur de la galaxie. Bon, voyons si tu as raison à propos du traceur.

Il les conduisit dans un bloc médical et fit entrer Flamen dans un caisson transparent. Elle obéit en hésitant, un peu inquiète, mais le sourire confiant de Stone lui rendit courage.

Joker pressa quelques boutons sur l'appareil, puis la vitre qui laissait voir la jeune fille s'obscurcit pour montrer ses os. Elle pouvait elle aussi voir la radiographie de son corps sur l'écran de la vitre et s'amusa à bouger ses os pour observer le fonctionnement de ses articulations.

Joker ne put retenir un sourire.

— Je ne vois pas de traceur. Un objet métallique, même microscopique, devrait apparaître sous la forme d'une tache rouge. Peut-être est-ce implanté à l'intérieur d'un os. Je vais augmenter la puissance des rayons X. Elle n'y est pas trop sensible, j'espère ?

Jeff sourit en songeant que la jeune fille avait contenu de ses mains nues le flux d'énergie du générateur hyperspatial.

— Non, il n'y a aucun danger, tu peux y aller.

Hochant la tête, Joker tourna un curseur et les os de Flamen disparurent progressivement de l'écran. Un gros point rouge apparut par contre au milieu de son crâne.

— Bon sang, ils lui ont mis ce truc dans le cerveau !

Il coupa les rayons X et l'image de Flamen revint, le point rouge restant indiqué au milieu de son front. Les larmes lui venant aux yeux, la jeune fille se toucha la tête.

— Ils m'ont étiquetée, comme un cobaye de laboratoire. Comme je ne m'en souviens pas, ils ont dû faire ça peu après ma naissance.

Soudain une alarme retentit dans le caisson et le point rouge devint orange. Joker pâlit nettement en lisant ce qu'affichait son écran.

— Mon dieu ! L'ordinateur a analysé le traceur. C'est une puce Exp-5. Qui est cette fille ?

— Peu importe ! rugit Stone en secouant le contrebandier. Qu'est-ce que c'est, cette puce Exp-5 ?

Joker regarda la jeune fille et hésita en croisant son regard angoissé dans sa cage de verre.

— Je vous en prie, monsieur Joker, dites-moi la vérité.

— Comme vous voudrez. Après tout, il vaut mieux que vous le sachiez. La série de puces Exp a été mise au point pour garder le contrôle des espèces animales dangereuses trouvées sur les planètes étrangères. La version 5 est aussi équipée d'un traceur.

— Que veux-tu dire par garder le contrôle ?

Le contrebandier se racla la gorge.

— Hum… Avec une impulsion radio, on peut court-circuiter le cerveau du sujet qui perd connaissance. Mais… Exp signifie EXPlosive, un autre signal peut faire exploser la micro-bombe intégrée à la puce.

— Une bombe ! s'inquiéta Stone.

— Vu sa taille, nous deux ne risquons rien. Mais si elle explosait à l'intérieur de son cerveau, la mort de ton amie serait instantanée.

— Enlève-lui cette saleté au plus vite.

— Impossible ! Si la puce a été implantée à sa naissance, son cerveau s'est développé autour de l'Exp-5. Même le chirurgien qui la lui a mise ne pourrait plus l'enlever sans endommager gravement son cerveau.

Pressant son visage entre ses mains, Flamen s'écroula dans le caisson, le corps agité de sanglots. Le pilote se précipita, entrant dans la machine pour serrer la jeune fille dans ses bras.

Elle tenta de le repousser en murmurant d'une voix horrifiée :

— Non, Jeff. Éloigne-toi de moi. S'ils activent leur engin maintenant, tu risques d'être blessé.

— Je m'en moque. Je t'ai fait une promesse et tu as besoin de moi en ce moment. Dans cette zone, les ondes ne passent pas. Ils ne peuvent donc pas te retrouver, ni faire exploser la bombe.

Joker intervint sombrement :

— Ils ne peuvent plus la trouver, c'est vrai, mais je ne serais pas aussi affirmatif quant au détonateur de cette bombe. Je reçois la tridivision ici. Avec un émetteur assez puissant, ils peuvent la tuer. Et comme ils ne savent plus où elle est, ils risquent d'être tentés d'appuyer sur le bouton…

À ces mots, la jeune fille tenta de repousser son compagnon, mais il l'embrassa avant de murmurer :

— N'abandonne pas, Flamen. Si tu peux encaisser un tir de plass à bout portant, tu peux peut-être…

Il s'interrompit soudain, désignant le point orange qui disparaissait sur l'écran de la vitre. Il constata alors que Flamen lui souriait.

— Merci, Jeff. Tu m'as rendu confiance en mes pouvoirs. Cette bombe n'est plus qu'un mauvais souvenir. Je l'ai désintégrée.

Abasourdi, Joker examina son ordinateur, constatant :

— C'est vrai ! La puce Exp-5 a disparu. Elle l'a détruite. Mais comment ?

Ni Jeff ni Flamen ne lui répondirent, trop occupés à échanger un baiser passionné.

Ils suivirent ensuite le contrebandier dans un hangar où reposait un vaisseau triangulaire noir que Joker leur désigna avec fierté :

— Un chasseur furtif. C'est un prototype unique sortant des ateliers du CES. Il a été volé par un pirate avant que les pilotes de la Flotte ne puissent le tester. L'homme qui me l'a amené me l'a donné en échange d'une nouvelle identité, d'un vaisseau anonyme et d'un bon paquet de crédits. Je n'ai pas encore eu le temps de le démonter, mais je suis sûr que certaines pièces t'intéresseront. Le système de camouflage est trop petit pour englober ton cargo entier, mais les canons laser sont incroyablement puissants. Si tu veux, je peux t'en garder un de côté…

Émerveillé, Stone passa sa main sur le fuselage mat de l'appareil qui semblait absorber la lumière.

— Combien mesure-t-il ?

— À peu près six mètres sur huit, cinq en hauteur lorsque le train d'atterrissage est sorti.

— Il rentrerait dans une des soutes du *Phénix* ? demanda Flamen qui devinait les pensées du pilote.

— Oui, mais de justesse, estima Joker qui connaissait bien le *Phénix*, y ayant apporté lui-même une partie de ses améliorations. Mais tu n'y penses pas, Stone. Cet engin tout entier te coûterait…

— Combien ? s'enquit Stone.

— Voyons, Jeff, tu n'es pas sérieux.

— Au contraire, je suis très sérieux. Donne-moi ton prix.

— Cinquante millions de crédits. Si tu as une telle somme dans tes poches, tu peux repartir avec, dit Joker, goguenard.

— Je pourrais te payer en minerai de matronite ?

— Bien sûr, tu l'as déjà fait. Mais il te faudrait une énorme quantité du minerai le plus rare de la galaxie. Si tu peux m'en fournir trois tonnes, l'affaire est conclue.

— D'accord, tu me le gardes et tu fais le plein en attendant ma prochaine visite ?

D'un œil rond, Joker regarda un moment la main tendue de Stone, puis la serra, scellant le marché.

— Tu possède un important gisement de matronite non répertorié ! devina-t-il.

— Peut-être… Mais toi, tu vas devenir assez riche pour prendre ta retraite, vieux brigand !

— Pas étonnant que tu sois un bon client. Tu as les moyens de payer ce que je demande sans marchander. Si tu as d'autres articles à m'acheter, n'hésite pas…

— Justement, il me faudrait une autre ceinture antigrav pour Flamen et un écran de camouflage pour le *Phénix*. Et des boucliers personnels, si tu en as.

— J'ai une ceinture antigrav et un système holographique météore qui devrait convenir pour camoufler ton cargo, mais si tu veux des boucliers personnels, il faudra t'adresser aux pirates de la Confrérie de Khashak. Ils sont les seuls à en posséder mais ils les gardent jalousement. Ils sont trop dangereux pour que je prenne le risque de les contacter. Tu devras négocier avec eux toi-même si tu veux absolument ces boucliers. Je vais t'installer l'écran de camouflage moi-même. Tu payes en crédits ou en matronite ?

— En crédits. Combien avec les réparations ?

Joker réfléchit, faisant mentalement ses comptes, puis annonça un chiffre qui fit frémir Flamen.

Indignée, elle protesta :

— Mais c'est du vol ! Je suis sûre que c'est cinq fois plus cher que les prix des mêmes articles sur une station.

Stone la prit par les épaules.

— Calme-toi, Flamen. Grâce à lui tu es débarrassée de ce traceur explosif dont nous ignorions l'existence. Ta vie n'a pas de prix.

La jeune fille se tut, moins parce que ses arguments l'avaient convaincue que parce qu'elle sentait un étrange malaise l'envahir chaque fois que le pilote la touchait.

Réparé et muni de ses nouveaux systèmes, le *Phénix* quitta Jok'Rock et sa ceinture d'astéroïdes avant de plonger dans l'hyperespace.

— Quelle est notre destination ? s'enquit Flamen. Keval ?

— Non, j'ai promis de livrer les médicaments qui sont dans la soute sur Varn 3. Mais la Flotte fait le blocus de cette planète. Ce sera dangereux…

— Jeff Stone, tu me décevrais si tu abandonnais des gens qui ont besoin de ton aide simplement parce que c'est dangereux.

— On dirait que tu prends goût à l'aventure. Où est la petite mutante pourchassée qui avait besoin de moi ?

— Ici, elle a toujours besoin de toi et il n'y a pas qu'à l'aventure qu'elle a pris goût.

La jeune fille embrassa passionnément Jeff, collant son corps au sien. Mais elle le repoussa brusquement presque aussitôt, le cœur cognant si fort qu'il lui faisait mal.

— Pardonne-moi, Jeff, mais je ne me sens pas bien. Quand je te touche, mon cœur s'affole. Ce n'est pas normal, n'est-ce pas ?

— Ne t'inquiète pas, il te faut simplement du temps. Après ce que tu as enduré, c'est tout à fait normal.

Il la reconduisit à sa cabine et lui sourit.

— Bonne nuit, Flamen. Si tu fais des cauchemars, rappelle-toi que tu as le pouvoir de les désintégrer.

— Merci, Jeff. Bonne nuit à toi aussi.

Chapitre VII

Le *Phénix* sortit de l'hyperespace dans le système de Varn, assez loin de la troisième planète.

Stone entra alors dans l'ordinateur les coordonnées auxquelles il devait se rendre sur Varn 3, puis demanda une trajectoire balistique. En quelques secondes, l'ordinateur de bord exécuta les calculs. En pilotage automatique, le cargo modifia son cap et ajusta sa vitesse pour répondre aux exigences de son pilote, puis arrêta ses propulseurs et continua sur son élan.

Jeff coupa alors tous les détecteurs et les boucliers, puis mit en marche le système de camouflage holographique météore. Il consulta sa montre et poussa un soupir de soulagement.

— Vingt-six secondes entre l'émergence et le camouflage. Je ne pense pas que les vaisseaux de la Flotte qui font le blocus de Varn 3 nous aient repérés.

— Alors nous avons réussi ? Maintenant ils nous prendront pour une simple météorite ? demanda Flamen.

— Oui, sauf s'ils décident de scanner cet hologramme de météorite. Espérons qu'ils ne le feront pas. Notre météorite va s'écraser sur Varn 3 dans trois jours. C'est un peu long, mais c'est le seul moyen de se poser sur cette planète sans attirer l'attention.

— Mais pourquoi se battent-ils ? Et pourquoi la Flotte n'intervient pas ?

Stone soupira.

— Deux colonies ont été fondées sur Varn 3 il y a plusieurs siècles. Elles se sont développées peu à peu. En fouillant le sous-sol, elles ont découvert récemment que Parud possédait de riches gisements de platine. Il n'en fallait pas davantage à Tiran pour lui déclarer la guerre.

Légalement, notre Fédération Planétaire doit respecter la loi de non-ingérence dans un conflit interne à une planète.

Personne ne doit s'en mêler et le blocus de la Flotte oblige les deux belligérants à se débrouiller, réglant leurs problèmes tout seuls. Mais en fait c'est un prétexte pour vendre des armes aux deux camps. Intervenir militairement pour mettre un terme au conflit serait beaucoup moins profitable. L'hôpital de Parud manque désespérément de médicaments, alors nous voilà lancés dans la contrebande.

À bord du porteur *Destrier*, le général Curtis discutait avec le colonel Ghalin qui lui raconta comment le *Phénix*, un vieux cargo cabossé, avait envoyé à la casse le croiseur de guerre *Sentinel*.

— Et voilà comment j'ai perdu mes galons d'amiral. On m'a donné le commandement du croiseur *Vipère* avec les ordres formels de réparer mon erreur. Je crois que le haut commandement de la Flotte vous a demandé de me donner un coup de main…

— En effet, les porteurs *Destrier* et *Walkyrie* ainsi que leurs escadrilles de chasseurs sont à votre disposition si le *Phénix* se montre. Mais j'en doute. Ce Stone ne sera pas assez fou pour venir ici alors qu'il sait que la Flotte maintient un blocus autour de cette planète.

— Au contraire, général. Après qu'il m'ait ridiculisé, je me suis renseigné sur cet homme. C'est un idéaliste, toujours prêt à défendre une cause perdue. L'hôpital de Parud n'a pas pu se faire livrer les médicaments dont il avait besoin à cause du blocus et Stone a racheté tout le stock sur la station XP21.

Il s'efforce de passer inaperçu dans son vieux cargo déglingué, mais le *Phénix* s'est taillé une solide réputation parmi les contrebandiers et les pirates. On raconte qu'une fois sept intercepteurs pirates l'ont pris en chasse pour lui voler sa cargaison. Un seul a survécu au combat. Si j'avais connu cette histoire avant de l'affronter, je n'aurais pas commis l'erreur de le sous-estimer.

Un soldat interrompit respectueusement les deux hommes.

96

Il salua et annonça :

— Nous venons de détecter un météore qui se dirige vers nous. Nos vaisseaux ne sont pas menacés, mais il va percuter la surface de Varn 3, près de la colonie Parud.

Curtis demanda l'avis de Ghalin.

— Les rochers spatiaux ne m'intéressent pas, je ne suis là que pour Stone et le *Phénix*.

Le général se tourna vers le messager.

— La Flotte ne court aucun risque ?

— Non, mon général. L'astéroïde passera au large de nos appareils. Mais il risque de toucher la colonie Parud et de provoquer de nombreux morts.

— Très bien. Merci de votre zèle, soldat. Mais nous sommes ici pour interdire l'accès à la planète pendant que ses habitants règlent leur conflit, pas pour nous préoccuper des débris rocheux qui pourraient leur tomber dessus.

Le soldat salua et se retira.

Quand le *Phénix* fut suffisamment près des vaisseaux de la Flotte, les détecteurs passifs du cargo permirent à Stone d'estimer les forces qu'ils auraient à affronter si leur camouflage était découvert.

— Deux porteurs et un croiseur… J'espère qu'ils ne vont pas examiner notre météorite de trop près.

Flamen se pencha par-dessus son épaule pour regarder l'écran à son tour.

— Tu ne vas pas me dire que tu as peur de ces gros engins ? Je suis sûr qu'ils sont incapables de rattraper le *Phénix*.

— Ceux-là, non, mais chaque porteur peut lancer une escadrille de quinze chasseurs plus rapides et plus maniables que ce cargo, et leurs pilotes sont des soldats entraînés à faire la guerre.

Un peu inquiète, la jeune fille demanda :

— Pourquoi as-tu désactivé nos boucliers ? S'ils nous attaquent, nous n'aurons aucune chance !

— Parce que les boucliers dégagent un champ magnétique que même des récepteurs passifs peuvent capter. Regarde ! On voit les boucliers de leurs trois appareils grâce aux nôtres.

— Espérons que l'hologramme qui nous fait passer pour une météorite est convainquant, conclut Flamen.

Sur Varn 3, dans le poste de commandement de la colonie Parud, les techniciens regardaient approcher le météore avec terreur. Ils ne disposaient pas de scanners pour en connaître la composition, mais ils savaient qu'il contenait une importante quantité de métal et avaient vérifié sa trajectoire, mesurant sa vitesse et sa masse.

— Il contient trop de métal et est trop gros pour se vaporiser dans l'atmosphère. Il va tomber ici, déclara l'un des savants en indiquant un point sur la carte.

Le commandant Kast demanda :

— Vous êtes sûr de vous ? Il va tomber au nord de Parud ?

— Oui, à un ou deux kilomètres de la ville. Mais compte-tenu de sa masse et de sa vitesse, il va dévaster une centaine de kilomètres carrés. Nous devrions évacuer, mon commandant !

— Impossible ! Il est trop tard pour faire évacuer les civils. Avant que ces fous de Tiran ne nous attaquent, nous avions prévu cette éventualité, n'est-ce pas ?

— Oui, commandant. Nous avions une centaine de MSE, des Missiles Sol-Espace prévus pour détruire des météorites. Mais la plupart ont été réquisitionnés pour servir contre Tiran. Il n'en reste que quatre.

— Est-ce que ce sera suffisant pour détruire le météore ?

— Je l'espère. Je commande le verrouillage ?

— Allez-y ! Lancez les quatre MSE !

— À vos ordres, commandant. Verrouillage de la cible en cours… Verrouillage confirmé par l'ordinateur.

— Feu !

Le technicien enfonça un bouton et le sol frémit légèrement tandis que les quatre missiles s'élançaient pour détruire le météore.

Le *Phénix* venait d'entrer dans l'atmosphère de Varn 3 et son pilote se félicitait de ne pas avoir eu d'ennuis avec la Flotte.

Soudain Flamen attira son attention :

— Qu'est-ce que c'est que ce voyant rouge qui clignote ?

— Le témoin de verrouillage, mais… qui nous prend pour cible ?

Une sirène d'alarme résonna alors dans le cockpit et Stone constata sur son écran :

— Quatre MSE tirés depuis le sol de la planète ! Notre camouflage météore est un peu trop efficace : Parud nous a pris pour un véritable astéroïde. Je ne sais pas si les boucliers du *Phénix* peuvent résister à l'impact de plusieurs de ces missiles.

— Jeff ! Nos boucliers sont désactivés ! s'affola Flamen.

— Je sais ! grommela Stone. Assis-toi et boucle ton harnais !

Il actionna la commande des boucliers, puis celle des canons laser qui sortirent des flancs du cargo. Un coup d'œil à l'écran lui confirma ce dont il se doutait : il faudrait trente secondes aux générateurs de boucliers pour concentrer suffisamment d'énergie pour fonctionner. Les missiles atteindraient l'appareil dans vingt-six secondes. Il n'avait donc pas le choix : il fallait abattre quatre cibles minuscules se déplaçant à une vitesse très élevée avec les canons laser dans le court laps de temps qui lui restait.

Les yeux fixés sur les cibles, il commença à tirer. Les quinze rayons laser du *Phénix* touchèrent un MSE qui explosa, puis un second. Il en restait deux. À présent on les distinguait à travers la baie vitrée du poste de pilotage.

Sentant la terreur lui nouer les entrailles, la jeune fille regardait les chiffres qui indiquaient les secondes avant l'impact diminuer en même temps que ceux de la distance des missiles qui fonçaient vers leur proie. Trois kilomètres… Un kilomètre… Sans s'en rendre compte, elle enfonce les ongles de sa main gauche dans l'épaule de Stone, qui lui non plus n'y prête pas attention, trop occupé à tirer.

L'explosion nettement visible d'un troisième missile. Le pilote modifie l'angle de tir des canons laser pour prendre le dernier MSE dans sa ligne de mire, sachant qu'il est trop tard…

Horrifiée, Flamen désactiva son harnais et se leva pour pointer un doigt tremblant vers le point incandescent qu'elle voyait se ruer sur elle. Cinq cents mètres… Quatre cents… Deux cents mètres…

— NON ! hurla la jeune mutante.

Un éclair blanc incandescent jaillit de son index tendu, traversant la baie vitrée du vaisseau pour frapper le missile à quelques mètres du cargo, désintégrant le quatrième MSE.

Le trou d'un centimètre de diamètre dans la vitre du cockpit provoqua la dépressurisation du poste de pilotage. Flamen perdit l'équilibre, heureusement Stone la rattrapa d'une main tout en tentant de garder le contrôle du vaisseau de l'autre main.

Quand la pression du cockpit se fut égalisée avec celle de Varn 3, il poussa un soupir de soulagement.

— Ouf ! Ça n'est pas passé loin ! Magnifique tir, Flamen. On forme une bonne équipe, tous les deux. J'espère seulement que tu n'auras pas à recommencer ça dans le vide spatial.

— Je ne l'ai pas fait exprès. Je… je ne voulais pas mourir et… j'ai détruit ce missile ! Jeff, mes pouvoirs me font peur…

— Pas à moi… lui assura-t-il en lui serrant l'épaule. Ils nous ont sauvé la vie.

Il coupa l'hologramme qui leur avait valu cet accueil explosif et enclencha les répulseurs pour freiner sa course au nord de Parud, posant le *Phénix* à quelques kilomètres de l'océan au bord duquel avait été construite la colonie.

Assez éloignés de la planète, les vaisseaux de la Flotte n'avaient heureusement pas détecté les missiles de Parud ni leur destruction. Leurs senseurs étaient en effet braqués vers l'espace profond dans l'attente du *Phénix*...

Dans le P.C. de Parud, le commandant Kast poussa un soupir de soulagement.

— Vous dites qu'il s'est *posé* ? Il ne s'est pas écrasé ?

— En effet, commandant. C'était en fait un vaisseau camouflé en météore. Il a réussi à détruire nos quatre missiles, le dernier à moins de vingt mètres de sa coque. Il n'a émis aucun signal radio et n'a enclenché ses répulseurs qu'au dernier moment. On dirait un vieux cargo. Est-ce que nous envoyons une escouade d'intervention ?

— Non ! Réfléchissez, voyons ! Si ce vaisseau était hostile, il me semble qu'il disposait d'une puissance de feu suffisante pour nous attaquer. Il est évident qu'il a pris l'apparence d'un astéroïde pour tromper le blocus de la Flotte.

— Nous tentons de prendre contact par radio ?

— Hors de question ! S'il ne l'a pas fait, c'est qu'il craint que la liaison soit interceptée par la Flotte. Nous n'avons trouvé aucun contrebandier qui accepte de transporter les médicaments dont notre hôpital manque cruellement. Apparemment le pilote de ce cargo a eu assez de cran et d'ingéniosité pour le faire... Préparez mon transport blindé. Je vais l'accueillir moi-même.

Debout au pied de la rampe du *Phénix*, Stone et Flamen étaient un peu anxieux en regardant approcher le véhicule de transport. Celui-ci s'arrêta et un homme en uniforme en descendit, marchant à leur rencontre. Il s'arrêta à quelques mètres et sourit.

Le pilote lui rendit son sourire et se présenta :

— Jeff Stone, capitaine du *Phénix*. Et voici Flamen, ma… navigatrice. Je vous apporte les médicaments que vous attendiez.

— Commandant Kast, responsable des opérations de défense de Parud. Je dois avouer que votre arrivée peu orthodoxe nous a causé une belle frousse.

— Et pourtant vous venez là seul, sans arme ?

Exhibant le pistolaser caché dans son dos, Kast sourit :

— Je ne suis pas tout à fait désarmé…

Jeff et Flamen sourirent à leur tour en montrant les plass qu'ils avaient glissés dans leur dos, dans la ceinture de leur combinaison.

— Nous non plus. Mais j'espère que l'on ne va pas recommencer à se tirer dessus !

— Non, ne vous inquiétez pas. Je suis désolé pour les missiles. Mes hommes vont s'occuper du déchargement, mais je dois vous prévenir que nos crédits sont au plus bas à cause de la guerre et du blocus. Nous n'aurons peut-être pas les moyens de vous acheter toute la cargaison.

Flamen murmura :

— Mais si votre hôpital en a besoin…

Stone éclata de rire.

— Si j'avais fait ce voyage pour de l'argent, il aurait mieux valu pour moi transporter une cargaison d'armes et la vendre à vos ennemis. Les médicaments sont à vous, je vous les offre en échange de quelques services.

— Quoi ? Vous avez pris tous ces risques en sachant que vous n'aviez rien à y gagner ?

— En fait, je m'ennuyais quand j'ai appris votre problème. Comme ça paraissait difficile et dangereux, l'aventure m'a tenté. Entre temps, j'ai aidé cette jeune fille à échapper à ceux qui lui voulaient du mal. Nous devons nous faire oublier un moment. Même la Flotte ne viendra pas nous chercher ici puisqu'elle surveille la planète et qu'aucun vaisseau ne peut s'y poser. En échange des médicaments, je vous demanderai un véhicule pour nous déplacer, des vivres, la liberté de circulation et la réparation d'un trou dans la vitre du poste de pilotage.

— Vous aurez tout ce que vous demandez. Bienvenue à Parud !

*
* *

Quelques heures plus tard, Stone arrêtait le speeder qu'on leur avait donné.

Assoupie contre son épaule, Flamen demanda d'une voix endormie :

— Nous sommes arrivés ?

— Oui, le commandant Kast m'a recommandé cet endroit.

La jeune fille se leva et s'étira en descendant du speeder. Elle marcha jusqu'à la falaise et contempla l'océan avec émerveillement.

— Tu crois qu'on peut se baigner ?

— Bien sûr, c'est pour ça que nous sommes venus. Mon dernier bain remonte à… trop longtemps.

— C'est la première fois que je vois l'océan. Tant d'eau… J'ai déjà vu ça à la tridivision, mais ce n'est pas pareil. Est-ce qu'on verra le soleil se coucher dans l'eau ?

— Non, il se couche dans les terres, mais ne t'inquiète pas, je te promets de te montrer un magnifique coucher de soleil dès que possible. Viens, descendons.

— Mais… on ne va pas sauter de la falaise !

— Si ! Tu as une ceinture antigrav, ne l'oublie pas. Tu sauras t'en servir ?

— Oui, ce n'est pas très compliqué.

Ils descendirent sur la petite plage en contrebas, atterrissant doucement grâce à leurs ceintures antigrav. Flamen se débarrassa rapidement de sa combinaison et de ses chaussures. En dessous elle portait son justaucorps noir. Elle sourit en constatant que Stone glissait son plass dans la ceinture de son caleçon.

— Tu dors avec ? se moqua-t-elle.

— Oui, quand je ne suis pas à l'abri dans le *Phénix*, j'ai toujours une arme sur moi. Regarde cette cicatrice sur ma jambe. Une fois, en me baignant, j'ai été attaqué par un énorme poisson qui entendait faire de moi son déjeuner. Mais j'avais un pistolaser et c'est moi qui l'ai mangé !

— Jeff, laisse cette arme et viens dans l'eau. Si un poisson nous attaque, je le désintégrerai.

À regret, le pilote déposa son plass dans le sable et admira un moment sa compagne. Dans son vêtement noir troué au niveau du nombril qui moulait étroitement ses formes, avec sa longue chevelure de feu et ses grands yeux noirs qui avaient perdu leur air de bête traquée, elle était vraiment très belle… et elle le savait comme le lui prouva son sourire ironique.

— Pourquoi n'as-tu pas amené Pik ? Tu as peur qu'il s'en aille et ne revienne pas ?

— Non, j'ai déjà essayé de le relâcher sur plusieurs planètes, mais il ne s'est plu sur aucune. Comme il préfère vivre dans mon vieux cargo, je l'ai gardé à bord. Il a dû s'attacher à ce vieux tas de ferraille plus encore que moi. Il n'aime pas descendre à terre, et il déteste l'eau, nous n'aurions pas pu l'obliger à venir jusqu'ici.

— Le dernier à l'eau est un Pik ! s'écria Flamen en s'élançant vers les vagues qui se brisaient sur la plage.

Elle avait déjà pris une bonne avance quand Stone revint de sa surprise et se lança à sa poursuite. Mais ayant grandi sur une planète à forte gravité, il n'éprouvait aucune difficulté à courir dans le sable et rattrapait rapidement la jeune fille. Ils atteignirent l'eau en même temps. Elle était tiède et transparente, s'étendant à l'infini.

— Tu as triché ! reprocha le pilote à Flamen. Tu es partie avant moi.

En riant elle le bouscula, lui faisant un croc-en-jambe pour le faire tomber à la renverse. Il lui saisit les jambes et l'entraîna sous l'eau, lui faisant boire la tasse. En refaisant surface, la jeune fille constata qu'elle n'avait plus pied et s'accrocha au cou de Stone en tremblant.

— Jeff, je ne sais pas nager !

— Excuse-moi, je n'aurais pas dû te tirer sous l'eau ainsi. Mais n'aie pas peur. Regarde, je te tiens et nous ne coulons pas.

— C'est vrai, mais je préférerais que l'on retourne là où j'ai pied.

— D'accord. Si tu veux, je t'apprendrai à nager, ce n'est pas très difficile.

Un peu plus tard, ils se séchaient sur la plage en profitant des derniers rayons du soleil.

— Regarde, Jeff, il y a une lune sur Varn 3. C'est magnifique !

Levant les yeux vers le croissant argenté dont la faible lueur n'empêchait pas de voir les étoiles qui s'allumaient au fur et à mesure que la nuit s'installait, Stone murmura :

— Oui, c'est très beau. Il y a quelques années, je suis allé sur Terre avec Léda et nous avons pu contempler la lune de la planète-mère. Elle était bien plus belle encore.

— Tu m'y emmèneras ?

— Sur Terre, si tu veux. Mais tu ne verras pas la lune.

— Pourquoi ?

— Elle a été détruite lors de la guerre contre les Antariens.

— Détruite ? Mais je n'étais pas au courant de cette guerre. Quand j'étais dans le laboratoire, on me cachait beaucoup d'informations. Tu t'es battu avec le *Phénix* ?

— Non, tous les vaisseaux armés avaient été réquisitionnés, j'aurais dû me joindre aux forces de la Flotte, mais… cette guerre contre Antarès ne me plaisait pas… et les événements m'ont donné raison de ne pas m'en mêler. J'ai tout de même donné un coup de main à un pilote de chasse dont j'avais pu mesurer le courage.

— Tu peux me raconter ce qui s'est passé ?

Stone hésita, puis secoua la tête.

— C'est une trop longue histoire pour que je te la raconte ce soir. Une autre fois.

— Alors parle-moi d'*elle*. J'ai bien vu la tristesse t'envahir quand tu as prononcé son nom…

Jeff garda le silence un long moment, puis avoua lentement :

— Je ne me rendais pas compte de mon bonheur. En grandissant, Léda était devenue une femme calme et réfléchie, quelqu'un à qui on pouvait toujours se fier. Elle gardait sa bonne humeur malgré les pannes fréquentes de notre vieux cargo. Elle avait un bon sens pratique, contrairement à moi, et m'évitait de commettre des erreurs d'un simple mot. Nous n'étions pas riches, notre travail couvrait tout juste nos dépenses. Pourtant, avec le *Phénix* à notre disposition, j'aurais pu l'emmener voir tellement d'endroits magnifiques comme celui-ci… Je le lui avais promis, mais il y avait beaucoup à faire à la colonie, nous remettions sans cesse nos vacances à plus tard. Même notre voyage sur Terre était en fait une livraison, nous n'avons pas réellement pu en profiter. Maintenant, je n'ai plus de contraintes, je suis riche, mais…

Sa voix se brisa.

— Elle n'est plus là… acheva Flamen, les larmes aux yeux. Et tu aides les gens sans te soucier des risques que tu cours.

— Plutôt en cherchant les risques, corrigea le pilote. Léda était mon centre, maintenant je ne me sens plus à ma place nulle part dans la galaxie. Autant aider ceux qui en ont besoin plutôt que planter bêtement mon cargo dans un soleil… Mais j'ai réalisé tout à l'heure que je t'ai mise en danger, Flamen. J'aurais dû attendre de t'avoir trouvé un abri avant de venir à Parud.

— Non, Jeff. Je sais que jamais je ne pourrai remplacer ton épouse, mais moi non plus je n'ai ma place nulle part. Garde-moi avec toi s'il te plaît, en aidant les autres comme toi j'aurai l'impression d'être plus qu'un monstre échappé d'un laboratoire…

Elle s'était détournée pour cacher les larmes qui coulaient sur son visage, mais Stone la saisit par les épaules pour l'obliger à le regarder en face.

— Ne dis pas ça, Flamen. Tu… comptes pour moi.

Il l'attira contre lui pour l'embrasser avec douceur. Leur baiser se prolongea et ils roulèrent ensemble sur la plage, enlacés. Serrée contre le pilote, la jeune fille frémit quand il commença à lui caresser le dos.

— Arrête, Jeff, s'il te plait.

— Qu'y a-t-il, Flamen ?

— J'ai peur de ce qui nous attend…

— Nous sommes bien sur cette planète, nous pouvons y rester quelque temps si tu en as envie.

— Et si Tiran réussit à s'emparer de Parud ?

— Nous serons là pour les en empêcher.

Il recommença à lui caresser le dos. La jeune fille sentit peu à peu toute l'énergie que renfermait son corps couler sous sa peau en un flot furieux et elle comprit qu'elle allait en perdre le contrôle. Elle éclata en sanglots. Ému, Stone lui écarta doucement les cheveux pour plonger ses yeux dans les siens.

— Flamen, qu'est-ce qui ne va pas ?

— Jeff, je ne me sens pas bien. Quand tu me touches, c'est agréable, mais en même temps… je sens le pouvoir de l'antimatière qui bouillonne en moi et menace de s'échapper.

— Ne t'en fais pas, Flamen, je serai patient. Je ne tiens pas à me faire désintégrer.

Il avait prononcé cette dernière phrase sur le ton de la plaisanterie, mais la jeune fille s'assombrit.

— Oh ! Jeff, si seulement je pouvais être normale…

— Alors tu n'aurais pas eu besoin de mon aide et nous ne nous serions pas connus. Nous ne serions pas cette nuit sur cette plage magnifique, seuls tous les deux sous les étoiles… Viens, allons dormir.

Ils s'enroulèrent dans une couverture, serrés l'un contre l'autre. Bercés par le bruit des vagues, ils s'endormirent, tendrement enlacés.

Chapitre VIII

Flamen s'éveilla en sursaut, sentant le poids d'un homme sur son corps. Maîtrisant à grand peine son réflexe de défense qui aurait désintégré le pilote, elle le détourna vers le sable et se souvint : elle était sur la plage et c'était le corps de Jeff qui touchait le sien, enroulés tous deux dans une couverture.

Vérifiant qu'elle n'avait pas réveillé Stone, elle se dégagea doucement et se leva en tremblant, le cœur cognant dans sa poitrine. Une large excavation de plusieurs mètres cubes s'ouvrait dans la plage. Si elle n'avait pas redirigé l'antimatière et désintégré tout ce sable in extremis, elle aurait tué l'homme qu'elle aimait ! Les larmes coulèrent silencieusement sur ses joues tandis qu'elle réalisait combien elle avait dû se contenir la veille au soir lorsque Stone la touchait. L'énergie de l'antimatière qu'elle possédait ne demandait qu'à être libérée.

Sa décision prise, elle s'habilla en pleurant. Se penchant sur Jeff, elle vérifia qu'il dormait toujours et n'eut pas le courage de le réveiller pour lui parler. Elle activa sa ceinture antigrav pour remonter sur la falaise. Dans le speeder, elle trouva un stylo et du papier et laissa un message pour celui qu'elle quittait. Les larmes lui brouillaient la vue et mouillaient la feuille, mais elle finit par achever sa pénible tâche. Elle laissa la lettre en évidence sous une pierre et monta dans le speeder, fonçant vers la ville.

Elle se rendit dans le bâtiment abritant le poste de commandement que Kast leur avait indiqué. Le soldat de garde avait des ordres à propos de Stone et de Flamen : s'ils se présentaient, ils devaient être conduits sans délai au commandant. Plusieurs malades de l'hôpital devaient la vie à leur courage et à leur désintéressement.

Lorsqu'elle fut introduite dans la salle de réunion, portant un plass à la ceinture, plusieurs des officiers sursautèrent, mais le commandant Kast les rassura d'un geste.

— Bienvenue, mademoiselle Flamen. Nous sommes en train de préparer une contre-offensive pour récupérer une place forte dont les gens de Tiran se sont emparés, alors je n'aurai pas beaucoup de temps à vous consacrer. J'espère que l'endroit que je vous ai indiqué vous a plu. Le capitaine Stone n'est pas avec vous ?

— Non, il était fatigué, il a préféré rester sur la plage. Je vous remercie, l'endroit est magnifique. Mais Jeff est un homme d'action et je me suis dit qu'il ne tarderait pas à s'ennuyer. Alors je suis venue voir si nous ne pourrions pas vous aider dans votre lutte contre Tiran. Vous parliez d'une contre-offensive ?

— Oui, jetez un œil à cette carte. Les forces de Tiran ont attaqué ce poste au sommet d'une des collines qui dominent Parud. Ils ont atterri sur le toit avec une navette et ont tué tous les gardes. Nous pensons qu'ils ne sont pas plus d'une douzaine. Il nous faut absolument reprendre le contrôle de cette place forte avant qu'ils n'aient le temps d'y amener des troupes et des armes. Mon groupe d'intervention est sur le point de partir pour leur donner l'assaut.

— Je vais avec eux ! décida Flamen.

— Mademoiselle, je ne mets pas en doute votre bonne volonté, mais sachez que la patrouille qui s'est approchée de cette place forte pour savoir pourquoi nos hommes ne répondaient pas aux messages radio a été décimée, abattue par des canons laser. Seul un homme sur les dix a survécu. Blessé, il est tout de même parvenu à donner l'alerte. Cette mission nécessite des commandos expérimentés.

— À votre avis, les hommes du CIEF sont expérimentés ?

— Évidemment ! Les troupes d'élite de la Flotte sont les meilleures.

— Pourtant, lorsqu'ils ont pris d'assaut notre cargo, nous les avons vaincus. Jeff en a tué six dans les coursives et j'ai abattu les trois qui m'ont surprise dans le poste de pilotage alors que j'étais aux commandes du *Phénix*. Donnez-moi une combinaison comme celles de vos commandos, je pars avec eux.

Le ton sans réplique de la jeune fille, le plass à la main, convainquit Kast qui objecta cependant :

— Mais vous n'attendez pas le capitaine Stone ?

— Écoutez, commandant. Vous avez besoin d'aide et il est trop tard pour retourner chercher Jeff. Faites-moi confiance, j'ai l'habitude des opérations dangereuses, lui assura-t-elle, songeant que ce n'était pas tout à fait faux compte tenu de ses démêlés avec les hommes du CES et ceux de la Flotte.

— Comme vous voudrez, soupira Kast. Mon groupe d'intervention était spécialisé dans les prises d'otages avant que la guerre éclate. Ils n'ont jamais participé à une opération de cette envergure et savent que beaucoup d'entre eux risquent de ne pas revenir. Prenez leur commandement, peut-être limiterez-vous nos pertes…

Flamen faillit refuser, mais elle comprit que sa détermination avait trompé le commandant, ramenant l'espoir sur le visage d'un homme qui craignait d'envoyer ses hommes à la mort. Et elle venait d'avoir une idée qui permettrait sans doute de réduire les pertes des commandos de Parud. Elle espérait que Stone la comprendrait et lui pardonnerait.

*

* *

En se réveillant, Jeff Stone fut un instant désorienté, ramassant aussitôt son plass dans le sable près de lui avant de se rappeler où il était.

— Comme tu peux le voir, Flamen, les vieux réflexes de survie sont tenaces. Tu vas encore te moquer de moi… Flamen ?

Il se rendit compte alors que la petite plage était déserte et que les vêtements de la jeune fille avaient disparu, ainsi que son arme et sa ceinture antigrav. Notant l'énorme trou qu'elle avait laissé dans la plage, il comprit qu'elle avait eu un ennui avec son pouvoir. Les traces sur le sable lui prouvèrent que Flamen avait heureusement survécu et qu'elle était remontée au sommet de la falaise. Pourquoi ne l'avait-elle pas réveillé ?

Ses appels ne recevant aucune réponse, il s'habilla rapidement, un peu inquiet. Actionnant sa ceinture antigrav, il s'éleva rapidement, constatant la disparition du speeder. Avisant la lettre sur le sol, il se précipita pour la ramasser.

Une boule lui serrant la gorge, il commença à lire :

Pour Jeff Stone.

Jeff, je veux que tu saches combien tu m'as rendue heureuse, d'abord en apportant ton aide à une mutante sans se préoccuper de sa différence, puis en m'offrant un peu d'affection. Mon corps frissonne encore au souvenir de tes caresses d'hier soir. Je t'aime de tout mon cœur, pourtant je dois te quitter, même si cela me déchire le cœur.

Mais il faut que je parte. Ce matin, en me réveillant contre toi, j'ai failli te désintégrer en sentant ton corps toucher le mien. Il suffirait d'un cauchemar pour que je te tue sans m'en rendre compte, durant mon sommeil. L'énergie que je détiens en moi est très instable, elle ne demande qu'à se libérer sur ceux qui m'attaquent… ou sur celui que j'aime.

À cet endroit il y avait une tache, les larmes ayant fait déteindre l'encre au point que le pilote eut du mal à déchiffrer les mots suivants :

Pardon de te quitter ainsi, mais tu mérites bien mieux que l'amour d'une mutante dont la beauté superficielle cache un piège mortel. Pardonne-moi. Flamen.

Le cœur lourd, Stone rangea la lettre dans une poche de sa combinaison et commença à marcher vers l'endroit où il avait laissé le *Phénix*. Il parcourut les quelques kilomètres qui le séparaient de son vaisseau sans même s'en rendre compte, s'arrêtant devant les ouvriers occupés à décharger les dernières caisses de médicaments de la soute.

— Bonjour capitaine. Le trou dans le poste de pilotage est réparé et nous aurons fini de décharger votre cargo d'ici vingt minutes. Vous comptez repartir rapidement ou rester un moment sur Varn 3 ?

— Je ne sais pas. Vous n'avez pas vu Flamen ?

— Votre femme ? Non. Elle n'est pas avec vous ?

Les mots de l'ouvrier frappèrent le cœur du pilote comme un coup de poignard. Il répondit machinalement :

— Elle est sans doute allée en ville.

Il monta la rampe du *Phénix* en soupirant. Bien sûr, si elle l'avait quitté, ce n'était pas pour retourner à bord de son vaisseau. Il se dirigea vers sa cabine, caressant machinalement Pik qui venait de se percher sur son épaule.

— Salut, mon vieux Pik. Je crois qu'il est temps d'ouvrir une des bouteilles qui se morfondent dans ma cabine depuis trop longtemps.

Il prit une bouteille au hasard et se laissa tomber sur son siège. Il remplit son verre d'un liquide bleu, reconnaissant l'un des plus rares alcools de la galaxie… et l'un des plus chers, acheté à un contrebandier.

Il leva son verre sous l'œil réprobateur de Pik en soupirant :

— Je sais, j'aurai beau boire les centaines de bouteilles qu'il y a à bord, je ne parviendrai pas à être saoul, encore moins à l'oublier. Flamen… Je n'y avais pas fait attention, mais je n'ai pas bu d'alcool depuis que cette fille est à bord. Elle a réussi à me faire surmonter la mort de Léda. Mais elle est partie, et les bouteilles sont là, elles m'attendaient.

— Croaâ ! maugréa Pik.

— D'accord, j'ai tort de m'apitoyer. Mais que veux-tu que je fasse ? Il m'a fallu presque trois ans pour surmonter la perte de

Léda et... je crois que j'aime Flamen davantage. Il y a en elle un mélange de vulnérabilité et une force de caractère...

— Croaaâ ? questionna Pik.

— Non, elle n'est pas morte, elle m'a quitté mais... je n'ai pas eu le cran de le lui dire, crétin que je suis ! s'écria soudain Stone. Je dois la retrouver et lui parler...

Regardant le verre et la bouteille d'alcool dans ses mains sans trop savoir qu'en faire, il les jeta à travers la pièce, brisant une bouteille coûtant plusieurs milliers de crédits. Pik battit des ailes quand le pilote quitta sa cabine en courant, puis s'approcha du liquide bleu répandu sur le sol pour le lécher.

*
* *

Flamen se sentait anxieuse sous les regards admiratifs des dix commandos posés sur elle. Elle commençait à regretter de s'être vantée d'avoir abattu trois hommes du CIEF tout en pilotant un vaisseau spatial. Ces soldats entraînés l'avaient acceptée comme chef pour la mission. Impressionnés par les exploits accomplis par le *Phénix*, ils la suivraient aveuglément, alors qu'elle voulait seulement mourir. Mais si son plan fonctionnait, elle pourrait sacrifier sa vie pour une cause juste en épargnant celles des hommes qui l'accompagnaient.

Le chauffeur du VTB, un Véhicule de Transport Blindé, arrêta son engin hors de portée des détecteurs de la place forte. Il leur souhaita bonne chance tandis qu'ils s'enfonçaient dans les bois qui entouraient la colline dont ils devaient s'emparer.

Arrivés presque au sommet, ils constatèrent deux choses déplaisantes. D'abord, la bande de terrain dégagé entre le bâtiment et les bois, si elle ne faisait qu'un centimètre sur le plan qu'ils avaient étudié, faisait plus de cinquante mètres d'une pente abrupte à franchir sous le feu de l'ennemi. De jour, l'opération était suicidaire, le commandant Kast ayant estimé les pertes probables à deux tiers du groupe. Mais c'était sans tenir compte des deux navettes de Tiran qui se posaient devant le bâtiment.

— Commandant Flamen ? Il faut abandonner la mission. On ne pourra jamais vaincre trois groupes d'assaut, même avec l'effet de surprise.

La jeune fille se retourna vers les soldats. Tous attendaient sa décision. Ils étaient déterminés à se battre pour défendre leur colonie.

— Écoutez, je possède certains pouvoirs. Je pense que nous pouvons remplir la mission, mais il faudra suivre mes instructions à la lettre.

— Vous êtes notre commandant, vos ordres seront exécutés. Quel genre de pouvoirs possédez-vous ?

Flamen sourit.

— Vous allez voir, vous ne serez pas déçus ! Les hommes de Tiran vont certainement paniquer. Vous voyez ce rocher, à une trentaine de mètres ? Lorsque je l'aurai atteint, sortez des bois et prenez le poste d'assaut. En attendant, déployez-vous dans les bois.

Un des soldats objecta :

— Mais c'est de la folie. Vous serez abattue bien avant d'atteindre ce rocher !

— Ne vous inquiétez pas, s'ils réussissent à me tuer, j'en emmènerai un bon nombre avec moi. Vous devriez alors pouvoir accomplir la mission.

Voyant l'incrédulité des soldats, Flamen désigna l'une des navettes qui n'était plus qu'à un mètre du sol. Concentrant l'énergie de l'antimatière, elle pointa son index sur l'appareil avec la volonté de le détruire. Un éclair incandescent jaillit de son doigt pour aller frapper la navette, l'enveloppant d'une lueur blanche. Lorsque la lueur s'éteignit, l'engin de Tiran et tous ses occupants avaient disparu.

Pétrifiés de stupeur, les commandos regardèrent la jeune fille courir à découvert sur la colline, son plass à la main, montant seule à l'assaut après avoir désintégré une navette ennemie.

Les soldats de Tiran réagirent rapidement à cette attaque imprévue. Le lieutenant qui commandait la seconde navette la jeta vivement au sol en hurlant :

— Parud nous attaque, tous en position de combat ! Ils ont un désintégrateur lourd ! Trouvez-les et abattez-les !

Avec les soldats qui s'étaient emparés du poste et ceux de la navette, cela faisait une trentaine d'hommes armés de pistolasers vers lesquels courait Flamen. Elle savait qu'elle n'aurait pas le temps de concentrer à nouveau son énergie pour détruire l'autre appareil avant que ses ennemis en soient sortis, alors elle pointa son plass et tira sur les silhouettes qui la désignaient en donnant des ordres.

Le lieutenant Lars se jeta au sol. Le rayon tiré par la jeune fille frappa un homme derrière lui en pleine poitrine. Les hommes de Tiran ripostèrent aussitôt, s'étonnant un peu de ne voir qu'une femme aux longs cheveux roux leur donner l'assaut. Les premiers rayons rouges des lasers manquèrent Flamen qui abattit un autre soldat avec son plass. Mais les soldats ajustèrent leurs tirs sans difficulté, la jeune fille ne se donnant même pas la peine de courir en zigzag.

Sous les yeux horrifiés des commandos de Parud, une dizaine de traits de feu frappèrent Flamen. Mais si les lasers carbonisaient la combinaison de la jeune fille, ils laissaient intacte sa peau d'où partait aussitôt un éclair éblouissant vers le tireur qui l'avait touchée.

Le lieutenant Lars voyait ses hommes se faire désintégrer sous ses yeux à chaque fois que leurs tirs atteignaient ce démon femelle. Malgré ses injonctions, ils continuaient à lui tirer dessus, pris de panique. Difficile en effet de ne pas répliquer lorsque les rayons brûlant du plass carbonisaient de grandes étendues d'herbe à côté d'eux.

116

Si Flamen avait du mal à viser les soldats couchés au sol, eux en revanche la touchaient sans difficulté. Chaque impact de laser causait une brève douleur à la jeune fille dont l'organisme répliquait instinctivement par un éclair mortel qui touchait implacablement sa cible. Malgré son uniforme noirci, elle n'avait aucune blessure. Elle ressentait cependant une fatigue grandissante à force d'utiliser ses pouvoirs. Elle espérait qu'un laser finisse par venir à bout de ses défenses et la délivre de la souffrance qui lui déchirait le cœur. Mais ses ennemis mouraient les uns après les autres, certains préféraient s'enfuir plutôt que de l'affronter.

Lars s'était mis à couvert derrière sa navette et réfléchissait. Il donna son projecteur d'ondes soniques à un soldat paniqué près de lui, lui ordonnant de tirer sur Flamen lorsqu'elle arriverait en haut de la colline. Le canon du pistolaser du lieutenant pointé dans son dos, le soldat obéit en tremblant si fort qu'il ne pouvait pas viser.

Mais le projecteur d'ondes soniques couvrait un large champ. L'onde de choc frappa Flamen qui commençait à tituber d'épuisement. Elle fut projetée en arrière, assommée, cependant qu'un éclair frappait le malheureux soldat, annihilant ses atomes sous les yeux du lieutenant qui faillit faire demi-tour, puis se domina en voyant que la femme était restée au sol.

Il pointa son pistolaser pour achever la créature qui avait anéanti ses hommes… et relâcha doucement la détente en constatant que l'un de ses soldats ayant eu la même idée que lui venait d'être atomisé. Même inconsciente, Flamen restait dangereuse !

Tournant les yeux vers les bois, il vit un groupe de commandos monter à leur tour à l'assaut de la place forte en tirant sur les tiraniens restants. Les traits de laser touchèrent deux autres soldats qui s'écroulèrent. Un regard lui suffit pour comprendre que ses hommes ne pourraient pas les repousser : même s'ils parvenaient à se ressaisir et à tirer sur les hommes de Parud, ils trembleraient trop pour que leurs tirs soient efficaces.

Le lieutenant Lars soupira. S'il s'échappait avec la navette, il serait traduit en cour martiale pour son échec et fusillé. À moins que... Il courut vers le corps de Flamen, vérifia qu'elle respirait toujours et la chargea avec précaution sur son épaule. Il se précipita ensuite vers la navette, suivi de plusieurs de ses hommes qui choisirent de fuir plutôt que de combattre les commandos de Parud.

Ceux qui n'eurent pas le temps de monter dans la navette jetèrent leurs armes et se rendirent aux soldats stupéfaits : ils avaient réussi cette mission suicide sans qu'aucun homme du groupe soit blessé. Mais ils avaient perdu Flamen...

*

* *

— Comment avez-vous pu laisser une jeune fille participer à une opération aussi dangereuse ? s'indigna Stone.

Le commandant Kast baissa la tête, puis regarda le pilote droit dans les yeux.

— Elle a insisté et je ne peux pas regretter de lui avoir fait confiance. Grâce à ses pouvoirs, elle nous a permis de récupérer cette place forte. C'est une position stratégique qui empêche les forces de Tiran de donner l'assaut à notre cité. D'après les membres du commando, elle fonçait à la rencontre des lasers comme si elle voulait se faire abattre. Elle a dû surestimer ses pouvoirs et ils ont fini par la tuer. Je suis navré...

Anéanti, Stone demanda d'une voix brisée :

— Est-ce que je peux voir son corps ?

— Je suis désolé, mais les hommes de Tiran l'ont emporté dans leur navette en s'enfuyant.

— Vous ne pouvez donc pas savoir si elle est morte ou non !

— De toute façon, même si elle est encore en vie, ils la tueront à Tiran.

L'un des commandos qui assistait à la réunion intervint :

— Je ne pense pas qu'on puisse la tuer. Alors qu'elle était au sol, l'un de leurs soldats lui a tiré dessus et il a été désintégré. Ce n'est pas un laser qui l'a abattue mais un projecteur d'ondes soniques. À mon avis elle est encore en vie, je souhaite bien du plaisir aux Tiraniens lorsqu'elle se réveillera.

Le pilote hocha la tête.

— Il a raison, Flamen ne peut pas mourir. Je dois aller à son secours.

Le commandant posa une main compatissante sur l'épaule de Stone.

— Capitaine ! Ils l'ont certainement emmenée dans leur poste de commandement. Elle est entre les mains du général Somers qui commande Tiran. Vous ne pensez pas prendre d'assaut son quartier général ?

— J'y compte bien, au contraire, sourit Stone. C'est le genre de défi que j'aime relever. Vous savez où il se trouve ?

— Oui, nos informateurs à Tiran ont localisé le bâtiment. Mais il est bien défendu et nous ne comptons pas donner l'assaut avant plusieurs semaines. Notre armement ne nous permet pas encore de monter une telle offensive. Il y a deux mois, un émissaire de la Flotte nous a promis des pisto-plasma, mais nous n'avons toujours rien reçu.

— Vous risquez d'attendre longtemps. Ce n'est pas dans l'intérêt de la Flotte de voir ce conflit se terminer. À bord de mon cargo, j'ai des armes d'assaut. Et vous avez pu constater que la puissance de feu du *Phénix* est loin d'être négligeable. J'irai seul s'il le faut, mais je retrouverai Flamen !

— Mon commandant, au nom de mes hommes, je vous supplie de nous laisser l'accompagner, dit le chef des commandos. Nous devons beaucoup au courage de cette fille et ce type a l'air comme elle : il foncera avec ou sans nous. Si nous voulons capturer le général Somers, nous avons de meilleures chances si nous lançons notre attaque en même temps que lui.

Le commandant Kast regarda Stone un long moment, puis acquiesça de la tête.

— Je me flatte de savoir juger les gens, capitaine Stone. J'ai fait confiance à cette jeune fille et elle a rempli la mission de mes commandos à elle seule. Je pense que vous pouvez réussir, alors je vous accompagne.

Un officier protesta :

— Mais commandant…

D'un ton sec, Kast lui coupa la parole :

— Capitaine ! Pendant mon absence, vous avez le commandement de Parud. Si je meurs durant l'assaut, vous reprendrez mes galons de commandant.

— À vos ordres, mon commandant. Est-ce que je peux formuler une objection ?

— Non, capitaine. Une guerre ne se gagne pas en restant à l'abri dans un bunker. Si je ne peux pas dissuader le capitaine Stone d'attaquer nos ennemis, autant unir nos forces.

Jeff Stone tendit la main à Kast en souriant franchement.

— Vous mesurez combien nos chances sont faibles, commandant ?

Kast lui serra la main solennellement.

— Mieux que vous, je le crains…

Chapitre IX

Le *Phénix* filait dans le ciel nocturne de Varn 3. Il volait bas, presque au ras du sol pour éviter les radars. Les nuages qui masquaient la faible lueur des étoiles convainquirent Stone qu'il avait eu raison de faire confiance au commandant Kast et d'attendre la nuit pour pénétrer dans l'espace aérien de la colonie Tiran sans être repéré. Si les ravisseurs de Flamen ne la tuaient pas à son arrivée dans leur quartier général, quelques heures ne changeraient sans doute pas grand chose.

Le pilote avait cependant attendu la nuit avec une impatience mal contenue, en profitant pour montrer aux commandos les armes cachées dans le compartiment secret du cargo. Il avait gardé pour lui les sept couteaux de cristal et l'un des plass, mais il y avait encore les autres plass pris aux hommes du CIEF, cinq pisto-plasma, un lance-flammes, un lance-roquettes… Un colosse nommé Thomas saisit cette dernière arme avec ravissement.

— Je peux le prendre ?

Stone examina les muscles énormes de l'homme qui le dépassait d'une tête, puis sourit largement.

— Pour une montagne de muscles comme toi, j'ai bien mieux. Tu penses pouvoir porter ça ?

Thomas soupesa le cylindre de métal que lui indiquait le pilote, le posant au creux de son bras en tenant fermement la poignée.

— Ça ira. Mais je n'ai jamais vu une arme pareille. Qu'est-ce que c'est ?

Le commandant Kast regarda l'arme à son tour, constatant :

— Cela ressemble à un canon laser de vaisseau.

Jeff se mit à rire.

— Excellent, commandant. C'en est un. Un canon laser portatif. Mon ami Joker m'en a fait cadeau lorsqu'il a installé les quinze canons laser du *Phénix*. Mais il faut porter cette batterie de trente kilos sur le dos pour pouvoir s'en servir, alors ce sera peut-être trop lourd.

Thomas secoua la tête.

— Ne vous inquiétez pas, capitaine, je le prends. Mais j'espère que ça fait des dégâts !

— Tu ne seras pas déçu. Avec ça, pas besoin de se préoccuper des portes verrouillées. Ça perce un trou de deux mètres de diamètre dans un mur de béton armé !

Le commandant Kast indiqua soudain le témoin du bouclier, chargé à son maximum.

— Vos lasers peuvent tirer à travers le bouclier du cargo ?

— Bien sûr ! Le train d'onde des canons laser est tiré en phase avec la pulsation du bouclier, ça passe sans problème, pourquoi ?

— Tous les véhicules de Varn munis de lasers n'ont pas de boucliers car nos savants ne connaissent pas ce procédé. Nous avons demandé conseil au CES, mais il nous a répondu que c'était un secret militaire réservé à l'usage des appareils de la Flotte. Vous pourriez nous l'expliquer ?

— Je ne suis pas un technicien, je ne peux pas vous dire précisément comment ça fonctionne. Mais c'est un secret de polichinelle : la plupart des pirates et des contrebandiers ont ce système sur leur vaisseau. Vous devriez pouvoir en trouver pour vous renseigner. Mais si les Tiraniens n'ont pas de boucliers, cela nous donne un avantage supplémentaire.

— Nous allons en avoir besoin, signala l'homme chargé de surveiller le radar. Vingt-cinq navettes de combat tiraniennes viennent à notre rencontre, une douzaine d'autres nous ont pris en chasse. Nous sommes repérés !

— Je n'ai pas de temps à perdre avec eux, nous avons presque atteint le bâtiment où doit se trouver Flamen, gronda Stone.

Il vérifia que son bouclier avant était pleinement opérationnel et fit sortir les canons laser des flancs du *Phénix*, mais n'essaya même pas de viser les petits vaisseaux qui fonçaient vers le cargo. Il tira en accélérant brutalement. Trois des navettes ne purent esquiver cette charge de kamikaze et heurtèrent le bouclier. Endommagées, elles furent contraintes de se poser tandis que le pilote distançait rapidement les autres appareils de Tiran.

Les collisions avaient quelque peu entamé la charge du bouclier avant, mais en arrivant au-dessus du bâtiment abritant l'état-major de Tiran, ils avaient une bonne avance sur leurs poursuivants, juste assez pour pouvoir appliquer le plan qu'ils avaient mis au point.

À contrecœur, le commandant Kast pris les commandes du *Phénix*. Il était en effet le seul homme de Parud à savoir piloter un vaisseau spatial de combat, ayant servi dans la Flotte pendant dix ans avant de se retirer sur Parud.

Stone coupa le bouclier arrière, puis actionna l'ouverture des soutes, avant de faire un bref salut militaire au commandant, se précipitant ensuite vers la rampe pour rejoindre son groupe de commandos prêts à sauter sur le toit pour investir le bâtiment. Le cargo flottait à trois mètres du sol, mais il en fallait davantage pour effrayer Jeff Stone. Il se laissa tomber sur le toit, son plass à la main, faisant un roulé-boulé pour amortir sa chute. Les dix hommes du commando le suivirent en silence et il avertit Kast par radio qu'il pouvait repartir.

Le commandant regarda sur l'écran arrière du *Phénix*, constatant que les dix speeders de combat étaient sortis des soutes et se mettaient en formation pour combattre les trente-quatre navettes de Tiran qui approchaient et qui recevraient très probablement des renforts. Kast referma la rampe d'accès et les portes des soutes du cargo, puis réactiva son bouclier arrière et fit faire volte-face au vaisseau pour le placer à la tête de ses pilotes.

Calmement, il sélectionna pour cible la navette la plus proche, la pulvérisant de ses canons laser bien avant qu'elle puisse tirer, puis passa à une autre cible. Malgré la supériorité numérique des forces de Tiran, les speeders de Kast étaient bien plus rapides et plus maniables, avec une puissance de feu sensiblement égale. Les navettes de combat étaient plus résistantes, mais elles ne parvenaient pas à toucher les insaisissables petits bolides qui se cachaient derrière le *Phénix* lorsqu'ils étaient pris en chasse.

Un assaut massif contre le cargo fit prendre conscience aux Tiraniens que le vieux vaisseau bosselé et noirci avait des boucliers et une puissance de feu comparables à ceux d'un croiseur de la Flotte. Cette erreur coûta une dizaine de navettes aux forces de Tiran.

Mais les boucliers du *Phénix* faiblissaient alors que de nouveaux appareils ennemis arrivaient toujours. Deux speeders avaient déjà été abattus, les autres seraient bientôt submergés sous le nombre. En détruisant une autre navette, le commandant Kast soupira : malgré tous ses efforts, sa petite escadrille ne viendrait pas à bout de toute la flotte de Tiran. Il ne pouvait que couvrir le bâtiment où se livrait la véritable bataille, en espérant que Stone et ses commandos réussiraient à s'emparer de l'état-major tiranien et à obtenir leur reddition avant que les boucliers du cargo soient détruits…

*
* *

Sur le toit, les commandos ne perdirent pas de temps. Thomas pointa son canon laser vers le bas et le rayon perça le plafond d'une salle, les débris écrasant les hommes qui s'y trouvaient. Abattant rapidement les survivants, le groupe se glissa dans l'immeuble le mieux gardé de Tiran.

Le responsable de la surveillance alerta le général Somers.

— Mon général, les forces de Parud nous attaquent. Leurs appareils sont au-dessus de nous.

— Descendons aux niveaux inférieurs, ils ont localisé notre base et ils risquent de la bombarder.

— Avec tout le respect que je vous dois, mon général, je pense que vous vous trompez. S'ils avaient voulu nous bombarder, ils en auraient eu le temps avant que notre flotte d'interception les rejoigne. Ils ont utilisé un vaisseau spatial de transport pour amener des speeders de combat jusqu'ici. Je pense qu'ils veulent s'emparer du bâtiment. Ils ont sans doute débarqué un groupe d'assaut sur le toit.

— Nos appareils écraseront leurs minables speeders. Quand aux hommes qui sont sur le toit, ils ne pourront pas entrer : il n'y a pas d'ouverture dans le toit de ce bâtiment !

Une violente déflagration fit trembler l'immeuble.

— Qu'est-ce que c'était ? s'inquiéta Somers.

Blême, son interlocuteur constata sur son écran vidéo :

— Ils ont creusé une ouverture dans le toit ! Ils sont au niveau neuf.

— Combien sont-ils ?

— Désolé, mon général, ils ont détruit la caméra avant que je puisse en voir plus de trois. Mais ils sont sans doute très nombreux pour tenter une opération pareille.

Sortant doucement dans le couloir, Stone exigea :

— Il nous en faut un vivant pour nous dire où sont Flamen et le général que vous devez capturer.

Un groupe de soldats armés de fusilasers surgit soudain d'un ascenseur. Par réflexe, Thomas pointa son canon laser et tira. Le rayon ardent anéantit les Tiraniens et l'ascenseur. Ses câbles fondus, la cabine tomba dans le puits. Se grattant la tête, le géant s'excusa :

— Désolé, mais ceux-là n'avaient pas l'air prêts à se laisser capturer !

Un homme bien habillé sortit soudain dans le couloir.

— Qu'est-ce que c'est que ce raffut ? s'indigna-t-il.

Croisant le regard des commandos, il fit demi-tour et s'élança en hurlant à l'aide. D'un geste, Stone empêcha ses hommes de tirer, saisissant l'un des couteaux de cristal à sa ceinture. La lame bleue tournoya en sifflant et se ficha dans la jambe du fuyard qui s'écroula.

Blanc de terreur, il s'évanouit à moitié sous la douleur lorsque Jeff arracha le couteau de sa jambe pour le lui poser sur la gorge.

D'un ton peu amène, il l'interrogea :

— Nous n'avons pas de temps à perdre ! Si tu nous aides, tu restes en vie, sinon tu meurs ! Pigé ?

L'homme hocha la tête avec empressement.

— Une fille a été capturée ce matin lorsque vos soldats ont été chassés de la place forte qu'ils avaient prise à Parud. Où est-elle ?

— Je... je ne sais pas. Je ne suis qu'un bureaucrate, je ne suis pas au courant de ces choses-là.

La pointe du couteau s'enfonça lentement dans son cou tandis que Stone déclarait impitoyablement :

— Alors tu ne me sers à rien...

L'homme s'écria :

— Non ! Attendez, laissez-moi réfléchir... C'est vrai. Ce matin, le lieutenant Lars est revenu. Il a dû voir le général Somers et les chefs d'état-major au niveau quatre. S'il y avait des prisonniers, ils les ont sans doute mis dans les cellules, au niveau huit, l'étage en dessous de l'endroit où nous sommes.

Jeff relâcha l'homme en adressant un clin d'œil à Thomas.

— Il a dit : *en dessous* !

Le colosse sourit en pointant son canon laser, forant un trou dans le plancher qui laissa voir le couloir de la prison au-dessous. Mais ils durent s'écarter vivement de l'ouverture pour éviter les lasers tirés par les gardes de l'étage inférieur.

Un des hommes proposa à voix basse :

— Capitaine, si on essaie de descendre, on se fera tirer comme des lapins. On devrait lancer une grenade là-dedans.

— Non, si Flamen est dans une cellule, une grenade risquerait de la blesser.

— Je voulais dire une grenade aveuglante, capitaine. Sans danger pour les prisonniers, elle aveuglera les gardes pendant une vingtaine de secondes.

— Excellente idée ! approuva le pilote. Allez-y !

Le soldat sortit deux grenades de ses poches et les lança dans le trou à deux secondes d'intervalle. En touchant le sol du niveau inférieur, elles produisirent deux brefs éclairs blancs si lumineux que les commandos les virent malgré leurs paupières fermées.

Mais à l'étage au-dessous, les quatre gardes ne voyaient plus rien. Stone et ses hommes n'eurent aucun mal à les abattre lorsqu'ils descendirent. Flamen n'était dans aucune des cellules. En revanche Thomas reconnut l'un des prisonniers et se précipita.

— Chuck ! C'est moi, Thomas.

— Qui est-ce ? s'enquit Stone.

— C'est mon frère cadet. Il faisait partie de nos espions à Tiran, je craignais qu'ils l'aient surpris et tué.

Chuck se frotta les yeux et sourit à son frère comme sa vue revenait.

— Non, ils m'ont capturé, mais ils voulaient m'interroger avant de m'exécuter. Apparemment vous avez tiré profit de mes renseignements. Je ne pensais pas que vous attaqueriez si tôt.

Thomas sourit.

— Le capitaine Stone a un peu forcé la main à notre commandant. Il cherche une jeune fille rousse que les Tiraniens ont enlevée. Tu l'as vue ?

— Non, ils n'ont pas amené de fille dans les cellules. Sors-moi de là et donne-moi une arme, je vous aiderai à la trouver. Mais vous n'avez pas monté cette opération simplement pour une fille ?

— Le capitaine Stone, si. Mais comme le commandant Kast voulait capturer Somers, nous faisons d'une pierre deux coups.

Voyant le géant examiner la serrure de la cellule, Jeff lui lança un couteau de cristal. Thomas le rattrapa adroitement et en abattit la lame sur la porte de la cellule. Le cristal d'Antarès déchira le métal. Libéré, Chuck étreignit brièvement son frère, puis ramassa le fusilaser d'un des gardes abattus pour se joindre au groupe.

Stone désigna les autres prisonniers.

— Et eux, vous les connaissez ?

— Non, ils n'ont aucune raison de nous aider et seront plus en sécurité dans leurs cellules qu'avec nous. Laissons-les. Somers doit être au niveau quatre. Allons-y !

Thomas désigna le sol en souriant.

— On continue à creuser notre chemin, capitaine ?

Stone secoua la tête.

— Non, c'est trop dangereux. Ils peuvent nous abattre facilement lorsque nous sautons dans le trou. Prenons les escaliers.

— Suivez-moi ! dit Chuck. C'est par-là.

Mais l'escalier était pris d'assaut par les soldats de Tiran. Sous les tirs de fusilasers, deux des commandos tombèrent. Les autres se jetèrent à plat ventre, ripostant aussitôt. Atteint par quatre boules d'énergie tirées par les pisto-plasma et par un impact de canon laser, l'escalier s'écroula, entraînant les corps des soldats.

Les commandos se relevèrent. Chuck lâcha son fusilaser pour ramasser le pisto-plasma de l'un des deux hommes abattus. Après un bref salut à leurs compagnons morts au combat, tous se tournèrent vers Stone qui ne pouvait détacher ses yeux des deux corps.

— Capitaine ! Que faisons-nous ? L'escalier est impraticable.

— Ils sont morts par ma faute. C'est moi qui vous ai conduits là-dedans.

La gifle de Thomas faillit le jeter à terre.

— Capitaine, ce n'est pas le moment de pleurer les morts. Vous êtes responsable de la mission, pas de la mort des hommes qui se battent sous vos ordres. Jusqu'à présent, nos pertes sont minimes compte-tenu de la nature de la mission, mais il y en aura d'autres, c'est inévitable. Ressaisissez-vous et menez-nous à la victoire !

— Vous avez raison. Merci, Thomas, dit Stone en se promettant de ne plus jamais accepter le commandement d'un groupe d'hommes.

Il détruisit une caméra vidéo d'un tir précis de son plass et se tourna vers l'espion qu'ils avaient libéré.

— Chuck, vous connaissez bien ce bâtiment. Comment peut-on se rendre au niveau quatre ?

— À part l'escalier, il y a un ascenseur, mais ce ne serait pas très prudent de l'utiliser.

— D'autant que nous l'avons déjà détruit, sourit son frère. Nous allons devoir continuer à traverser les plafonds.

— Non, j'ai une meilleure idée, déclara Stone. Vous avez des cordes d'escalade ? Alors on va descendre en rappel dans la cage de l'ascenseur.

Ils forcèrent les portes de l'ascenseur et Stone se laissa glisser le premier dans le conduit, utilisant sa ceinture antigrav. Il attendit en silence que ses hommes le rejoignent, accrochés à leurs cordes. Lorsqu'ils furent tous les dix devant la porte, Jeff pressa le contact d'ouverture et ils se jetèrent dans le couloir.

Sachant l'ascenseur hors service, les gardes du niveau quatre furent pris au dépourvu et rapidement éliminés. Suivant les indications de Chuck, le petit groupe se dirigea rapidement vers une salle défendue par une dizaine de soldats.

Mais si leur nombre était égal, les forces de Tiran n'avaient que des fusilasers. Ils tuèrent l'un des commandos et en blessèrent deux autres, mais furent anéantis par les pisto-plasma qui détruisirent en même temps le mur de la salle.

Stupéfaits, le général Somers et son état-major regardèrent les armes d'assaut pointées sur eux. Le lieutenant Lars voulut saisir son pistolaser, mais le plass de Stone cracha un jet de feu qui lui carbonisa la main. Identifiant le général Somers à ses galons, le pilote s'adressa à lui :

— Général, au nom des forces de Parud, je vous somme d'annoncer votre reddition inconditionnelle afin que nos forces aériennes respectives cessent le combat. Cette guerre a déjà coûté suffisamment de vies.

— Et si je refusais ? Vos vaisseaux sont trop peu nombreux pour vaincre les miens.

Un rayon laser frôla la tête du général, roussissant ses cheveux gris.

— Si vous refusez, je vous abats, ainsi que tous vos officiers. Vous paierez de vos vies la mort de nos pilotes.

La lueur meurtrière qu'il vit passer dans les yeux du capitaine convainquit Somers qu'il ne bluffait pas. Il pressa d'une main tremblante le bouton de son intercom et ordonna :

— Communications ! Branchez-moi sur le réseau principal et sur la fréquence de nos appareils de combat.

— C'est fait, mon général.

— À toutes les forces de Tiran, ici le général Somers. Je vous annonce notre reddition inconditionnelle aux forces de Parud qui se sont emparées de notre état-major et de moi-même. Cessez immédiatement les combats. Ceux qui refuseront d'obéir à mes ordres seront fusillés.

Il coupa son intercom et se tourna vers Stone d'un air abattu.

— Voilà, vous avez gagne… Puis-je connaître votre nom ?

— Capitaine Jeff Stone. Mais je ne fais pas partie des forces de Parud. Je me suis joint à eux pour délivrer la jeune fille rousse que vous avez enlevée. Où est-elle ?

— Cette fille ? C'est pour elle que vous avez attaqué notre état-major ?

— Oui, où est-elle ?

Voyant Stone avancer sur lui avec un couteau de cristal à la main, le général répondit en tremblant, désignant le lieutenant qui gémissait en tenant son moignon calciné.

— C'est Lars qui l'a amenée ici, je n'y suis pour rien.

Voyant le regard furieux de Stone se tourner vers lui, le lieutenant paniqua. De sa main valide, il ramassa son pistolaser pour le pointer sur le pilote.

Mais il ne put achever son geste. Un couteau de cristal venait de se planter jusqu'à la garde entre ses deux yeux, traversant l'os de sa boîte crânienne comme un couteau ordinaire traverserait une feuille de papier.

Le regard de Somers alla du cadavre du lieutenant Lars à la main de Stone qu'il n'avait pas vue bouger, constatant qu'elle avait déjà repris un autre couteau à sa ceinture pour le pointer sur lui.

Précipitamment, il raconta :

— Elle est vivante, mais elle n'est plus ici ! Quand Lars l'a amenée, elle était inconsciente, mais les images de l'attaque de cette fille filmées par la navette m'ont convaincu qu'elle était bien trop dangereuse pour tenter de la garder prisonnière. Un de mes médecins a voulu lui faire une piqûre pour la garder inconsciente, mais il a été désintégré en tentant d'enfoncer l'aiguille de la seringue.

J'ai appelé mon contact dans la Flotte qui a été très intéressé par cette fille. Il nous a promis des armes en échange et une navette est venue la chercher. À présent, elle doit être à bord de l'un des appareils de la Flotte en orbite au-dessus de Varn 3. Mais…

Somers hésita et Stone le pressa :

— Parlez ! Si vous avez des choses à m'apprendre, faites-le. Si je me rends compte que vous m'avez caché quelque chose, je reviendrai vous tuer.

Le général hocha la tête.

— Oui, vous en seriez capable, capitaine. Dommage que vous ayez choisi le camp de Parud. Cette fille… nous n'osions plus la toucher après l'avoir vue désintégrer le médecin. Quand elle a repris connaissance, nous avons d'abord craint qu'elle ne s'en aille en désintégrant tous ceux qui seraient sur son chemin. Mais en fait elle n'a pas bougé. Elle avait les yeux ouverts mais ne remuait pas, ne parlait pas. Nous lui avons apporté de la nourriture, mais elle semblait trop faible pour manger. Elle avait l'air très malade, les hommes de la Flotte qui sont venus la chercher l'ont emportée sur un brancard le plus doucement possible.

— Flamen… Elle a trop utilisé ses pouvoirs.

Le grésillement de sa radio le tira de ses pensées. La voix du commandant Kast en sortit :

— Capitaine Stone ?

— Oui, commandant. Je suis là.

— Félicitations, capitaine ! Votre nom restera dans les annales de Varn 3. Vous avez réussi !

— Mais j'ai perdu trois hommes et deux autres sont blessés, commandant.

— Ne vous en veuillez pas, vous vous en êtes mieux sorti que moi. Malgré la puissance de votre formidable vaisseau, j'ai perdu huit pilotes sur les dix que nous avions amenés. Vous avez retrouvé votre… Flamen ?

— Non, elle a été emmenée sur l'un des vaisseaux de la Flotte. Le *Phénix* n'est pas endommagé ?

— Non. Mais vous ne comptez pas aller l'arracher aux mains de la Flotte ?

— Mais si, commandant. Vous n'avez plus besoin de mon aide. Avec la fin de la guerre, le blocus va s'achever. Je dois rejoindre les vaisseaux de la Flotte avant qu'ils s'en aillent.

Un peu plus tard, après une poignée de main émouvante échangée avec Kast et chacun des hommes du groupe qu'il avait mené à la victoire, Jeff Stone quittait Varn 3 aux commandes du *Phénix*.

Ses armes avaient réintégré leur compartiment secret et Pik était sur son épaule tandis qu'il se dirigeait vers un nouveau défi. Il avait refusé l'offre des commandos de l'accompagner pour délivrer Flamen, sachant que son groupe ne serait pas de taille à affronter la Flotte.

Il devrait utiliser la ruse pour parvenir à libérer la jeune fille qu'il aimait. Inquiet de la savoir malade, il fonçait à la rencontre des vaisseaux qu'il aurait dû fuir sans se soucier des risques ni des conséquences.

Chapitre X

En approchant des vaisseaux de la Flotte, Stone les contacta par radio. Le visage de Ghalin apparut sur son écran.

— Capitaine Stone, je ne pensais pas vous revoir de sitôt. Pourquoi venez-vous vers nous ? Vous ne comptez tout de même pas vous attaquer à un croiseur et deux porteurs de la Flotte ?

— Peut-être pas, amiral Ghalin. Cela dépendra de vous.

— *Colonel* Ghalin. J'ai été dégradé après la destruction du *Sentinel*. Vous êtes un rude adversaire que j'aurais eu plaisir à combattre à nouveau, mais mes supérieurs ont passé un accord avec la jeune fille qui vous accompagnait. Si nous oublions les charges retenues contre vous et si nous vous laissons en paix, elle a promis de leur obéir et de ne pas leur créer d'ennuis. Allez-vous-en, capitaine, vous êtes libre.

— Je veux voir Flamen. J'ai à lui parler avant de partir.

Ghalin éclata de rire.

— Soyons sérieux, capitaine. Vous n'êtes pas en position d'exiger quoi que ce soit. Vous n'allez pas attaquer la Flotte simplement pour voir cette fille !

Le lieutenant Allan l'avertit :

— Mon colonel ! Le *Phénix* vient de sortir ses canons laser et semble décidé à se battre !

— C'est ridicule ! Un vieux cargo cabossé n'est pas de taille à affronter des vaisseaux de la Flotte.

— Colonel ! Le scan du *Phénix* révèle que ce cargo cabossé a les boucliers et les propulseurs d'un croiseur. Il dispose de quinze canons laser de classe II, alors que nous n'en avons que huit. S'il nous attaque, nous devrons demander l'aide des escadrilles de chasseurs du *Walkyrie* et du *Destrier* !

— Capitaine Stone, votre cargo est armé comme un vaisseau de guerre. Vous avez l'occasion de le garder et d'aller où bon vous semble. Je ne peux pas croire que vous êtes assez stupide pour engager le combat avec deux escadrilles de chasseurs. Partez et faites-vous oublier de la Flotte.

— Impossible, colonel. On m'a dit que Flamen est malade. Je sais comment la soigner.

— Vraiment, capitaine ? Nos médecins sont impuissants, nous attendons les spécialistes du CES, mais elle a l'air très mal en point. C'est elle que j'avais ordre de récupérer, vous et votre vaisseau ne m'intéressez pas. Dites-nous quoi faire.

— Non, il faut d'abord que je la voie pour en être sûr. Laissez-moi monter à bord.

— Capitaine Stone, vous serez arrêté et votre vaisseau confisqué. À votre place, je partirais.

— Vous n'êtes pas à ma place, colonel. Vous êtes du côté du CES qui a fait de Flamen une mutante et qui l'a pourchassée. Je vous prie d'accepter ma reddition, sous condition de me laisser la voir.

Jeff Stone pressa un des boutons de son tableau de commandes et les canons laser du *Phénix* réintégrèrent leurs logements. Après une brève hésitation, il coupa également les boucliers.

Le lieutenant Allan signala à Ghalin :

— Le *Phénix* a désactivé ses armes et ses boucliers.

Le colonel hésita, puis s'entretint brièvement avec le général Curtis à bord du porteur *Destrier*. Il reprit ensuite la communication avec le *Phénix*.

— Capitaine Stone, nous acceptons votre offre. La jeune fille n'est pas à bord du *Vipère* car son état nous semble critique. Elle est au bloc médical du *Destrier* qui est mieux équipé. Est-ce que votre cargo possède un sas de transbordement ?

— Non, mentit Jeff qui ne tenait pas à se rendre à bord du porteur dans une navette, se retrouvant coupé de son cargo.

— Alors vous deviez faire entrer votre appareil dans le hangar du *Destrier*. La porte sera un peu juste à franchir, mais je

136

pense que vous êtes un pilote suffisamment adroit pour effectuer la manœuvre. Cependant, capitaine, je veux votre parole d'honneur que vous ne tirerez pas sur le porteur lorsqu'il aura ouvert le bouclier de son hangar pour vous laissez entrer.

— Vous l'avez. J'aime Flamen, je ne mettrai pas sa vie en danger. Mais je veux la vôtre que vous me laisserez lui parler.

— C'est d'accord, capitaine. Vous pouvez accoster.

Stone dirigea le *Phénix* vers l'ouverture dans le flanc de l'immense vaisseau. Conçus pour transporter deux escadrilles, les porteurs n'en possédaient plus qu'une, les chasseurs perdus lors de la guerre contre Antarès n'ayant pas encore été remplacés. Le *Destrier* avait donc assez de place dans son hangar pour accueillir le *Phénix*. En hauteur, le cargo rentrait tout juste, mais son pilote s'était exercé à manœuvrer dans des champs d'astéroïdes et parvint à accoster sans toucher le plafond du hangar.

Amené par une navette, le colonel Ghalin s'entretenait avec le général Curtis. Ils l'attendaient en bas de la rampe du cargo, escortés d'une vingtaine de soldats qui pointèrent leurs armes sur le pilote. Curtis ordonna :

— Conduisez-le en cellule. Les hommes du CES seront ravis de l'interroger.

Furieux, Stone se tourna vers Ghalin.

— Est-ce ainsi que vous tenez vos promesses, colonel ?

— Je suis navré, le général est mon supérieur. Je ne peux pas discuter ses ordres. Il refuse de vous permettre de voir la jeune fille. Mais j'intercéderai en votre faveur. Si vous demandez à intégrer la Flotte, vous pourriez même conserver le commandement de votre cargo. Après tout, la Flotte manque de vaisseaux de combat et de pilotes de votre trempe.

— Cela ne m'intéresse pas. Je veux voir Flamen, sinon je fais exploser ce porteur !

Jeff avait sorti un petit cube de métal de sa poche, il le montra ostensiblement.

— Cette grenade contient une petite charge atomique. Je l'ai activée, si je relâche la pression de mon pouce, elle explosera.

Curtis ricana :

— Vous bluffez, capitaine. Vous avez dit vous-même que vous ne mettriez pas la fille rousse en danger. Elle mourra avec nous si cet objet est réellement une grenade atomique.

— Rien ne me prouve qu'elle est encore en vie, ni qu'elle est sur ce vaisseau. Vous m'avez déjà trompé une fois et je suis à bout de patience. Conduisez-moi à elle immédiatement !

Se voyant donner des ordres par un civil, le général manqua en faire une crise d'apoplexie. Heureusement le colonel Ghalin lui saisit le bras.

— Mon général, il bluffe peut-être, ou peut-être pas. Mais à votre place, je prendrais ses menaces au sérieux. D'autant que satisfaire sa demande ne nous coûtera rien. Vous l'enfermerez dans une cellule lorsqu'il aura vu cette fille. De toute façon, dans l'état où elle est, il ne risque pas de l'enlever : vous n'osez pas passer en hyperespace de peur de l'achever.

— C'est vrai, mais comme elle est à mon bord, cette fille est sous ma responsabilité. Je ne tiens pas à perdre mes galons, moi.

Stone avait pâli.

— Flamen… C'est si grave que ça ?

Hochant la tête, Ghalin acquiesça :

— Oui. Suivez-moi.

Ils conduisirent le pilote au bloc médical sous bonne escorte.

Avant de le laisser entrer, un médecin le mit en garde :

— Deux de mes collègues ont été désintégrés en voulant la mettre sous perfusion. Tout ce que son corps pourrait interpréter comme une agression entraîne une riposte immédiate. Vous ne devriez pas la toucher.

Stone hocha la tête et poussa la porte, tenant toujours son cube métallique à la main. En voyant la jeune fille allongée sur un lit, il se précipita avec inquiétude. Ses longs cheveux de feu avaient perdu leur éclat et sa peau était aussi blanche que les murs de la pièce. Il s'agenouilla à son chevet.

— Flamen ! Réponds-moi, je t'en supplie !

Les yeux cernés de la jeune fille semblèrent retrouver un peu de vie, ses lèvres remuèrent pour murmurer faiblement :

— Jeff... Tu n'aurais pas dû venir. Je ne voulais pas que tu me voies dans cet état. J'ai trop utilisé mes pouvoirs et mon énergie est épuisée. Je... je suis en train de mourir... Pardon de t'avoir causé tant d'ennuis.

Lui prenant doucement la main, il se pencha pour lui murmurer à l'oreille, afin qu'elle seule entende ses paroles :

— Flamen, je sais que tu te laisses mourir exprès, parce que tu t'imagines que ton amour pour moi est sans espoir. Mais tu as tort ! Ton départ sur la plage m'a fait comprendre que ce n'est plus Léda qui détient mon cœur, Flamen : c'est toi !

— Vraiment, Jeff ? questionna faiblement la jeune fille.

— Je t'aime, Flamen, lui assura doucement Stone en posant ses lèvres sur celles de la jeune file, les yeux plongés dans les siens.

Il se releva et se tourna vers les hommes de la Flotte.

Curtis l'interrogea :

— Alors ? Que lui avez-vous dit ? Comment peut-on la soigner ?

— Je ne sais pas comment la soigner, j'ai menti pour la revoir. Je lui ai simplement dit adieu. Elle va mourir... et moi aussi. Inculpez-moi pour mes délits et fusillez-moi, je vous le demande comme un service, colonel. Tenez, ce n'est qu'un cube de plomb, pas une grenade.

Abattu, le pilote lança l'objet au colonel Ghalin qui le rattrapa en regardant avec stupeur l'homme qui avait courageusement défié la Flotte. Les épaules basses, le regard vide, il se laissa entraîner par les soldats sans se débattre.

Le général Curtis se rengorgea :

— Vous voyez, colonel. Il n'était pas si terrible, votre pilote de cargo.

Ghalin secoua tristement la tête sans répondre.

*
* *

Ayant constaté qu'ils ne pouvaient rien faire pour la jeune fille, les médecins la laissaient seule dans le bloc médical, peu désireux de se faire désintégrer. Ils ne venaient la voir que pour vérifier son état. Comme elle était incapable de bouger ses membres, le général Curtis avait réduit la garde à un seul soldat devant la porte pour que personne ne dérange la malade.

Il n'y eut donc personne pour voir Flamen se redresser dans son lit en serrant les dents, se retenant à grand peine de hurler sous la douleur qui traversait son corps. Dans sa main, elle tenait comme un trésor inestimable l'objet que Stone avait réussi à lui glisser entre les doigts sans qu'aucun des hommes de la Flotte s'en aperçoive : son projecteur d'ondes soniques.

Il s'était jeté entre les mains de ses ennemis pour lui venir en aide. Il devait être enfermé dans une cellule du *Destrier*, attendant d'être exécuté. C'était à son tour d'agir. Tout son corps la faisait souffrir cruellement, mais elle tint bon et se dirigea vers la porte du bloc médical en chancelant.

Lorsque la porte s'ouvrit, elle pointa le projecteur d'ondes soniques sur le garde stupéfait. Frappé de plein fouet par l'onde de choc, il s'écroula sans bruit aux pieds de la jeune fille.

Rassemblant ses forces, elle le tira dans l'infirmerie, puis le déshabilla et revêtit son uniforme, cachant ses longs cheveux roux sous la veste et la casquette du soldat. En prenant son fusilaser, ses forces la trahirent et elle s'écroula au sol sous le poids de l'arme.

À demi inconsciente, elle perçut la présence du bloc d'alimentation du fusilaser dans la crosse. En tâtonnant, elle parvint à l'ouvrir et fit tomber la cellule énergétique dans sa paume. Le petit cube cristallin se ratatina sous ses yeux comme elle en absorbait l'énergie.

Laissant tomber au sol la cellule noircie et racornie, Flamen se releva. Son énergie interne était loin d'être restaurée, mais elle savait maintenant comment y remédier.

Elle ramassa le fusilaser inutilisable et se regarda dans l'une des glaces du bloc médical. De loin son déguisement pourrait faire illusion tant que l'alerte ne serait pas donnée. Elle devait retrouver Jeff et le délivrer. Avant de partir, elle se força à manger quelques tablettes nutritives pour reprendre des forces.

Elle sortit dans le couloir et s'engagea bravement dans les coursives du vaisseau, ne sachant pas où chercher mais résolue à sauver celui qu'elle aimait. Entendant les pas d'un groupe d'hommes approcher dans le couloir qu'elle suivait, elle ouvrit la porte d'une cabine et s'y glissa rapidement.

— Hé ! Tu t'es trompé de cabine, camarade !

Flamen se retourna brusquement et le soldat sourit en découvrant la beauté de la jeune fille.

— Tout compte fait, tu es la bienvenue dans ma cabine. Je ne savais pas qu'il y avait d'aussi jolies recrues dans la Flotte.

Enfonçant le canon de son fusilaser dans l'estomac du soldat, Flamen ordonna :

— Silence ! Si tu appelles, je tire. Si tu ne réponds pas assez vite à mes questions, je tire. Tu as compris ?

Plus pâle encore que la jeune fille, le soldat hocha vivement la tête en bredouillant :

— Ou… oui… Que… que voulez-vous sa… savoir ?

— Jeff Stone, le capitaine du *Phénix*, a été capturé. Où l'ont-ils emmené ?

— Je… je ne sais pas… S'il est à bord du vaisseau, il a dû être enfermé dans une cellule.

— Où sont les cellules ?

Le jeune soldat le lui expliqua. Flamen le fit répéter pour être sûre d'avoir bien compris. Ensuite elle reprit le projecteur d'ondes soniques de Stone et l'utilisa pour assommer le soldat.

Elle vérifia que la voie était libre, puis ressortit de la cabine et se dirigea rapidement vers la prison. Elle croisa plusieurs soldats qui ne lui prêtèrent pas la moindre attention. Malheureusement elle commit l'erreur de ne pas saluer le lieutenant qui sortait de l'ascenseur qu'elle voulait emprunter.

En rappelant à l'ordre ce soldat irrespectueux, l'officier reconnut la jeune fille, mais son cri d'alerte s'éteignit dans sa gorge lorsqu'il reçut l'onde de choc du projecteur d'ondes soniques. Il s'écroula hors de l'ascenseur et Flamen s'y précipita, échangeant au passage son arme inutile contre le pistolaser que l'officier portait à la ceinture. Elle songea qu'il lui fallait se dépêcher de libérer Stone avant que l'alerte soit donnée ou que ses forces vacillantes la trahissent.

Soudain, en sortant de l'ascenseur deux niveaux plus haut, elle se heurta à un soldat qui pointa aussitôt son fusilaser sur elle.

*
* *

Avant d'être jeté dans sa cellule, Jeff Stone avait été minutieusement fouillé. Mais sa combinaison aux nombreuses poches ne recelait plus aucun objet. Sachant qu'il serait fouillé, le pilote avait déjà vidé ses poches dans le *Phénix*. Il n'était cependant pas aussi démuni que ses geôliers pouvaient le croire.

Déchirant la couture de sa combinaison, il sortit de la doublure un petit cylindre de plastique de trois centimètres de long et d'un demi-millimètre de diamètre. Il déchira la doublure un peu plus loin, récupérant une dizaine de minuscules aiguilles de plastique enduites d'un puissant anesthésiant. Ces objets non métalliques n'avaient pas été détectés par le scanner que les soldats avaient utilisé pour l'examiner.

Avec un sourire satisfait, Jeff appela le garde qui s'approcha sans méfiance des barreaux de sa prison. L'homme s'étonna de voir son prisonnier de bonne humeur alors qu'il donnait tous les signes d'abattement en pénétrant dans sa cellule.

Stone lui expliqua la raison de ce brusque changement d'humeur :

— Je suis toujours un peu malheureux quand on m'enferme. Mais dès que je suis libre, cela va tout de suite beaucoup mieux.

— Mais… vous n'êtes pas libre, vous êtes derrière ces barreaux.

— Tu te trompes, mon gars. C'est toi qui es derrière ces barreaux, prisonnier de cet uniforme, laissant d'autres te donner des ordres et diriger ta vie à ta place. Je te plains ! Moi, je suis mon seul maître, je vais là où me porte mon cœur.

Le soldat ricana :

— C'est ça. À ce qu'on raconte, c'est ton cœur qui t'a amené dans cette cellule.

Jeff se rembrunit et porta la sarbacane à sa bouche. La fine aiguille se ficha dans le cou du soldat qui tituba, perdant rapidement connaissance.

Stone commenta :

— Mon cœur va aussi me faire sortir de là pour libérer Flamen et quitter ce vaisseau. Fais de beaux rêves, soldat.

Sans un regard pour l'homme qui s'écroulait, terrassé par l'aiguille soporifique, le pilote saisit deux des barreaux de sa cellule. Bandant ses muscles puissants entraînés sur la trop forte gravité de la planète Keval, il écarta les deux barres d'acier qui se tordirent en grinçant, ménageant un trou assez large pour qu'il puisse sortir.

Il déshabilla rapidement le soldat pour revêtir son uniforme.

En regardant les barreaux tordus, il sourit et murmura pour lui-même :

— Je pourrais y faire des nœuds pour épater le colonel Ghalin, mais ce serait perdre un temps précieux. Mais… j'ai une autre idée amusante.

Il rhabilla le soldat inconscient avec sa combinaison, puis le porta dans sa cellule et l'allongea sur le lit. En ressortant, il dut monopoliser toute ses forces pour remettre en place les barreaux, mais il était content de sa plaisanterie : à moins d'examiner les barreaux de très près, les soldats de la Flotte s'arracheraient les cheveux en essayant de comprendre comment il avait pu s'évader. Peut-être même lui prêteraient-ils des pouvoirs de mutant à lui aussi !

Ouvrant la porte du couloir, il appela les deux soldats en faction devant la prison. Ils se retournèrent, reconnaissant le prisonnier en ouvrant des yeux ronds. L'un d'eux reçut dans la joue l'aiguille projetée par la sarbacane que Stone tenait entre ses dents. L'autre vit trop tard le poing de Jeff qui le frappa à l'estomac. Il s'écroula, tentant de reprendre son souffle et de se redresser malgré la douleur, mais un second coup l'atteignit au menton, l'envoyant au tapis.

En sifflotant, Stone tira les deux soldats inanimés dans la prison, puis s'empara d'un de leurs fusilasers et se dirigea sans hésiter dans le grand vaisseau, refaisant en sens inverse le chemin qui l'avait conduit du bloc médical à la prison.

Il attendait impatiemment devant un ascenseur, inquiet pour Flamen qu'il avait hâte de retrouver, quand soudain les portes s'ouvrirent sur un soldat qui pointa aussitôt un pistolaser sur lui.

Chapitre XI

— Flamen !

— Jeff ! Nous avons failli nous entretuer ! J'ai eu une de ces peurs !

— Ne m'en parle pas ! Toi, tu ne risquais rien, ton corps de mutante aurait absorbé le rayon laser sans dommage. Mais moi, en plus de ton tir de pistolaser à bout portant, j'aurais été foudroyé pour t'avoir tiré dessus !

— Jeff, tu étais sincère tout à l'heure, quand tu as dit que tu m'aimais ?

— Oui, je ne peux pas vivre sans toi.

Lâchant son arme, la jeune fille se jeta dans ses bras en sanglotant.

— Oh, Jeff… Moi non plus je ne peux pas vivre sans toi. C'est pour cette raison que j'ai essayé de mourir sous les lasers des Tiraniens. Mais mon corps est plus résistant que je le croyais. Même si mon énergie est presque épuisée, j'ai quand même eu la force de m'échapper pour venir à ton aide. Mais j'ai si mal… Tu sais te diriger dans cet immense vaisseau ?

— Oui, j'ai retenu le chemin lorsqu'ils m'ont amené à l'infirmerie. Il faut reprendre cet ascenseur jusqu'au niveau 5 pour retourner au *Phénix.*

— Non, j'ai besoin d'énergie. Tu dois d'abord m'emmener au générateur principal de ce vaisseau.

Ils firent donc un détour par le niveau 9 où se trouvait la centrale énergétique, après que Stone ait obligé un soldat à leur indiquer le chemin avec son fusilaser sous le nez, avant de l'assommer d'un bon coup sur la nuque.

La porte menant à la centrale d'énergie était gardée par deux soldats que Flamen assomma avec le projecteur d'ondes soniques. Devant la serrure à code, elle se contenta d'enfoncer un doigt lumineux dans la console, désintégrant le système de verrouillage. Avec l'aide de Stone qui la soutenait, elle s'approcha ensuite de la colonne de lumière translucide où pulsait l'énergie du porteur.

Se dégageant doucement de son compagnon, elle le repoussa en assurant :

— Ça va aller pour moi, mais recule, tu serais en danger !

La jeune mutante enfonça ensuite son avant-bras devenu incandescent dans la colonne énergétique primaire du porteur. Tandis qu'elle absorbait l'énergie du générateur, ses traits tirés se détendirent et elle poussa un soupir de soulagement. Au bout de quelques minutes, la centrale se court-circuita et tout s'éteignit, puis le porteur bascula sur l'éclairage de secours.

— Ça va, Flamen ? s'inquiéta le pilote.

— Oups ! J'ai dû tirer trop d'énergie. J'irai mieux dès que mon corps l'aura assimilée !

Une alarme résonna tout à coup dans les couloirs et une voix métallique annonça l'évasion de deux dangereux terroristes.

Ils se précipitèrent dans l'ascenseur et se rendirent au niveau 5, celui du hangar. Caressant doucement ses longs cheveux qui étaient devenus presque noirs, Stone embrassa la jeune fille avec beaucoup de tendresse, mais elle détourna la tête.

— Flamen, je t'en prie, accroche-toi.

Voyant dans son regard qu'elle souffrait encore, il lui déclara :

— Flamen, je veux que tu sois ma femme.

— Jeff, tu n'es pas sérieux. Tu ne vas pas épouser une fille qui risque de te désintégrer quand tu la touches !

— Je suis très sérieux. Je sais que la cabine d'ascenseur d'un porteur de la Flotte n'est pas le meilleur endroit pour une demande en mariage, mais… est-ce que tu acceptes ?

— Oui, murmura Flamen, l'émotion faisant couler des larmes sur ses joues.

Quand l'ascenseur s'arrêta, les gardes du hangar regardèrent avec incrédulité le couple qui s'y trouvait. Enlacés, en uniforme de soldats de la Flotte, ils s'embrassaient lentement.

L'un des trois gardes postés devant l'ascenseur les interpella :

— Vous deux ! Partez d'ici, le pont d'envol est interdit et deux terroristes sont à bord du vaisseau.

— Oui, c'est nous ! déclara malicieusement Flamen.

Elle pressa la détente du projecteur d'ondes soniques, repoussant deux des gardes tandis que Stone frappait le troisième de la crosse de son fusilaser dans le ventre. Le soldat se plia en deux et Stone lui abattit son arme sur la nuque.

Laissant les trois soldats assommés, ils se précipitèrent vers le *Phénix*. Mais le cargo était gardé par quatre soldats postés au bas de la rampe d'accès. Voyant Flamen et Stone courir vers leur vaisseau, ils ouvrirent le feu, les obligeant à se réfugier derrière un chasseur. Ils étaient provisoirement à l'abri des tirs des gardes, mais il leur faudrait franchir cinquante mètres à découvert pour rejoindre la rampe du *Phénix*.

La jeune fille proposa :

— Je passe devant, ils seront désintégrés lorsque leurs lasers me toucheront.

— Pas question ! Tu es assez mal en point comme cela, tu tiens à peine debout. J'ai une meilleure idée.

Il pianota rapidement sur les touches commandant l'ouverture du cockpit du chasseur qui les abritait, mais il ignorait le code et abandonna bien vite ses essais infructueux. Il lui arrivait parfois de compter sur la chance, mais il ne croyait pas aux miracles ! D'ailleurs sa réserve de chance semblait épuisée car de nombreux soldats venaient de surgir de l'ascenseur. Flamen dut le rejoindre pour ne pas être atteinte par les rayons laser qui traversaient le hangar. Mais il ne faudrait pas longtemps aux hommes de la Flotte pour contourner l'aile du chasseur qui les protégeait.

Poussant un juron en constatant qu'ils étaient pris au piège, Stone pointa son fusilaser sur le verrou magnétique qui fermait le cockpit du chasseur. Il tira, carbonisant le système d'ouverture. Il poussa alors un autre juron retentissant en comprenant que loin de déverrouiller la serrure, il l'avait au contraire bloquée. Il donna plusieurs coups de crosse rageurs sur la vitre, mais elle était incassable et il retourna son arme vers les soldats, en abattant un tout en se baissant pour esquiver un rayon.

— J'aurais dû garder mon chalumeau-laser. Je comptais utiliser ce chasseur, mais impossible de l'ouvrir.

Flamen se jeta soudain devant lui, encaissant à sa place un impact de fusilaser. Son corps de mutante réagit aussitôt à l'agression, renvoyant un éclair qui désintégra le soldat qui avait tiré. Mais ce nouvel effort avait drainé son énergie et elle vacilla, se rattrapant au cockpit du chasseur. Malgré la douleur et la lassitude qui la gagnait, elle posa la main sur la vitre incassable que le pilote n'avait pas réussi à ouvrir… et celle-ci disparut, désintégrée.

À bout de force, son corps luttant encore pour assimiler l'énergie prise au *Destrier*, elle s'écroula et Jeff dut lâcher son arme pour la rattraper dans ses bras. La soulevant, il sauta avec son fardeau dans le vaisseau ouvert, baissant la tête pour éviter les rayons ardents qui fusaient dans sa direction.

Espérant que l'ordinateur de bord du chasseur ne nécessitait pas un autre code pour accepter de fonctionner, Stone le mit en marche, poussant un soupir de soulagement lorsqu'il s'éleva dans le hangar, échappant aux soldats qui se précipitaient vers lui. Il tâtonna un peu pour trouver les commandes des armes, mais heureusement pour lui tous les vaisseaux spatiaux étaient conçus suivant le même modèle.

Indifférent aux tirs de laser qui ricochaient sur la coque du chasseur, le pilote pointa ses deux canons laser sur les hommes qui gardaient le *Phénix*. Il tira avec précision et Flamen se détourna en voyant le petit tas de chair carbonisée qui restait des trois soldats.

— Oui, la guerre n'est jamais propre. Même s'ils sont nécessaires, certains actes nous répugnent.

Posant sa main sur le bras du pilote, Flamen lui assura :

— Fais ce que tu dois, Jeff. Je te soutiendrai toujours. Tu comptes sortir du *Destrier* avec ce chasseur ?

— Impossible, tu as désintégré le cockpit, nous ne pourrions donc pas sortir dans l'espace. De toute façon, les chasseurs de la Flotte n'ont pas de système d'hyperpropulsion. Et je ne tiens pas à abandonner le *Phénix*. C'est la deuxième des choses auxquelles je tiens le plus.

— Et quelle est la première ? demanda la jeune fille, se doutant de la réponse.

— La première a des cheveux flamboyants comme un soleil et un regard profond comme l'espace.

— Jeff, ce que tu dis me touche beaucoup, mais… comment comptes-tu nous faire sortir d'ici ?

Stone haussa les épaules en signe d'ignorance. Il sentait la douce chaleur de la jeune fille serrée contre lui. Elle ne tremblait pas, lui faisant confiance malgré les impacts de faisceaux laser qui secouaient le chasseur, une vingtaine de soldats armés de fusilasers ayant pris leur vaisseau pour cible. Il tournait en rond au-dessus d'eux, examinant les commandes. Il sourit soudain à Flamen lorsque son écran lui indiqua qu'il venait d'ouvrir la trappe du lance-missiles.

— Tu as une idée ! s'exclama-t-elle.

— Oui, il était temps : nous sommes touchés !

En effet le chasseur penchait sur la gauche tandis qu'une épaisse fumée noire s'élevait de ses moteurs. Il avait beau être légèrement blindé, les fusilasers qui l'arrosaient sans répit avaient fini par l'endommager.

Vérifiant que la porte du hangar était dans l'axe du lance-missiles, Stone pressa le bouton rouge situé au sommet de son manche à balai. Il y eut une détonation sourde au départ du missile qui fila en ligne droite avec un sifflement strident, laissant un sillage de fumée blanche. Il explosa contre les portes du hangar au moment où Stone saisissait Flamen pour sauter hors du chasseur dont il avait perdu le contrôle.

Il tomba lourdement au sol après une chute de plusieurs mètres qui lui fit lâcher la jeune fille. Il rampa vers elle en ignorant la douleur de ses chevilles douloureuses, la maintenant au sol de son bras.

Ils faisaient une cible immanquable pour les soldats, mais ceux-ci n'avaient plus aucune envie de les attaquer. L'explosion du missile avait déchiqueté les portes du hangar, y forant un trou large d'une trentaine de mètres. Avec le générateur principal désactivé par Flamen, le porteur n'avait plus de boucliers magnétiques pour empêcher l'air de s'échapper. Le vide de l'espace avalait tout, les chasseurs et les hommes qui disparaissaient en gesticulant.

À moitié asphyxiée, Flamen cria pour se faire entendre à travers le sifflement de l'air qui s'échappait :

— Je ne suis pas certaine que c'était une bonne idée !

— C'est la seule que j'ai eue ! Nous devons rester plaqués au sol, surtout. Sinon nous formerons un obstacle entre l'air qui s'échappe et le trou et nous serons emportés comme ces imbéciles.

Tous les soldats avaient en effet voulu courir vers l'ascenseur pour s'échapper et le vent violent les avait chassés dans l'espace, emportant également plusieurs chasseurs. Seul le cargo de Stone, trop lourd, n'avait pas bougé. Jeff et Flamen n'échappaient d'ailleurs pas totalement à l'aspiration : malgré la faible hauteur de leurs corps couchés, la légère prise au vent les tirait vers le trou… et vers le *Phénix*.

— Si nous ne bougeons pas, le vent va diminuer avec la pression de l'air, dit Flamen.

— C'est vrai, mais nous ne pouvons pas attendre. L'air sera aussi aspiré de nos corps. Ne compte pas réussir à retenir ta respiration : la pression ferait éclater tes poumons ! Notre seule chance, c'est de rejoindre le cargo.

Voyant que s'ils attendaient encore ils s'éloigneraient du cargo, le pilote saisit le projecteur d'ondes soniques que Flamen avait glissé à sa ceinture, puis le pointa derrière eux avant de tirer. Le bref mur d'air créé par l'arme stoppa le vent furieux une fraction de seconde que Jeff mit à profit, jetant la jeune fille sur son épaule pour courir vers le *Phénix*. Ils n'en étaient plus qu'à quelques mètres quand Stone se sentit soulevé par le tourbillon d'air.

Jouant le tout pour le tout, il bondit, se propulsant en avant de ses muscles puissants. Il parvint à saisir l'une des barres de la rampe d'accès, maintenant Flamen contre lui de l'autre main. Avec effroi, la jeune fille constata que leurs corps étaient tirés vers le haut, vers le trou béant sur l'espace, retenus simplement par la main droite du pilote accrochée à la rambarde de sécurité, mais celle-ci commençait à se tordre.

— Jeff, lâche-moi ! Avec tes deux mains, tu as encore une chance de t'en sortir.

— Jamais ! Plutôt lâcher la barre et mourir avec toi que te perdre !

Serrant les dents malgré la douleur de ses muscles bandés en un effort surhumain, Stone obligea son bras droit à se plier malgré la force titanesque qui s'y opposait. La barre de métal gémit en se tordant davantage mais Jeff parvint à attraper la rambarde avec son pied. Puis il se hissa lentement le long de la rampe. Parvenu au sommet, il pressa la commande de fermeture. Lorsque la rampe se fut refermée avec un claquement sec, ils retombèrent au sol, libérés de l'aspiration.

Tous deux épuisés, ils restèrent un moment étendus à reprendre leur souffle, puis Flamen murmura :

— Jeff, il nous faut encore quitter le *Destrier*. Tu crois que tu peux te lever ?

— On va essayer.

S'aidant l'un l'autre, ils se relevèrent en chancelant et s'appuyèrent contre la porte du sas. Ils durent attendre que la pression se soit équilibrée pour entrer dans le vaisseau. Mais un soldat les attendait, le fusilaser braqué sur Stone.

Avec un rictus méchant il pressa la détente, mais le trait de laser frôla le pilote sans le toucher et l'homme s'abattit devant eux. Avec incrédulité, ils contemplèrent l'étrange oiseau qui agitait ses ailes pour libéré son long bec pointu qu'il venait d'enfoncer profondément dans le dos du soldat.

Se redressant triomphalement, il regarda Stone en criant fièrement :

— Craaâ !

— Bien joué, Pik. Tu m'as sauvé la vie. Maintenant j'en suis sûr : tu es télépathe ! Est-ce qu'il y en a d'autres à bord du *Phénix* ?

Pik secoua la tête, puis alla se percher sur le cadavre d'un autre soldat égorgé. Ils en comptèrent sept, tous tués par l'habile volatile dans des zones sombres du vaisseau, sans avoir eu le temps d'utiliser leurs armes ou de saboter le cargo.

Arrivés dans le poste de pilotage, le corps de Flamen était si brûlant que Stone ne pouvait pas la toucher. Elle tremblait si fort qu'elle eut du mal à boucler son harnais.

Voyant l'inquiétude du pilote, la jeune mutante lui expliqua :

— J'ai un peu de mal à digérer toute l'énergie prise au générateur du *Destrier*. Il me faudra sans doute un jour ou deux pour la répartir dans toutes les cellules de mon corps, mais je vais y arriver.

— Tu est es bien sûre ? Tu ne souffres plus ? s'inquiéta Stone.

— Non, mais j'ai l'impression d'être saoule !

Jeff Stone s'installa dans son fauteuil et mit le cargo en marche, le retournant pour en remettre la proue face aux portes déchiquetées. La manœuvre aurait été impossible lorsqu'il s'était

152

posé, le pont étant rempli de chasseurs. Mais à présent il ne restait plus que le *Phénix* dans le hangar dépressurisé et Stone avait donc suffisamment de place pour faire demi-tour.

En revanche le trou était un peu trop petit pour le cargo. Sa coque racla bruyamment le métal, agrandissant l'ouverture au prix de nouvelles rayures et de nouvelles bosses sur sa coque. Mais Stone lui-même aurait eu bien du mal à distinguer les nouvelles égratignures des anciennes !

S'arrachant au porteur éventré, le *Phénix* se retrouva bloqué par le *Vipère*. Jeff activa aussitôt le générateur de boucliers et sortit ses canons laser. Il constata que le croiseur avait fait de même. Regardant l'écran arrière, Flamen avertit le pilote que le *Walkyrie*, le second porteur de la Flotte, venait de lancer ses chasseurs à leurs trousses. L'écran de communication s'alluma, révélant le visage furieux du colonel Ghalin.

— Capitaine Stone ! Rien ne peut justifier cet acte de terrorisme inqualifiable. Avez-vous une idée du nombre de soldats que vous avez tués en vous évadant ?

Stone répondit sèchement :

— Croyez que je le regrette, mais je n'avais pas le choix. Je n'ai pas à rougir de mes actes. Pouvez-vous en dire autant quand vous obéissez aveuglément aux ordres du CES ? Flamen n'est pas un cobaye de laboratoire, c'est un être humain dont on a bafoué les droits.

— Référez-en à la Fédération Planétaire, proposa le colonel. Mais cela n'excuse pas vos actions. Rendez-vous ! Votre cargo ne peut pas vaincre un croiseur appuyé par une escadrille de chasseurs.

— Parce que vous croyez que le gouvernement s'intéresse au sort des cobayes du CES ? Ouvrez les yeux, *amiral*. Si vous avez atteint un grade aussi élevé, vous devez avoir assez d'expérience pour comprendre que la liberté se gagne les armes à la main, pas en plaidant devant des tribunaux corrompus !

Sur cette dernière remarque, Stone coupa la communication et poussa un juron en constatant que les boucliers du *Vipère* venaient de se déployer alors que les siens étaient encore abaissés. Et les détecteurs de visée résonnaient, l'avertissant que les chasseurs verrouillaient leurs missiles sur le cargo.

— Jeff, neuf missiles en approche derrière nous, distance trois kilomètres. Ils sont verrouillés sur nos moteurs et nous ne pouvons pas les détruire avec les lasers, ni avec mes pouvoirs. Sans les boucliers, ils vont détruire le *Phénix*. Leurs ordres sont maintenant de me tuer plutôt que de me capturer.

La jeune fille avait parlé d'une voix calme malgré la situation critique. Stone admira son cran, s'efforçant de ne pas trembler en abaissant le nez du vaisseau pour passer sous le croiseur en regardant attentivement la trajectoire des missiles. Mais ceux-ci auraient atteint leur cible bien avant que le *Phénix* puisse contourner le *Vipère*.

— Prépare-toi, nous allons passer en hyperespace ! prévint le pilote.

— Mais c'est impossible ! s'écria Flamen.

C'est aussi ce que se disait le colonel Ghalin en observant sa console tactique. Il se préparait à donner l'ordre de tirer sur le cargo lorsque celui-ci serait à portée des canons laser du croiseur, mais soudain le *Phénix* disparut de ses écrans.

Il fallut quelques secondes au colonel et aux pilotes des chasseurs pour comprendre que le cargo venait de plonger en hyperespace sans calcul de trajectoire, une manœuvre non seulement interdite par le code de navigation spatiale, mais en théorie impossible.

À proximité d'une planète et de nombreux vaisseaux, le générateur hyperspatial est déréglé par les champs gravitationnels des masses trop proches et ne peut fonctionner. Mais quelques pirates et contrebandiers n'ayant pas froid aux yeux ont couplé un brouilleur d'ondes gravitationnelles à leur système d'hyperpropulsion, ce qui leur permet un saut hyperspatial périlleux : le vecteur d'entrée étant brouillé par les masses à proximité, les chances d'entrer en collision avec quelque chose sur la trajectoire sont importantes et le point d'émersion est impossible à calculer.

— C'est un peu un saut dans l'inconnu… résuma Stone après avoir expliqué le fonctionnement du brouilleur à sa compagne.

Lorsque les détecteurs du *Vipère* déclenchèrent les alarmes de son vaisseau, Ghalin réalisa que les missiles destinés au *Phénix* fonçaient sur lui.

— Manœuvre d'évitement, propulseurs à pleine puissance ! hurla-t-il.

Mais il était trop tard ! Fonçant en ligne droite après la disparition de leur cible, les premiers missiles explosèrent contre les boucliers du croiseur qui pouvaient résister à quelques missiles, mais quand même pas à neuf explosions quasi simultanées au même endroit. Les deux derniers missiles franchirent le bouclier et frappèrent la coque du *Vipère*, l'endommageant gravement.

Constatant que le réacteur principal du croiseur était hors de contrôle, Ghalin pressa son intercom et ordonna :

— Colonel Ghalin à tout l'équipage. Gagnez les navettes de sauvetage. Évacuation immédiate du *Vipère* !

À quelques parsecs du système Varn, le *Phénix* émergea dans l'espace normal. Stone poussa un soupir de soulagement tandis que Flamen essayait de maîtriser sa nausée, la plongée de quelques secondes l'ayant durement secouée. Elle sourit tout de même bravement au pilote lorsqu'il s'empressa à ses côtés.

— Ça va aller, Jeff. Mais j'ai besoin de m'allonger un moment.

— D'accord, va te reposer dans ta cabine. Je vais surveiller l'ordinateur qui doit trianguler notre position à partir de l'analyse des spectres lumineux des étoiles les plus proches. Il lui faudra ensuite un peu de temps pour recalculer nos coordonnées et préparer un saut vers Keval. Je te rejoindrai ensuite…

Quand la position exacte du *Phénix* fut confirmée, Jeff Stone programma l'ordinateur de navigation pour une trajectoire vers Keval où il voulait prendre le minerai de matronite promis à Joker, puis ordonna à l'ordinateur de verrouiller le cap. Il n'aurait ainsi plus qu'un bouton à pousser pour passer en hyperespace. En attendant, il pouvait enfin s'occuper de Flamen.

Il la retrouva allongée dans sa cabine. Ses cheveux n'avaient pas totalement repris leur éclat, mais elle semblait aller mieux.

— J'ai un problème avec l'énergie prise dans le porteur, lui avoua-t-elle. Est-ce ce que je pourrais essayer d'absorber un peu de celle de ton cargo pour comparer ?

— Bien sûr ! Nos réserves nous le permettent, du moment que tu me laisses de quoi faire quelques sauts …

En s'appuyant sur lui, la jeune fille suivit Stone dans la salle des générateurs. Elle posa ses mains sur l'un des appareils avec un soupir de soulagement. Le pilote retint de justesse un avertissement, Flamen ayant mis les mains autour du tube transparent où l'on voyait danser la lueur aveuglante du flux d'énergie. Mais s'il ne pouvait pas approcher davantage sans combinaison protectrice, il réalisa qu'il n'en était pas de même pour sa compagne mutante.

Un filament d'énergie s'était détourné du flux principal, traversant le tube pour entrer dans le corps de la jeune fille. Subjugué, le pilote observait, songeant que cette énergie l'aurait lui-même réduit à un petit tas de cendres s'il avait tenté de faire la même chose. Mais Flamen absorbait l'énergie et ses traits se détendaient. Sa peau reprenait des couleurs, ses cheveux commençaient à retrouver leur couleur de feu.

Soulagé, Jeff se détourna à regret du spectacle.

— Je m'occupe des corps des soldats tués par Pik. C'est mon tour de jeter les ordures dans le vide.

— Après, il faudra qu'on parle, Jeff.

Les corps des soldats avaient été éjectés, Flamen avait absorbé assez d'énergie pour se sentir mieux et le *Phénix* avait replongé dans l'hyperespace en direction de Keval.

Le lendemain, après une nuit de repos bien méritée, Jeff et Flamen se retrouvèrent devant un copieux petit déjeuner. Après s'être restaurés, ils restèrent un moment silencieux.

Enfin Flamen se décida à parler, regardant le pilote bien en face :

— Jeff, nous ne pourrons peut-être jamais... enfin, tu sais...

Elle rougit et reprit :

— Moi, je n'ai pas le choix, c'est de moi que vient le problème. Tu devrais...

Stone la coupa :

— Imagine un instant que les rôles soient inversés. Chercherais-tu quelqu'un d'autre ?

La jeune fille n'hésita pas une seconde.

— Bien sûr que non ! Je t'aime, Jeff. Comme tu as pu t'en rendre compte, je préfère mourir que te perdre. Tu étais donc vraiment sérieux en me demandant de t'épouser ?

— Très sérieux ! Tu es toujours d'accord ?

— Oui, mais...

Elle s'interrompit, les larmes aux yeux.

Le pilote lui prit doucement la main et la pressa :

— Flamen, dis-moi ce qui te tracasse. L'amour repose sur une confiance totale l'un envers l'autre. Tes problèmes sont aussi mes problèmes.

Elle eut un rire sans joie.

— Ça, mon pauvre Jeff, tu l'as dit. Je t'ai attiré tous les problèmes de la galaxie ! L'énergie que j'ai prise dans le porteur est comme celle du *Phénix* : je peux l'absorber, mais elle ne se renouvelle pas comme celle de l'antimatière qui remplissait mon corps auparavant. Ça risque de me poser des problèmes à plus ou moins long terme. Je me suis entraînée et je commence à mieux contrôler mes pouvoirs, regarde !

Flamen écarta les mains, faisant jaillir une petite boule d'énergie de sa main droite pour l'absorber avec sa main gauche.

— Incroyable ! Mais évite ce genre de choses, tu risques de t'épuiser. Tes cheveux n'ont pas encore retrouvé totalement leur éclat, s'inquiéta Stone.

— Sois sans crainte, Jeff. Du moment que je récupère l'énergie que j'utilise, elle n'est pas consommée. La première fois que tu m'as embrassée, je t'ai repoussé car je perdais le contrôle de l'antimatière. Mais maintenant, je peux t'embrasser plus longtemps et tu peux même me toucher... un peu. Peut-être que mon corps peut s'habituer au tien jusqu'à ne plus le craindre.

— Oui, peut-être... murmura Stone en souriant. Il nous faut simplement nous montrer patients...

La jeune fille rougit en se serrant contre lui, posant sa tête contre sa poitrine.

Chapitre XII

La secousse brutale réveilla Flamen en sursaut. Surgissant de la cabine voisine, Stone vérifia qu'elle allait bien.

La jeune fille lui demanda d'une voix ensommeillée :

— Que se passe-t-il, Jeff ?

— Nous sommes sortis de l'hyperespace. Pourtant le voyage aurait dû durer encore plusieurs jours. Habille-toi et retrouve-moi dans le poste de pilotage.

Il s'élança en courant dans les coursives du vaisseau. Un regard sur la baie vitrée révélant les étoiles lui confirma que le cargo avait bien réintégré l'espace normal. Un autre coup d'œil aux écrans lui révéla la présence d'une dizaine de vaisseaux qui accouraient de plusieurs directions et manœuvraient pour encercler le *Phénix*. Il sauta aux commandes et se lança dans une adroite spirale qui lui permit de sortir du groupe de vaisseaux.

Flamen entra alors en s'accrochant aux câbles qui pendaient pour ne pas être projetée à travers le poste de pilotage.

En s'asseyant à sa place, elle s'informa :

— Qu'est-ce qui se passe, Jeff ? Pourquoi sommes-nous sortis de l'hyperespace ?

— Je ne sais pas, mais ça a certainement un rapport avec cette bande de pirates qui nous ont pris en chasse.

La radio grésilla et un visage sale et barbu apparut sur l'écran de communication.

— Pilote du cargo ! Arrêtez-vous et préparez-vous à être abordé. Votre appareil et sa cargaison appartiennent désormais à la Confrérie des Pirates de Khashak. Si vous tentez de vous enfuir, vous serez abattu sans pitié.

Un témoin lumineux indiqua à Stone que les boucliers du *Phénix* étaient déployés. En revanche celui qui indiquait le bon fonctionnement du système d'hyperpropulsion était éteint. Le pilote activa le brouilleur d'ondes gravitationnelles, sans résultat : le témoin d'hyperespace resta obstinément éteint.

Il maugréa :

— Nous ne sommes pourtant pas dans le champ de pesanteur d'une planète ou d'un soleil et les détecteurs ne signalent aucune anomalie magnétique. Je ne comprends pas.

— Ils nous tirent dessus ! s'écria Flamen en voyant des traits de laser passer à côté du vaisseau.

— Dernier avertissement, arrêtez-vous et abaissez vos boucliers ou nous vous tuerons ! ricana le pirate sur l'écran, semblant ravi à l'idée d'une poursuite et d'un combat contre un cargo désarmé.

— Nous n'allons pas nous rendre ? s'inquiéta la jeune fille.

— Certainement pas ! Ils nous tueraient de toute façon.

Avec une expression décidée, Stone sortit les quinze canons laser des flancs de son vaisseau et exécuta une boucle gracieuse pour faire face à ses agresseurs. En comptant onze, il estima qu'ils étaient un peu trop nombreux pour un affrontement direct et décida de ruser, se rendant compte combien sa rencontre avec Flamen avait changé sa vie : peu de temps auparavant, il aurait chargé en poussant des cris de guerre, souhaitant perdre la vie dans l'affrontement.

Il contacta les pirates :

— Ici Jeff Stone, capitaine du *Phénix*. J'exige de parler à Khashak. Je suis venu pour affaires, pas pour vous combattre, mais si vous vous avisez de prendre mon cargo pour cible, la Confrérie des Pirates de Khashak perdra un bon nombre d'appareils avant d'abattre le *Phénix*.

— Arrête de faire le mariolle ! Tu es tombé dans le piège du Nuage, comme beaucoup d'autres cargos avant toi. Nous allons réduire ton épave en pièces détachées.

— Non !

Un cri retentit soudain dans la radio et Khashak lui-même apparut à l'écran. Chauve avec une épaisse moustache noire, ses deux yeux méchants faisaient trembler les pirates qu'il commandait d'une poigne d'acier.

Il s'adressa à Stone :

— Le capitaine Jeff Stone qui commandait le *Phénix* il y a deux ans et qui est tombé dans une embuscade que j'avais tendue ?

— Moi-même, Khashak. C'est moi qui ai abattu tes six compagnons et endommagé ton appareil. J'ignorais que tu étais le chef des ces charognards. Tu as eu de la chance à l'époque, les moteurs du *Phénix* n'étaient pas assez puissants pour me permettre de poursuivre ton chasseur. Mais j'y ai remédié... Ceux qui se risqueront maintenant à attaquer mon cargo n'auront pas autant de chance que toi.

Le pirate barbu demanda à son chef :

— Laissez-nous pulvériser ce fanfaron, patron. À onze contre un, il n'a aucune chance, même avec un appareil mieux armé que les nôtres.

— Silence, imbécile ! Même si vous étiez vingt, Stone vous massacrerait. Il y a quelques jours, il s'est carrément attaqué à la Flotte. Il a détruit un croiseur et un porteur avec toute l'escadrille qu'il transportait ! Et voici le cargo de Stone, intact, qui vient nous rendre visite, alors que nous imaginions être introuvables. Cessez immédiatement les hostilités et restez à bonne distance de ce cargo, je n'ai aucune envie de gaspiller mes vaisseaux. Capitaine Stone ?

— Oui, Khashak, je vous écoute...

— Vous avez parlé d'affaires... J'ose espérer que vous n'êtes pas venu me défier pour prendre ma place à la tête de ma Confrérie de Pirates ?

— Non, rassurez-vous, Khashak. Je suis un solitaire, je n'aime pas partager mes prises. J'ai entendu dire que vous aviez des boucliers personnels et ça m'intéresse.

— Je vois… mais comment m'avez-vous trouvé ? Je pensais que mon repaire était bien caché, je n'aimerais pas y voir débarquer la Flotte…

— Je savais que plusieurs vaisseaux avaient disparu dans ces parages, alors je m'y suis promené, un peu au hasard. Et je me suis retrouvé soudain hors de l'hyperespace. Je vous avais sous-estimé, Khashak. J'ignorais qu'il était possible de ramener un vaisseau dans l'espace normal.

Le chef des pirates se rengorgea, puis expliqua avec modestie :

— En fait, je n'ai fait que découvrir le Nuage, rien de plus. Cette région est remplie de particules microscopiques, invisibles mais dont la masse ralentit les vaisseaux, les obligeant à émerger, des proies sans défense pour mes patrouilles.

— C'est tout de même à toi que revient le mérite d'avoir exploité les propriétés du Nuage, dit Jeff, essayant de flatter l'orgueil du pirate pour entrer dans ses bonnes grâces.

Celui-ci se gratta le menton, manifestement en proie à un dilemme qu'il finit par avouer :

— Capitaine Stone, savez-vous que l'avis de recherche lancé contre votre vaisseau offre une prime d'un million de crédits pour votre capture ? Je possède une quarantaine d'appareils. Même si vous êtes un adversaire coriace, je ne pense pas que vous auriez le dessus. D'un autre côté, je possède effectivement des boucliers personnels, mais peu de gens ont les moyens de m'en acheter. Prendre une revanche sur vous serait agréable, mais les affaires passent avant le plaisir. Si vous parvenez à me convaincre que vous pouvez me faire gagner plus d'argent que la prime, je vous offre l'hospitalité.

Coupant un instant la communication, Jeff se tourna vers la jeune fille à ses côtés.

— Flamen, je vais te vendre à ces pirates !

Me vendre ? s'indigna la jeune fille.

— Du calme ! Je t'aime, voyons, aie confiance en moi. Je te vends, ils t'enferment, tu t'échappes grâce à tes pouvoirs et on se sauve à bord du *Phénix*…

— … avec la plus teigneuse bande de pirates de la galaxie à nos trousses. La Flotte ne te suffit donc pas ! Mais je ne pense pas qu'ils nous laisseraient partir. Je te fais confiance, Jeff, je jouerai le jeu.

Stone ralluma la radio et expliqua à Khashak :

— D'abord, il faudrait qu'une chose soit bien claire : le capitaine Stone ne se rend pas. Si vous m'attaquez, vous perdrez plusieurs vaisseaux dans l'affrontement et ne toucherez pas la récompense car vous devrez m'abattre ! Si vous pensiez réussir à endommager simplement mon vaisseau, oubliez cette idée : je l'ai muni d'un dispositif d'autodestruction. Je n'ai sans doute pas les moyens de vous payer vos boucliers en crédits, mais j'ai beaucoup mieux. Est-ce que vous savez pourquoi la Flotte a mis à prix aussi cher le vieux cargo rouillé d'un petit contrebandier ?

— Non, mais je suis sûr que cela va m'intéresser. La récompense pour moi-même est de cinq millions. J'ai dans l'idée que vous valez plus encore. Vous leur avez volé une cargaison militaire qu'ils veulent récupérer, n'est-ce pas ?

— En quelque sorte. En fait, la *cargaison* ne vient pas de la Flotte, mais du CES.

— Et comme le CES fabrique les armes de la Flotte, ils l'ont envoyée à votre poursuite, je comprends. Continuez…

— Il y a un peu plus de dix-sept ans, un laboratoire du Centre d'Études Spatiales a *fabriqué* une fille du nom de Flamen. Elle leur a échappé et s'est trouvée sur mon chemin. Je l'ai aidée à s'échapper et j'ai finalement proposé au CES de la leur rendre contre une récompense substantielle.

— Cela va sans dire, sourit Khashak.

— Malheureusement, j'avais sous-estimé la valeur de ce que je possédais à mon bord. J'ai demandé deux millions au CES…

À l'énoncé de la somme les yeux du pirate s'écarquillèrent.

— … mais c'était visiblement trop peu. Ils ne m'ont pas pris au sérieux, ont emmené la fille à bord de leur porteur *Destrier* et ont refusé de me payer, m'obligeant à fuir en me tirant dessus.

— Vous vous êtes fait avoir ? s'étonna Khashak.

Le sourire moqueur de Stone le rassura.

— Mais ils doivent regretter à présent de ne pas m'avoir payé ce que je demandais. Je suis monté à bord du *Destrier* avec mon cargo, j'ai récupéré la fille et suis reparti… en causant les dégâts que vous connaissez.

— Et c'est cette fille que vous voulez me vendre en échange de mes boucliers. Qu'a-t-elle de spécial ?

— Je l'ignore, elle n'a pas pu me renseigner. Elle est un peu simple d'esprit. Mais je suis sûr que vous pourriez en obtenir quinze ou peut-être même vingt millions de crédits. Avec toute la Flotte courant après le *Phénix*, je ne peux plus espérer faire la transaction moi-même. Qu'en pensez-vous ?

— Je suis tenté. Mais comment puis-je savoir que vous me dites la vérité ? Et même si c'est le cas, votre cargaison est peut-être trop chère pour moi…

— Je vous suggère d'envoyer un message au CES l'informant que vous réclamez vingt millions de crédits en échange d'une jeune fille rousse du nom de Flamen. Vous verrez bien s'ils sont intéressés ou non. Quand à notre transaction, je préfère marchander dans ma cabine en dégustant l'un des plus rares alcools de la galaxie plutôt qu'en pilotant mon vaisseau, la main sur la commande des canons laser.

— Excellente suggestion ! Nous sommes des… commerçants raisonnables qui pourrons nous entendre. Suivez mes hommes, ils vous conduiront à ma base.

Quelques heures plus tard, le *Phénix* se posait sur une petite station construite au cœur du Nuage. Le pilote avait revêtu sa combinaison aux multiples poches remplies de gadgets utiles et sa compagne avait mis la tenue noire moulante qui lui allait si bien. En descendant la rampe, Flamen accrochée à son bras, Stone reconnut Khashak qui l'attendait au pied du vaisseau, entouré de ses hommes.

Désignant la jeune fille collée au pilote, le regardant avec des yeux languissants d'amour, le chef des pirates s'étonna :

— C'est elle, votre cargaison ? Je l'aurais crue enfermée dans une cabine de votre vaisseau.

— Voyez-vous, mon cher Khashak, cette petite Flamen manquait d'affection dans le labo du CES. Si vous ne voulez pas qu'elle tente de s'échapper, il vous suffira de la traiter avec douceur. Elle sera alors à vos pieds, fidèle et tendre.

Il étreignit la jeune fille, l'embrassant sur la bouche devant le pirate ahuri.

— Je ne pense pas qu'il lui sera très difficile de comprendre qu'elle change de maître. Vous pensez pouvoir vous montrer assez... affectueux avec elle ?

Khashak déglutit péniblement, autant à cause de la beauté de la jeune fille que de la soumission totale qu'elle témoignait au pilote. Ces cheveux de feu qui lui descendaient jusqu'au creux des reins, ce corps élancé aux formes mises en valeur par le justaucorps en tissu liquide, ce regard noir profond comme l'espace... Le pirate en salivait d'avance.

Il s'inquiéta cependant :

— Mais... vous parlez devant elle de... me la vendre ?

— Oh ! Mais nous pouvons parler librement devant elle, n'ayez crainte !

— En tout cas, le CES y tient vraiment à cette fille. Ils n'ont pas directement accepté les vingt millions que je demandais, mais si j'en crois la lueur d'intérêt que j'ai vu passer dans les yeux de mon interlocuteur, je pourrais peut-être même lui en demander vingt-cinq millions. Vous avez quand même pris un gros risque en me faisant confiance, capitaine Stone. Que pourriez-vous faire si j'ordonnais à mes hommes de vous abattre ?

Le sourire de Khashak s'évanouit en voyant le plass que le pilote braquait sur sa poitrine. Sa main s'était déplacée si vite pour prendre l'arme à sa ceinture que ni le chef des pirates ni ses hommes n'avaient eu le temps de tirer les leurs. Le sourire moqueur et la désinvolture de Stone impressionnèrent les pirates plus encore que l'arme pointée sur leur chef.

— Vous mourriez avant moi, Khashak. Mais je ne peux pas croire que vous soyez assez stupide pour commettre les mêmes erreurs que la Flotte. Sans compter que votre réputation de... commerçant serait ternie. Vous savez, beaucoup de contrebandiers vous craignent trop pour oser faire affaire directement avec vous. Je pourrais les convaincre, voire... leur servir d'intermédiaire, moyennant une honnête commission.

Les pirates étaient un peu inquiets de voir cet étranger menacer leur chef dans son propre repaire, mais Khashak éclata de rire.

— Vous me plaisez, Stone. Vous ne vous laissez pas facilement intimider, répondant aux menaces par d'autres menaces. Vous êtes bien sûr de ne pas vouloir ma place ?

Stone rengaina son arme et secoua la tête en souriant.

— Aucun risque. Je suis presque né aux commandes du *Phénix*, je mourrai aux commandes du *Phénix*. Une base fixe, des hommes à commander... Je préfère de loin ma liberté.

— Je comprends. Quand vous serez plus vieux comme moi, peut-être changerez-vous d'avis, mais en attendant je doute qu'une place parmi nous vous intéresse. Nous autres pirates, nous formons une meute, alors que vous chassez en solitaire. Vous avez pourtant la réputation de venir en aide aux gens en difficulté, c'est un peu étonnant.

— Dites-moi, Khashak, vous n'êtes pas si vieux et vous devez être assez riche pour vous passer de détourner les cargaisons des cargos qui passent dans votre Nuage. Répondez-moi franchement : préférez-vous les batailles ou ce qu'elles vous rapportent ?

166

— Franchement, cela dépend des moments. C'est pour ça que j'ai hésité à vous attaquer. Vous, du moment qu'il y a du danger, cela vous intéresse. Les causes perdues…

— … sont une bonne occasion de mettre à l'épreuve le *Phénix*. Mais il faut bien vivre aussi, alors ne croyez pas que je vais vous laisser la fille sans rien en échange.

— Je n'y comptais pas trop, vous n'êtes pas venu jusqu'ici pour vous laisser arnaquer. Je vous propose une démonstration des boucliers personnels avant que nous marchandions.

— Excellente idée. Vous avez un endroit où enfermer Flamen ? Son affection commence à m'encombrer un peu.

— Suivez-moi.

La jeune fille éclata en sanglots, jouant à la perfection le rôle que Jeff lui avait demandé. Accrochée à sa jambe, elle le supplia de ne pas la quitter. Stone l'obligea à le lâcher et à s'asseoir sur le lit en lui murmurant des paroles apaisantes.

Quand elle se fut calmée, le regardant partir avec un air malheureux, le pilote expliqua au chef des pirates :

— Vous voyez, il faut la prendre par la douceur. Fermement, mais sans brutalité, sinon elle tentera de s'échapper.

En fermant la porte de la petite pièce à double-tour, Khashak protesta :

— Mais de toute façon, elle ne peut pas s'échapper. Pourquoi perdre son temps ? Frêle comme elle est, il serait plus simple de s'en faire obéir par des coups, vous ne pensez pas ?

Stone masqua sa colère en secouant la tête.

— Je ne crois pas. Moi, je n'ai jamais eu à l'enfermer ou à la surveiller. Mais vous aimez peut-être qu'on vous résiste, après tout ce n'est qu'un conseil. Traitez-la comme vous l'entendez, je m'en moque.

— C'est bizarre, je vous aurais cru plus sentimental. Vous l'avez gardée avec vous pendant plusieurs semaines et son sort vous indiffère ?

— Disons qu'au début je pensais la garder pour moi, mais je me suis rendu compte qu'elle était trop limitée. Ce n'est qu'une créature fabriquée par les savants du CES, alors…

Tandis que les deux hommes s'éloignaient vers le stand de tir, Flamen fondit en larmes à nouveau, mais cette fois elle ne faisait pas semblant. La faible épaisseur de la porte n'avait pas étouffé les paroles de Stone et elle y voyait autre chose qu'une histoire pour tromper Khashak : la frustration d'un homme qui l'aimait mais ne pouvait pas la toucher.

Stone avait dit une partie de la vérité à Khashak, en l'entourant de mensonges assez convaincants pour abuser le chef des pirates. Mais avec elle aussi, n'avait-il pas fait de même, lui disant la partie de la vérité qui l'arrangeait ? Ne laisserait-il pas la jeune fille aux mains des pirates en s'en allant avec ce qu'il était venu chercher chez eux ? Et dans ce cas, que pourrait-elle faire ? Il ne lui avait même pas expliqué comment il la contacterait pour lui dire de s'échapper.

Bien entendu, elle pouvait toujours désintégrer la porte et retourner au cargo, mais si Jeff ne voulait plus d'elle… Elle hocha la tête en sanglotant. Oui, s'il ne voulait plus s'encombrer de la petite mutante qu'il prétendait aimer, elle le laisserait partir.

Elle murmura d'une voix désespérée :

— Je ne sais plus que croire, Jeff. Tu m'as demandé de te faire confiance, mais tu as menti à ce brigand avec une telle facilité… Bonne chance à toi si tu ne veux plus de moi. Si tu reviens me chercher, j'espère que tu me pardonneras de douter…

La démonstration enchanta Jeff Stone qui tira plusieurs rayons de son plass sur la cible protégée par un bouclier personnel. Malgré la puissance de son arme, ce n'est qu'à la septième décharge qu'il réussit à pulvériser la silhouette de pierre sur laquelle il tirait, ayant épuisé l'énergie du bouclier qui la protégeait. Le bouclier arrêtait aussi la lame du couteau de cristal des hommes du CIEF.

Il était maintenant dans sa cabine avec Khashak, marchandant en buvant les meilleures bouteilles de la galaxie, chacun des deux hommes espérant tenir mieux l'alcool que l'autre et enivrer son interlocuteur pour faciliter le marchandage.

Chapitre XIII

En descendant la rampe du *Phénix*, Stone et Khashak titubaient, se retenant l'un à l'autre pour ne pas s'écrouler. Bras dessus, bras dessous comme des amis de toujours, ils se dirigèrent vers les pirates qui attendaient le résultat de leurs négociations. Au prix d'une bonne dizaine de bouteilles, ils étaient finalement tombés d'accord sur vingt boucliers personnels en échange de Flamen.

La beuverie ayant mis le chef des pirates de bonne humeur, il ajouta même un cadeau : un projecteur d'invisibilité, un prototype unique volé dans les laboratoires du CES. Accroché à la ceinture, l'appareil entourait celui qui le portait d'une sphère qui déviait les rayons lumineux le long de sa surface pour les renvoyer de l'autre côté. Ce qui signifiait que la personne qui l'utilisait était totalement invisible, mais également qu'elle devenait aveugle du même coup, ce qui limitait nettement l'utilité de l'appareil.

Cependant Stone, sur qui l'alcool n'avait aucun effet, pensait que le générateur d'invisibilité lui servirait. En s'efforçant de tituber autant que Khashak, il réfléchissait tandis que les pirates chargeaient deux caisses contenant les boucliers dans le cargo, sous les ordres de leur chef dont l'ivresse rendait l'élocution difficile.

Il n'eut aucun mal à convaincre le pirate ivre mort de le laisser faire ses adieux à la jeune fille.

En voyant entrer le pilote dans la pièce où elle était enfermée et aider le pirate saoul à s'asseoir sur le lit, Flamen sécha ses larmes et son regard s'illumina. Elle se jeta au cou de Stone en sanglotant.

— Oh, Jeff, tu es revenu me chercher ! J'ai eu si peur que tu m'abandonnes…

D'un regard, le pilote s'assura que Khashak n'était plus en état de comprendre ses paroles, puis il serra tendrement la jeune fille contre lui.

— Flamen, tu n'as pas cru les bobards que j'ai racontés à ces pirates ? Après t'avoir demandé de m'épouser, tu ne pensais tout de même pas que je pouvais t'abandonner ?

— Pardonne-moi, Jeff. Je suis une idiote. J'ai eu tort de douter de toi.

— Moi, j'ai eu raison de douter de lui ! Mains en l'air ! ordonna Khashak.

Avec surprise, Stone et Flamen constatèrent que le chef des pirates ne semblait plus du tout ivre. Sa main qui les menaçait d'un pistolaser ne tremblait pas.

Il expliqua d'une voix où perçait une fureur mal contenue :

— J'ai une certaine habitude des marchandages bien arrosés. Avant de commencer, j'avale toujours un neutraliseur d'alcool. Je n'ai pas eu de mal à deviner ton petit jeu et à te laisser t'enfoncer. Mais maintenant c'est terminé ! On ne se moque pas impunément de Khashak !

Les bras levés, Stone poussa un soupir résigné.

— On ne peut pas gagner à tous les coups, n'est-ce pas, Flamen ?

Comprenant ce que le pilote attendait d'elle, la jeune fille pointa son index sur l'arme du pirate. Un bref éclair blanc en jaillit, désintégrant le pistolaser sans blesser Khashak qui regarda sa main vide avec stupéfaction. Un autre aurait sans doute pris peur, mais le chef des pirates était trop furieux pour cela. Brandissant son énorme poing comme un marteau, il tenta de frapper la mutante.

Mais Stone réagit aussitôt, saisissant le bras du pirate de la main gauche pour l'attirer à lui en profitant de son élan. Khashak perdit l'équilibre, et lorsque sa tête passa à la portée de Jeff, celui-ci lui asséna un violent coup de coude dans la tempe qui l'assomma pour le compte.

Se retournant vers sa compagne, Stone s'enquit :

— Je ne comprends pas. Pourquoi ne l'as-tu pas désintégré ? Cela t'aurait coûté trop d'énergie ?

— Non, mais… je… j'ai tué tellement de gens déjà. Et tous ceux que tu as tués à cause de moi… J'en ai assez…

— Je te comprends, mais si nous le laissons en vie, il va envoyer toute sa bande à nos trousses.

Le pilote avait pointé son plass sur Khashak inanimé, mais il le replaça à sa ceinture sans tirer.

— Non, je ne peux pas. Maintenant qu'il est inconscient… ce serait un meurtre. Viens, quittons cet endroit avant qu'il revienne à lui.

Ils se dirigèrent rapidement vers le spatioport des pirates, constatant que celui-ci était gardé.

— Il va encore falloir nous battre, soupira Flamen.

— Peut-être pas. Regarde, les gardes ne bougent pas, nous avons largement la place de passer entre eux.

— Mais ils vont nous voir, nous ne sommes pas invisibles !

— Mais si, justement. Grâce à la générosité de Khashak, nous avons maintenant un projecteur d'invisibilité. L'ennui, c'est qu'en l'utilisant nous serons aveugles. Attends, je compte mes pas.

Ayant estimé la distance à parcourir jusqu'au *Phénix*, Jeff activa l'appareil et prit la jeune fille dans ses bras. Il avança prudemment en aveugle, s'efforçant d'amortir le bruit de ses pas. En passant entre les gardes il retint son souffle, serrant plus fortement Flamen contre lui en priant pour que sa longue chevelure rousse ne dépasse pas de la sphère d'invisibilité.

Mais ils passèrent au milieu des gardes sans difficulté. L'un des pirates crut bien entendre un léger bruit de pas, mais en tournant la tête il ne vit rien et crut qu'il avait rêvé.

Ils purent ainsi monter la rampe d'accès du cargo sans être repérés.

Stone regretta en coupant le champ d'invisibilité :

— J'aurais aimé refaire le plein du vaisseau, mais je crois que ce serait une mauvaise idée d'abuser de l'hospitalité des pirates.

— Une très mauvaise idée, acquiesça Flamen. Nous n'aurions même pas dû venir ici.

— Il faut bien s'amuser un peu. Et maintenant on peut filer en douce avec une vingtaine de boucliers personnels à bord au lieu de devoir affronter onze chasseurs pirates. Tu dois reconnaître que ça en valait la peine. Mais il faut sortir du Nuage avant qu'ils se mettent à notre poursuite.

Laissant les gardes du spatioport stupéfaits, le *Phénix* quitta la base des pirates et s'éloigna de toute la vitesse de ses moteurs.

Jeff fut surpris de recevoir une communication de Khashak, le visage orné d'un gros hématome :

— Tu vas me payer ça, Stone ! Tu ne sortiras pas vivant du Nuage. As-tu quelque chose à dire avant que mes hommes t'écrasent comme un insecte ?

— Oui, Khashak, je suis désolé, j'aurais dû frapper plus fort. Mais méfie-toi des insectes : c'est difficile à attraper et ça pique !

Le pilote coupa la transmission et sourit à Flamen.

— Ne t'inquiète pas, ils ne risquent pas de nous rattraper.

La jeune fille fit la moue en examinant le radar.

— Ceux qui viennent de décoller, peut-être pas, mais j'en compte vingt-trois qui viennent par ici et sont sur notre route. Tu es sûr qu'on ne peut pas passer en hyperespace dans le Nuage ?

— Certain, je viens d'essayer. Et si j'essaie d'éviter les vaisseaux qui sont devant nous, ceux qui sont derrière vont nous rattraper. Nous allons devoir passer au travers. Attache bien ton harnais.

En s'exécutant, la jeune fille regarda le pilote vérifier que les boucliers étaient chargés et sortir les canons laser, puis elle sourit malicieusement.

— Jeff, tu disais que tu t'étais débrouillé pour ne pas avoir à combattre onze vaisseaux, mais maintenant il y en a vingt-trois devant nous. Tu crois vraiment que…

— Ça va, ça va, j'ai eu tort, je le reconnais ! bougonna Stone. Si tu as une idée plus intelligente que les miennes, n'hésite pas, parce qu'on va avoir du mal à s'en tirer.

Les boucliers à pleine puissance, le cargo fonça à travers l'escadrille de pirates sans ralentir. Ses quinze canons laser détruisirent un chasseur et en endommagèrent un autre tandis que ses boucliers encaissaient plusieurs dizaines de faisceaux laser.

La proue du *Phénix* heurta soudain l'appareil d'un pirate téméraire qui avait cru pouvoir barrer la route à Stone. Flamen ne put s'empêcher de pousser un cri en voyant le chasseur exploser contre le bouclier à une vingtaine de mètres devant la baie vitrée.

— Nous sommes passés ! murmura le pilote en poussant un soupir de soulagement.

— Heureusement, parce que nous venons de perdre le bouclier avant. Et ils ne nous lâchent pas. Tu peux accélérer ?

— Je suis au maximum, avoua Stone, les dents serrées. C'est un cargo, pas un vaisseau de course. Même si ses moteurs sont puissants, les appareils des pirates ont visiblement été modifiés eux aussi. Ils sont plus rapides encore que les intercepteurs de la Flotte.

S'efforçant de masquer sa peur, Flamen contempla l'indicateur du bouclier arrière pilonné par la meute qui talonnait le *Phénix*.

— Dans combien de temps sortirons-nous du Nuage ? s'inquiéta-t-elle.

— Dans un ou deux heures, je pense.

— Nous serons morts dans une ou deux minutes ! Laisse la commande d'hyperpropulsion enclenchée, je vais essayer quelque chose.

La voyant détacher son harnais pour se précipiter hors du poste de pilotage, Jeff lui cria :

— Ne prends pas de risques, Flamen.

— C'est toi qui me dis ça ! se moqua-t-elle en courant dans la coursive.

Avec résignation, le pilote modifia un peu son cap pour caler son vecteur hyperspatial sur les coordonnées de Keval et maintint la commande d'hyperpropulsion abaissée. Voyant le niveau d'énergie du bouclier arrière dangereusement bas, le pilote croisa les doigts en implorant mentalement Flamen de se dépêcher, son vol en ligne droite facilitant le tir des pirates.

Soudain les étoiles disparurent et les nombreux points lumineux ennemis s'éteignirent du radar. Malgré la densité du Nuage qui rendait théoriquement la chose impossible, le *Phénix* venait de passer en hyperespace.

Laissant les commandes à l'ordinateur de bord qui n'avait qu'à surveiller la trajectoire, Stone se précipita dans le compartiment de l'hyperpropulsion. Son cœur s'arrêta en constatant que Flamen était étendue sur le sol, inconsciente. Sa peau était blanche et froide comme celle d'un cadavre et ses cheveux roux étaient devenus noirs. Elle ne respirait plus et son cœur ne battait plus.

Refoulant à grand peine ses larmes, Stone entreprit de la ranimer, lui faisant un massage cardiaque et la respiration artificielle sans se préoccuper du fait que l'organisme de la mutante risquait de le désintégrer.

Au bout de quelques minutes qui parurent durer plusieurs heures à Jeff, le cœur de la jeune fille se remit à battre et elle reprit conscience en gémissant faiblement.

— Jeff…

— Flamen, ne parle pas. Je vais te soigner.

— Je ne pensais pas qu'il faudrait tant d'énergie pour arracher le *Phénix* au Nuage. J'ai surestimé mes pouvoirs, l'énergie que j'ai prise au *Destrier* n'était pas suffisante pour remplacer l'antimatière qui me manquait. Je vais… je vais mourir.

— Non, ne dis pas ça. Tu peux vivre sans cette énergie, tu perdras seulement tes pouvoirs.

— Ce n'est pas si simple, Jeff. Cette énergie est nécessaire à mon corps comme l'oxygène l'est au tien. Quand j'ai voulu me laisser mourir, je laissais se tarir cette énergie, mais j'étais encore au-dessus du seuil à partir duquel l'antimatière bêta peut se régénérer elle-même. Mais cette fois... le vaisseau m'a tout pris pour s'arracher au Nuage.

Les larmes du pilote coulèrent quand il réalisa :

— C'est ma faute ! Si je n'avais pas voulu défier les pirates...

— Mais si tu n'avais pas défié la Flotte pour moi, je n'aurais pas connu l'amour...

— Je t'aime, Flamen. Ma petite mutante...

— Jeff, je t'aime moi aussi. Mon corps n'a plus assez d'énergie pour te faire du mal. Apprends-moi l'amour...

— Ne dis pas de bêtises, Flamen.

— Je t'en prie, fais-le pour moi. Je sens bien que je meurs... et je veux connaître véritablement l'amour avant de mourir.

Avec une grande douceur et des yeux pleins de larmes, Stone souleva la jeune fille et la porta dans sa cabine. L'allongeant sur le lit, il la déshabilla avec précaution et la fixa dans ses yeux que la vie quittait.

— Tu es certaine que c'est ce que tu veux ?

Elle hocha faiblement la tête et murmura :

— Oui, mon amour. Ne t'inquiète pas, je ne te ferai aucun mal.

Indifférent à l'idée d'être désintégré, Jeff embrassa tendrement Flamen, puis s'allongea sur elle. Elle poussa un cri et le repoussa avec une force à laquelle il ne s'attendait pas. Elle se dégagea de son étreinte et se recroquevilla sur elle-même.

Avant qu'il puisse la toucher, elle hurla :

— Va-t-en, Jeff ! Vite !

Il faillit protester mais vit briller la lueur aveuglante qu'elle tentait de retenir entre ses mains.

Il hésita cependant, et Flamen cria :

— Je peux vivre, Jeff, mais pas si toi tu meurs. Mets-toi à l'abri !

Cette fois il plongea à travers la porte ouverte de la cabine en actionnant le verrouillage d'urgence. La porte se ferma derrière lui avec un claquement sec. Voyant le panneau se désintégrer sous ses yeux, il s'élança dans le couloir, mettant une bonne distance entre lui et la jeune fille.

Au bout d'un moment, il se reprocha sa couardise et se précipita à nouveau auprès de Flamen. Elle n'avait pas bougé et grimaça un pauvre sourire quand Stone s'approcha avec précaution.

— Ne t'inquiète pas, tu ne risques plus rien. Mon… pouvoir s'est calmé. Souris-moi, j'irai mieux quand nous serons sur Keval. Tu m'as bien dit qu'il y avait un volcan en activité, là-bas ?

— Oui, ma mine est creusée dans son cratère. C'est à cause de l'activité volcanique que la galerie de mes parents s'est effondrée sur eux. C'est dans ce volcan que mon histoire a commencé. La pluie de météorites a rasé la colonie minière, mais n'a pas affecté le volcan. C'est tout ce qui reste sur Keval : un volcan dont les parois renferment de grandes quantités de matronite, ce qui a fait ma richesse.

— Quand nous y serons, mets-moi dans la lave, murmura Flamen.

— Quoi ? s'écria Stone, craignant d'avoir mal compris.

— Je dois pouvoir absorber l'énergie de la lave en fusion. Ce sera peut-être plus efficace que celle du générateur du *Destrier*.

— Nous serons à Keval dans deux jours. En attendant, tu peux prendre l'énergie du vaisseau.

— Non, j'épuiserais inutilement nos réserves de carburant sans me sentir mieux pour autant. Jeff… tu as dû te sentir frustré, tout à l'heure ?

Stone posa doucement ses lèvres sur celles de la jeune fille.

— Le soulagement de savoir que tu ne mourras pas l'emporte très largement sur la frustration, rassure-toi.

Chapitre XIV

Quand le *Phénix* émergea enfin de l'hyperespace aux abords de la planète Keval, Jeff Stone poussa un long soupir de soulagement. L'état de Flamen s'était aggravé lentement.

Sa peau était froide et translucide, sa respiration et son pouls étaient pratiquement arrêtés. Quant à sa merveilleuse chevelure de feu, après être devenue noire, elle avait viré au blanc, et ses cheveux décolorés s'effritaient et se désintégraient sous les doigts de Stone. Même son regard semblait mort, comme éteint. Malgré ses efforts et sa sollicitude, le pilote n'avait réussi à lui faire avaler ni eau ni nourriture.

Mais Stone gardait encore espoir.

Les dernières paroles que la jeune fille avait prononcées avant de tomber dans le coma avaient été :

— Mon amour, tu me vois en train de mourir, mais tant que mon corps gardera un souffle de vie, tu pourras encore me sauver. Dépose-moi dans la lave du volcan et je te reviendrai, Jeff. Je t'en fais la promesse.

Stone s'efforçait de piloter calmement. Se poser sur Keval était délicat en raison de la forte gravité de la planète et de la destruction de son aire d'atterrissage. D'habitude, il se posait à peu de distance du cratère et montait chercher un peu de matronite avec un petit engin tout terrain. Mais l'état de Flamen lui faisait douter qu'elle supporte longtemps la trop forte gravité de Keval. Il lui fallait la mettre dans la lave le plus vite possible, comme elle le lui avait recommandé.

C'est pourquoi il descendait lentement à l'intérieur du cratère de l'immense volcan qui devait faire une dizaine de kilomètres de diamètre. Il avait exploré son domaine quelques années plus tôt, cherchant un endroit où atterrir dans le cratère afin d'être plus près de sa mine de matronite. Hélas le seul emplacement où un cargo puisse se poser était à quelques mètres seulement de la lave bouillonnante, sur un terrain instable qui risquerait de précipiter le *Phénix* dans la lave en fusion à la première secousse sismique. Les tremblements de terre étant aussi fréquents sur Keval que la pluie sur Terre, le pilote avait décidé que cette aire d'atterrissage était bien trop dangereuse… jusqu'à maintenant.

Il s'y dirigea sans hésiter, se moquant des risques, bien décidé à se jeter lui-même dans la lave si Flamen ne survivait pas. Sous sa main habile, le cargo se posa sur un espace à peu près plat trop petit pour accueillir un vaisseau de cette taille : la proue de l'appareil dépassait d'une dizaine de mètres au-dessus de la lave !

Sans un regard pour le spectacle impressionnant des bulles de magma visqueux qui éclataient de l'autre côté de la baie d'observation du poste de pilotage, Stone se hâta d'enfiler une combinaison de protection munie d'un casque qui le protégerait de la chaleur de la fournaise.

Il courut ensuite à la cabine de Flamen. En prenant dans ses bras la jeune fille enroulée dans un drap, un sentiment de malaise le saisit : malgré la gravité qui aurait dû augmenter son poids, elle ne semblait plus peser que quelques kilos. Avec soulagement, Jeff constata qu'elle vivait toujours, mais sa respiration faible était devenue saccadée. Il comprit que la gravité l'empêcherait bientôt de respirer. Il n'avait plus que quelques minutes pour la sauver avant qu'il ne soit trop tard.

Refoulant ses larmes, il se dépêcha de descendre la rampe du cargo avec son fragile fardeau dans ses bras. Utilisant sa ceinture antigrav, il survola le lac de lave jusqu'à atteindre le centre, descendant aussi bas que possible. Il sentait la chaleur étouffante à travers sa combinaison protectrice et hésita un moment en regardant le corps de la jeune fille qu'il devait jeter dans le volcan. Bien qu'ignifugé, le drap la couvrant commençait à s'enflammer.

Se secouant en réalisant que chaque seconde d'hésitation ne faisait qu'aggraver l'état de Flamen, il la déposa nue dans la lave. Le chagrin lui brouillant la vue, il dut s'élever de plusieurs mètres pour pouvoir ôter son casque et essuyer ses yeux.

La chaleur du volcan le suffoqua, mais il put tout de même se pencher vers le bas pour voir le corps de celle qu'il aimait s'enfoncer dans la lave en fusion sans brûler, puis s'y engloutir, peut-être à jamais...

Se sentant vidé de toute volonté, il retourna au vaisseau sans savoir s'il venait de sauver Flamen ou de la tuer. Ignorant combien de temps il faudrait à la jeune fille pour absorber l'énergie de la lave en fusion, il rentra dans sa cabine, ôta sa combinaison de protection et s'allongea. Mais il ne parviendrait pas à trouver le sommeil.

Soudain la porte de sa cabine s'ouvrit pour laisser entrer l'étrange volatile qui vint se percher sur lui, lui donnant de petits coups de bec pour l'obliger à se lever.

— Pik, qu'est-ce qu'il y a ? Tu ne vois pas que je me repose, maudite bestiole ? J'oublie toujours de verrouiller ma porte, mais un oiseau normal ne devrait pas être capable de l'ouvrir.

— Craaâ ! émit Pik d'un ton réprobateur en laissant tomber un morceau de roche sur l'estomac du pilote.

Sous la douleur, Stone se redressa et ramassa le caillou qu'il identifia aussitôt à son poids important, surtout sur une planète à forte gravité.

— De la matronite ! Tu es venu me rappeler que je dois en charger trois tonnes dans la soute pour Joker, c'est ça ?

L'oiseau hocha gravement la tête et s'envola vers la porte, se retournant pour vérifier que Jeff le suivait.

— Bon, d'accord, maugréa le pilote. De toute façon, je ne peux pas dormir. Le travail m'occupera et m'empêchera de trop m'inquiéter pour Flamen.

Il fallut plusieurs jours à Stone pour charger dans la soute cinq tonnes de matronite. Il n'en avait besoin que de trois tonnes pour acheter le chasseur furtif de Joker, mais la densité du minerai lui faisait prendre peu de place et Flamen ne se manifestait toujours pas. D'ailleurs, si son corps avait été détruit par la lave en fusion, elle ne risquait pas de se manifester de sitôt. Il aurait sans doute continué de remplir de matronite la soute du cargo indéfiniment si Pik n'était pas venu le chercher, l'entraînant de force dans le poste de pilotage.

En regardant les écrans, Stone constata qu'une demi-douzaine de vaisseaux de guerre venaient de sortir de l'hyperespace dans le système de Keval et se dirigeaient vers la seule planète orbitant autour de son étoile.

— La Flotte ! Ils ont dû se renseigner sur moi et apprendre que je possédais cette concession minière. Comme ils avaient perdu ma trace, ils sont venus ici au cas où… Merci, Pik. Je vais activer le système de camouflage météore. Ils ne pourront pas nous trouver. Avec les importants gisements métalliques et l'activité du volcan, nous sommes à l'abri de leurs scanners. Ils ne penseront jamais que le *Phénix* ait pu se poser dans le cratère, mais il vaudrait mieux arrêter les chargements de matronite.

Lorsque le pilote redescendit la rampe du vaisseau, il fit quelques pas puis se retourna. À l'endroit où aurait dû se trouver le cargo, il n'y avait qu'un énorme bloc rocheux qui se confondait avec les autres formations minérales du volcan.

— Cet hologramme est criant de vérité. Même de près, l'illusion est parfaite, murmura Stone pour lui-même.

Il s'approcha du lac de lave avec le sentiment que quelque chose avait changé. C'est en s'agenouillant au bord de la lave qu'il comprit. La chaleur avait diminué, ce qui signifiait que le magma se refroidissait. Est-ce que cela avait un rapport avec Flamen ? Est-ce qu'elle allait s'en sortir ?

Songeant que sa présence au bord de la lave risquait d'être décelée par les vaisseaux de la Flotte, il se força à rejoindre sa cabine. Il se tourna et se retourna longtemps dans son lit. Ne pouvant s'endormir, il retourna au poste de pilotage pour observer les vaisseaux de la Flotte.

Ceux-ci avaient apparemment scanné la surface de Keval et conclu que la planète était vide avant de prendre position autour, en interdisant l'accès, probablement en pensant empêcher Stone de s'y poser. Mais sans le savoir, ils empêchaient en fait le *Phénix* de repartir ! Jeff s'inquiéta en constatant que le niveau de son réservoir de carburant était au plus bas. Il n'avait même plus de quoi faire un double-saut.

Ne pouvant rien faire d'autre qu'attendre, il bailla et retourna se coucher. La fatigue finit par l'emporter et il s'endormit profondément.

Il rêva qu'une jeune fille nue aux longs cheveux de feu sortait du lac de lave pour se diriger vers le *Phénix*. Un instant décontenancée par son aspect de météore, elle se souvint du système de camouflage et traversa l'hologramme sans crainte pour monter la rampe du cargo. Marchant lentement dans les coursives à cause de la gravité qui la faisait haleter, elle atteignit la cabine où dormait le pilote. Posant un doux baiser sur les lèvres de l'homme endormi, elle se glissa contre lui sous les couvertures…

En se réveillant, Stone croyait encore sentir le corps chaud et doux de la jeune fille contre le sien. Revenant à regret à la réalité, il murmura :

— Flamen…

— Je suis là, Jeff, répondit une voix douce.

Il sursauta si brusquement qu'ils tombèrent tous deux du lit, emmêlés dans les couvertures. Flamen protesta :

— Tu m'écrases, Jeff. Tu as dû t'empiffrer et prendre du poids pendant que j'étais malade.

En souriant, le pilote lui expliqua :

— C'est la gravité de Keval. Elle est bien plus élevée que celle de la Terre, qui sert de référence et que l'on retrouve sur les stations spatiales et dans les vaisseaux. Tu es revenue ! Je suis si heureux, ma petite mutante chérie !

Il se retourna pour soulager Flamen de son poids et la serra contre lui à l'étouffer.

— Doucement, Jeff. J'ai du mal à supporter une telle gravité. Je ne suis pas née ici, moi.

Il se dégagea des couvertures et l'aida à se relever. La jeune fille posa aussitôt ses lèvres sur les siennes pour un baiser passionné.

— Tu dormais si bien quand je suis revenue que je n'ai pas osé te réveiller. Pourquoi as-tu mis en marche le système de camouflage ? Les pirates nous ont suivis ?

— Non, mais la Flotte n'a pas eu de mal à découvrir que je possède toujours une concession ici. Ils sont en orbite, mais ne nous ont pas repérés.

Une brève secousse les jeta soudain à terre. En se relevant, Flamen constata que Stone avait pâli.

Il lui expliqua :

— Le volcan ! Nous ne devons pas rester ici. D'autres secousses sismiques risquent de faire tomber le *Phénix* dans le lac de lave.

— Ne t'inquiète pas pour ça, il n'y a aucun risque. Viens voir !

Elle l'entraîna dans le poste de pilotage et il n'en crut pas ses yeux en regardant à travers la baie vitrée. Le lac de lave s'était solidifié, il ne restait qu'une étendue lisse de roche basaltique refroidie.

La jeune fille expliqua :

— C'est moi qui ai absorbé toute la chaleur du magma. Je suis descendue au fond de la cheminée, puis je suis remontée en refroidissant la lave jusqu'à me retrouver à l'air libre. J'ai pris toute l'énergie que je pouvais, mais...

Une forte secousse l'interrompit, les jetant à nouveau à terre.

186

— Elle était plus forte et plus longue que l'autre, constata Flamen avec inquiétude. C'est toujours comme ça ?

— Non, ce n'est pas normal…

Comprenant soudain ce qui se passait, Stone pâlit et demanda d'une voix blanche :

— Tu as refroidi la cheminée et le lac de lave du volcan… mais est-ce qu'il y avait encore du magma en dessous ?

— Bien sûr, mais je ne pouvais pas descendre plus bas que le volcan. Sinon je n'étais pas certaine de pouvoir ressortir. J'ai fait une bêtise ? s'inquiéta-t-elle en voyant l'anxiété dans les yeux du pilote.

— Tu es revenue et en pleine forme, tu as donc bien fait. Mais nous devons partir d'ici au plus vite. Tu as bouché non seulement le fond du cratère du volcan, mais aussi sa cheminée !

— Tu veux dire que j'ai provoqué une éruption volcanique ?

— Si tu avais seulement bouché le cratère, c'est ce qui se serait produit. Mais si la cheminée elle-même est bouchée, la pression ne suffira pas à rouvrir le volcan. Tu sais comment fonctionne une Cocotte-Minute ?

— Euh… oui, à peu près. Comme le volume est constant, la pression et la température augmentent, permettant de faire cuire la nourriture plus vite. Il y a une soupape qui empêche la pression de monter trop haut. C'est un vieil appareil dont l'un de mes professeurs m'a appris le fonctionnement pour illustrer des cours de physique un peu trop barbants.

— Sais-tu ce qui se passe si on bloque la soupape ?

— La pression ne sera plus limitée… Elle augmentera, augmentera… et la Cocotte-Minute finira par exploser… Tu veux dire que c'est ce que j'ai provoqué ? Le volcan va exploser ?

— Non seulement le volcan, mais sans doute une partie de la croûte terrestre ! Ce volcan est le seul de Keval. Il permet au magma de la planète de se déverser à la surface lorsque la pression est trop forte. C'est un vieux géologue qui me l'avait expliqué parce que j'avais peur de l'activité du volcan. Il m'avait rassuré en disant : « Tant que le volcan fume, nous sommes en sécurité. Mais s'il venait à s'éteindre, nous ferions bien de quitter Keval au plus vite ! » Je préfère affronter la Flotte plutôt que l'explosion qui se prépare !

Stone se jeta aux commandes comme une nouvelle secousse ébranlait le volcan. Le cargo glissa sur la pente où il s'était posé, s'immobilisant sur le lac de lave durcie. Flamen se hâta de boucler son harnais à son tour et jeta un œil au radar.

— Jeff ! Les pirates nous ont suivis !

— Non, je t'ai dit que c'étaient des appareils de la Flotte.

— Jeff, une quarantaine d'*autres* vaisseaux viennent de sortir de l'hyperespace.

— Les pirates ! Il leur a suffi de prendre la même direction que nous puisque nous n'avions pas fait de double-saut. Mais le trajet dans le nuage les a ralentis, ils ont dû attendre d'en être sortis pour pouvoir passer en hyperespace. Khashak ne voulait pas prendre de risques et a attendu d'avoir réuni tous ses vaisseaux avant de se lancer à notre poursuite.

La main sur la commande des propulseurs, Stone ne les déclencha pas malgré une autre secousse sismique plus forte encore que les précédentes.

Effrayée, Flamen l'interrogea :

— Pourquoi ne décolles-tu pas, Jeff ? Tu as dit que nous étions en danger…

— Oui, mais le danger, nous en avons l'habitude. J'ai une idée amusante pour nous tirer de ce mauvais pas.

— Au secours ! gémit la jeune fille. J'aurais dû rester dans le magma. Avec tes idées brillantes, tu vas finir par nous faire tuer malgré mes pouvoirs.

Stone éclata de rire en désignant son écran.

— Ne t'inquiète pas, nous allons simplement attendre un peu ici. La Flotte et les pirates sont des ennemis mortels qui se retrouvent par hasard l'un en face de l'autre en cherchant tous deux le *Phénix*. Tu ne crois quand même pas qu'ils vont rester tranquillement côte à côte à m'attendre ?

— Tu as raison, constata Flamen en regardant attentivement l'écran. Les deux formations se font face, et les porteurs de la Flotte ont lancé leurs chasseurs. À ton avis, qui va gagner ?

— La Flotte ! Ils ont deux porteurs et trois croiseurs. Mais avec quarante vaisseaux pirates contre eux, le combat risque d'être intéressant.

C'était peut-être intéressant à voir de près, mais sur l'écran du radar, la bataille était plutôt confuse, au grand regret de Flamen. Comment distinguer un point vert lumineux d'un autre point vert lumineux ?

— Il faudrait se rapprocher pour que les scanners puissent montrer les détails du combat, se dit la jeune fille.

— Excellente idée ! approuva Stone.

Flamen pâlit en réalisant qu'elle avait exprimé sa pensée à voix haute.

— Jeff ! Tu ne vas pas te jeter dans la bagarre ?

Le pilote sourit.

— Avant de te connaître, j'aurais foncé sans réfléchir. Mais tu m'as fait perdre mes tendances suicidaires. De toute façon, tous ceux qui se battent en ce moment sont nos ennemis. Laissons donc les loups s'entre-dévorer et filons discrètement vers Jok'Rock. Le *Phénix* a besoin de carburant et j'ai hâte de récupérer le furtif de Joker. Il vaut mieux quitter Keval au plus vite.

Comme pour lui donner raison, un nouveau tremblement de terre secoua le volcan et plusieurs fissures s'ouvrirent dans la roche du cratère. Lorsque le cargo s'éleva, Flamen constata que c'était toute la surface de Keval qui se fissurait !

Le *Phénix* s'éloigna rapidement de la planète, ressemblant toujours à un météore. Mais le commandant Ghalin se souvint alors du météore que la Flotte avait laissé passer lors du blocus de

Varn 3. Abandonnant le combat contre les pirates, il lança aussitôt le croiseur *Titan* à sa poursuite.

Il ouvrit une fréquence de combat pour annoncer :

— L'astéroïde ! C'est le *Phénix* de Stone !

Mais les autres vaisseaux de la Flotte étaient trop engagés dans le combat contre les pirates qu'ils étaient en train de vaincre.

Le *Titan* avait pris le cargo en chasse tandis que le reste de la Flotte affrontait les pirates de Khashak. Plus personne ne s'inquiétait du volcan que Flamen avait éteint sur Keval.

Soudain une explosion cataclysmique illumina l'espace. Une vaste portion de Keval avait éclaté sous la pression, projetant des millions de tonnes de roche dans l'espace. Le *Titan* et le *Phénix* étaient assez loin pour ne pas être atteints par les débris. En revanche les vaisseaux qui s'affrontaient au-dessus de Keval n'eurent pas le temps de réagir. Les énormes roches frappaient indistinctement pirates et vaisseaux de la Flotte. Quand ils amorcèrent des manœuvres d'évasion pour s'écarter de la pluie de météores, il était trop tard.

L'écran de communication du cargo clignota et un visage furieux que Stone et Flamen commençaient à bien connaître ordonna :

— Stone ! Rendez-vous où je vous abats !

— Désolé, Ghalin. J'ai un rendez-vous urgent. Mais avant d'essayer de me suivre, je vous conseille de donner un coup de main à vos compatriotes qui ont subi l'explosion de Keval. Au plaisir de vous revoir, colonel...

Le *Phénix* disparut dans l'hyperespace tandis que Ghalin grommelait :

— *Commandant*, pas colonel. J'ai encore été dégradé par votre faute. Et quand le haut commandement apprendra ce désastre, je pourrais m'estimer heureux s'ils acceptent encore de me confier un vaisseau. Heureusement que je ne commandais pas personnellement l'escadre, sinon j'étais bon pour la cour martiale. Curtis va comprendre à son tour que venir à bout du capitaine

Stone n'est pas si facile… Mais l'explosion d'une planète… Je ne me serais jamais attendu à un truc pareil !

Dans l'hyperespace, Flamen demanda à Stone :
— Nous ne faisons pas de double-saut ?
— Non, nous n'avons plus assez de carburant. Et de toute façon, ils doivent avoir mieux à faire que nous poursuivre.

La caméra arrière avait en effet filmé l'explosion de Keval et le pilote fit un zoom sur les vaisseaux endommagés, puis sur la plaie rouge béante s'ouvrant dans la planète qui se disloquait lentement en plusieurs morceaux inégaux. D'immenses jets de magma les reliaient encore et le noyau de nickel en fusion était visible au cœur du plus gros fragment de Keval.

Avec surprise, la jeune fille vit des larmes rouler sur les joues du pilote qui contemplait la planète détruite.

Elle comprit avec effroi :
— Cette planète, c'était ton foyer. C'est là que tu as grandi, là que sont morts tes parents et ta femme… Tu as perdu tout ça par ma faute. Tu dois m'en vouloir…

L'attirant contre lui, Jeff lui sourit en l'embrassant.
— Ne dis pas de bêtises, Flamen. Cette maudite planète a tué tous ceux que j'aimais. La vie y était dure pour un gosse, ça n'a jamais été un foyer pour moi. Le seul foyer que j'aie eu, c'est le *Phénix*. Mais je le sacrifierais sans hésiter pour toi, mon amour. Je suis un peu ennuyé par la perte de ma mine de matronite, mais j'ai heureusement rempli la soute en t'attendant.

— Jeff, ne mens pas. Tu es triste d'avoir perdu Keval, dit-elle en essuyant doucement les larmes du pilote.

— C'est vrai, soupira-t-il. J'y ai passé une grande partie de ma vie. À chaque fois que je revenais chercher un peu de matronite, je pensais à Léda, à nos promenades dans le cratère du volcan. J'ai de beaux souvenirs de Keval… Mais ce n'est que mon passé, je ne veux plus penser maintenant qu'à l'avenir… *notre* avenir ! Sans le vouloir, tu m'as sans doute libéré d'un poids qui

191

me pesait. Je te montrerai les plus beaux endroits de l'univers, nous en choisirons un où nous installer. Qu'en dis-tu ?

— Ce serait formidable, Jeff. Mais… il y a une chose que je dois t'avouer. J'ai absorbé beaucoup d'énergie dans ce volcan, pourtant ce n'était pas assez…

— Que veux-tu dire, Flamen ? Tu as pourtant l'air rétablie !

— Oui, mais je n'ai plus la fantastique énergie de l'antimatière qui pouvait se renouveler d'elle-même. Avec ce que j'ai pris au volcan, si je n'utilise pas mes pouvoirs, je vivrai sans doute quelques mois…

Atterré, Stone murmura faiblement :

— Nous trouverons un autre volcan.

— Peut-être, oui. Et je détruirai une autre planète ! Puis encore une autre… Et quand j'aurai éteint tous les volcans que tu connais, détruisant autant de planètes dont certaines seront habitées ?

Elle était sur le point de fondre en larmes et Stone la serra avec force contre lui.

— On trouvera une meilleure solution.

— Laquelle, Jeff ? Même si tu as l'impression que je vais bien, le manque d'énergie me fait souffrir. Les savants du CES font des expériences sur l'antimatière bêta, mais ils ne savent pas encore en fabriquer.

— Nous pourrions nous introduire dans un cyclotron qui produit de l'antimatière ?

— Non, il me faut de l'antimatière bêta en grande quantité. Je ne saurai pas combiner l'antimatière à la matière pour en fabriquer.

— Là où tu es née, il y a de l'antimatière bêta, non ?

— Oui, une fois tous les dix-sept ans et quelques mois. L'éclipse devrait avoir lieu bientôt, mais je ne sais pas où c'est. Et je doute que le CES nous renseigne. Maintenant qu'ils savent quels pouvoirs je possède, ils veulent me tuer. Je ne t'en avais pas parlé, mais l'un des médecins du porteur d'où tu m'as délivrée s'est étonné de me voir en vie. Il pensait que la puce qu'ils m'avaient mise dans la tête avait explosé, parce qu'ils ont essayé de l'utiliser. Ils veulent ma mort.

— Et moi je veux que tu vives, Flamen. Si toi tu ne sais pas où tu es née, les savants qui ont travaillé sur le projet AM le savent, eux. J'irai arracher les secrets du CES dans ses bureaux s'il le faut. Dis-moi seulement que tu m'aimes et nous vaincrons tous les obstacles !

— Je t'aime, murmura la jeune fille en se forçant à sourire.

Chapitre XV

Le *Phénix* sortit de l'hyperespace à peu de distance du champ d'astéroïdes contenant Jok'Rock. Tandis que Stone mettait le cap sur la base camouflée, Flamen poussa un cri de surprise.

— Un des croiseurs de la Flotte nous a suivis !

— Impossible ! assura le pilote. Même s'ils ont enregistré notre vecteur d'entrée, il leur faut attendre que leur ordinateur calcule notre destination, puis se réaligne sur notre vecteur avant de plonger à leur tour. Même pour un vaisseau de la Flotte, cela demande un certain temps. Avec un système d'hyperpropulsion plus puissant que celui du *Phénix*, ils auraient pu arriver ici avant nous, mais pas en même temps, c'est statistiquement impossible !

Mais un regard sur le radar lui confirma que la jeune fille avait raison : un vaisseau les avait bel et bien suivi. L'écran de communication s'alluma alors, révélant le visage de Ghalin.

— Capitaine Stone, ici le commandant Ghalin. Je vous somme de vous rendre. Cette fois, vous ne pouvez pas vous échapper en passant dans l'hyperespace à cause du champ d'astéroïdes qui vous bloque la route. De toute façon, le *Titan* est équipé du tout dernier système de poursuite hyperspatiale mis au point par les chercheurs du CES. Même si vous faisiez des sauts multiples, je n'aurais aucun mal à vous suivre. Et mes réservoirs de carburant sont pleins, alors que je doute que vous ayez pu remplir les vôtres sur Keval.

Jetant un regard au niveau des réservoirs, Jeff soupira : non seulement ils n'avaient plus de quoi faire un autre saut, mais s'ils devaient se battre contre le croiseur, ils risquaient de tomber en panne avant d'atteindre Jok'Rock si le combat durait trop longtemps.

— Vous êtes obstiné, commandant. Mais vous n'auriez pas dû poursuivre le *Phénix* avec un seul croiseur. Ce n'était pas très prudent, surtout que s'il peut me suivre dans l'hyperespace, je vais devoir le mettre hors d'état de nuire.

Stone lança le cargo dans un virage serré, orientant sa proue en direction du flanc droit du *Titan*. Il ouvrit le feu de ses quinze canons laser, mais les boucliers du croiseur absorbèrent l'impact sans difficulté. En revanche les lasers de Ghalin secouèrent violemment le *Phénix* en frappant sa coque.

Flamen cria :

— Jeff ! Les pirates ont détruit notre bouclier avant !

— C'est vrai, j'avais oublié ce détail. Mais ne t'inquiète pas, la coque du *Phénix* est renforcée. Ce qui m'ennuie en revanche, c'est que les boucliers du *Titan* semblent plus résistants que ceux d'un croiseur normal.

Il regarda les résultats du scanner sur le vaisseau de Ghalin et ses mains se crispèrent sur les commandes. Le bouclier du croiseur n'avait pas été affecté par son attaque et les senseurs avaient repéré seize batteries de canons laser sur le *Titan*.

Poussant un juron, Stone lança les moteurs du cargo à pleine puissance, s'écartant du croiseur pour foncer vers les astéroïdes.

La voix moqueuse de Ghalin résonna dans le poste de pilotage :

— Est-ce que je me trompe ou le courageux capitaine Stone prendrait-il la fuite ? Mais le *Titan* est peut-être un trop gros morceau pour vous, Stone. Ses boucliers absorbent l'énergie des lasers au lieu de la dissiper. C'est un prototype, mais le CES assure qu'il peut encaisser une quarantaine de missiles. Je ne veux que la fille, Stone. Remettez-la-moi et je vous laisse repartir. Vous avez ma parole d'officier. Sinon je me verrai dans l'obligation de vous abattre.

— Pas question, Ghalin. J'ai pu voir ce que valait votre parole quand je suis monté à bord du *Destrier*. Vous ne me tenez pas encore !

— Comme vous voudrez, capitaine.

196

Le *Phénix* avait presque atteint le champ d'astéroïdes quand Flamen s'écria :

— Il vient de lancer douze missiles ! Si tu ralentis pour éviter les rochers, ils nous rattraperont !

— Alors nous ne devons pas ralentir. Coupe le bouclier arrière ! conclut calmement le pilote.

Flamen frémit en voyant les gigantesques blocs rocheux se précipiter vers le vaisseau. En désactivant le bouclier elle pâlit, constatant que les missiles rattrapaient rapidement le cargo.

Poussant un soupir, elle murmura bravement :

— Jeff, n'oublie pas que tu dois m'épouser. Débrouille-toi pour qu'on s'en sorte !

Lèvres serrées, scrutant attentivement les astéroïdes, Stone ne répondit pas. Il connaissait bien son vaisseau et le champ d'astéroïdes où se cachait Joker, mais jamais il n'aurait pensé devoir y plonger à pleine vitesse.

Chaque changement de direction était si brutal que Flamen était secouée violemment, se retenant à grand peine de gémir lorsque les courroies de son harnais lui entraient douloureusement dans la peau. Elle devait empêcher ses pouvoirs de désintégrer le siège sur lequel elle était sanglée, mais elle se forçait courageusement à ne pas fermer les yeux et à regarder les rochers foncer à sa rencontre de l'autre côté de la baie vitrée.

La coque du cargo racla plusieurs fois la surface des astéroïdes qu'il frôlait, mais les douze missiles qui le poursuivaient étaient bien trop rapides pour pouvoir manœuvrer dans un champ d'astéroïdes. L'un après l'autre, ils explosèrent en percutant les blocs rocheux.

Avec un soupir de soulagement, Stone ralentit et s'enquit :

— Ça va, Flamen ? Tu n'as pas eu trop peur ?

La jeune fille s'indigna :

— Pour qui me prends-tu ? C'était très amusant, pourquoi ralentis-tu ?

Secouant la tête d'un air amusé, Jeff proposa :

— Prends les commandes, je te garantis que tu t'amuseras beaucoup moins !

Voyant son adversaire sain et sauf à l'abri du champ d'astéroïdes, le croiseur ne pouvant y pénétrer à cause de sa taille, le commandant Ghalin s'écria :

— Je t'aurai, Stone ! Tu ne pourras pas te cacher éternellement dans ces rochers. Tu n'es qu'un lâche, un couard !

— Peut-être, Ghalin, mais celui qui fuit aujourd'hui pourra combattre demain. À plus tard, commandant.

Stone coupa la communication et dirigea le *Phénix* vers Jok'Rock.

Quand il descendit la rampe sur l'astroport du contrebandier, Joker était furieux.

— Stone ! Comment as-tu pu amener un croiseur de la Flotte jusqu'ici ? Je croyais que nous étions d'accord pour que tu ne mettes pas en danger la sécurité de ma base. Je devrais te vendre, surtout maintenant que tu vaux dix millions de crédits !

— Du calme, Joker ! Il ne peut pas entrer dans le champ d'astéroïdes. De toute façon, je n'avais pas le choix. Si tu t'occupes rapidement de mon vaisseau, je repartirai dès demain et Ghalin ne soupçonnera même pas ton existence. J'ai apporté les trois tonnes de matronite convenues pour le chasseur furtif, alors tu perdrais de l'argent en me livrant à la Flotte. Il faudrait faire le plein du *Phénix*, réparer le bouclier avant et j'ai besoin d'un faisceau tracteur.

L'expression furieuse du contrebandier s'adoucit à la pensée de l'argent qu'il allait gagner avec la cargaison que lui apportait Stone.

— Pour le plein et le bouclier, pas de problème, mais je n'ai qu'un seul faisceau tracteur : celui de Jok'Rock. Il n'est pas à vendre, j'en ai besoin pour dévier les cailloux qui risqueraient d'endommager ma base.

— Je t'offre une tonne de matronite pour ce faisceau tracteur. Il me le faut tout de suite !

Le visage de Joker s'épanouit.

— Pour ce prix-là, je peux t'offrir le plein de ton cargo et la réparation du bouclier.

— J'y compte bien. Il me faudrait aussi un système de vision par radar. Tu dois pouvoir me bricoler ça.

— Si tu veux, mais j'ai des lunettes à infrarouges ou à intensification de lumière bien plus pratiques. Tu es sûr que tu préfères un système radar ?

— Certain.

— Comme tu voudras. Pour le faisceau tracteur, je l'installe à l'avant où à l'arrière du *Phénix* ?

— À l'arrière. Et tu ne saurais pas où trouver Ratnet ?

— Le plus grand spécialiste du piratage informatique de la galaxie ? Personne ne connaît son adresse. Il est comme moi, il tient à sa tranquillité. Mais tu as de la chance, je sais où il est actuellement.

— Où ?

— Au bagne galactique de Tikan 2. Il s'est fait prendre et va y passer le restant de ses jours. Si tu as besoin de ses services, je peux te trouver un autre informaticien. Mais il sera forcément moins doué que Ratnet.

— Non, j'irai récupérer Ratnet sur Tikan 2. Je lui dois un service et j'ai besoin de ses compétences.

— Tu comptes vraiment t'attaquer à Tikan 2 ? demanda Joker avec incrédulité.

Stone jeta un coup d'œil à Flamen qui devina :

— Ratnet pourra pirater l'ordinateur du CES et nous donner le nom de la planète où je suis née, c'est ça ?

— Oui, mais ça va être dangereux !

— Comme d'habitude… sourit Flamen en secouant la tête avec insouciance, faisant voler sa longue crinière de feu.

Joker alla donner des ordres à ses hommes, puis revint vers Stone et Flamen.

— Je pense que vous pourrez repartir d'ici onze ou douze heures. En attendant, je vous invite à dîner. Nous allons fêter la meilleure affaire de ma vie et mon plus riche client !

Jeff sourit.

— Ton ex-plus riche client. Ma mine de matronite a explosé en même temps que la planète Keval. Mais je serai content de pouvoir manger un repas normal. Les essais de cuisine de Flamen sont difficiles à avaler. Hier, c'était de la viande moitié crue, moitié carbonisée. J'en serais presque à apprécier les rations spatiales !

Joker rit et la jeune fille se rembrunit.

— Ce n'est pas très gentil de te moquer de moi, Jeff. J'essaie de cuisiner pour toi, mais je ne suis pas douée.

Elle semblait vraiment désolée et Stone, ému, se reprocha aussitôt sa critique. Il l'attira contre lui et l'embrassa tendrement.

— Excuse-moi, Flamen. Je voulais simplement te taquiner un peu, pas te faire de la peine. Je ne suis pas très doué non plus pour cuisiner, mais nous sommes patients, n'est-ce pas ? D'ici quelques années, notre cuisine sera mangeable.

Flamen sourit.

— Oui, nous sommes patients. Tôt ou tard nous finirons par pouvoir…

Elle s'interrompit et rougit en se rappelant la présence de Joker derrière eux. Le contrebandier se mit à rire.

— C'est sûr : après quelques années, votre estomac se sera habitué à votre mauvaise cuisine !

Ils éclatèrent de rire tous les trois et Joker leur glissa sur le ton de la confidence :

— Ou alors vous ferez comme moi : vous engagerez un bon cuisinier !

Le repas fut excellent, meme si Flamen regretta d'avoir demandé quelle était la viande. Elle grimaça en apprenant qu'elle

200

mangeait du lézard antarien, mais dut admettre que c'était très bon.

Ensuite Joker les conduisit au hangar contenant le vaisseau furtif.

En admirant la coque noire de l'appareil, Stone s'informa :

— Il a une identification ?

— Il avait un code militaire quand on me l'a amené, mais je l'ai remplacé par *Shadow*. Si ça ne vous plaît pas, je peux changer le nom.

Le pilote consulta sa compagne du regard, et elle lui assura :

— *Shadow* lui va très bien, à ce vaisseau. Mais cinquante millions de crédits, je trouve que c'est plutôt cher.

Stone ricana.

— Joker a les tarifs les plus hauts de la galaxie.

En souriant, le contrebandier se justifia :

— Tout ce que je vends est en excellent état de marche et est introuvable ailleurs ! Le *Shadow* est le seul prototype de chasseur furtif de la galaxie. Mis au point par les chercheurs du CES pour la Flotte, il est invisible en espace, aussi bien pour les radars que pour la vue humaine ou les caméras. Au sol, il peut utiliser un système de camouflage « caméléon » qui lui permet de se fondre dans son environnement. Ses boucliers sont ceux d'un chasseur standard, mais si vous les utilisez, les senseurs peuvent vous détecter.

— Et l'armement ? s'informa Stone.

— Ah ! L'armement ! Je suis sûr que ça va vous plaire. Deux canons laser standards sous les ailes, identiques à ceux que j'ai montés sur le *Phénix*, et deux autres lasers lourds à l'avant, beaucoup plus puissants. Ce sont également des prototypes, je n'en ai jamais vu de ce genre. D'après les tests que j'ai effectués, ils sont au moins dix fois plus puissants que des canons laser ordinaires, mais ils chauffent énormément et leur cadence de tir n'est que d'un coup toutes les vingt secondes.

Il y a aussi un lance-missiles qui contient douze missiles à tête chercheuse. Le verrouillage de la cible prend une dizaine de secondes. Ce sont des missiles militaires, je te conseille de les économiser car seule la Flotte pourrait t'en vendre. Une dernière chose : lorsqu'il tire ou qu'il émet des communications radio, le furtif est décelable.

— Merci, Joker. Cet engin est épatant. Il te plaît, Flamen ?

— Oh oui ! Tu me laisseras le piloter ?

— Bien sûr ! D'ailleurs, il est à toi.

— Quoi ?

— Tu me connais, je suis bien trop attaché au *Phénix*. Si nous devons nous battre, c'est toi qui piloteras le *Shadow*.

— Mais… tu veux vraiment que j'attaque le croiseur de Ghalin avec le furtif ? Tu m'as appris à piloter, mais il faudrait que je m'entraîne un peu, tu ne crois pas ?

— Ne t'inquiète pas, je ne pensais pas à Ghalin. J'ai une idée pour me débarrasser de son *Titan*. Maintenant, allons nous coucher. Je meurs de sommeil.

Le contrebandier les emmena à une chambre luxueuse contenant un grand lit à baldaquin.

— Je vous ai réservé la suite nuptiale, annonça-t-il. Bonne nuit.

Il se retira en souriant avec un clin d'œil qui fit rougir la jeune fille.

— Qu'est-ce qu'il s'imagine ? s'indigna-t-elle.

— Peu importe ce qu'il pense. Le lit est assez grand pour deux, viens dormir, Flamen.

En quittant Jok'Rock aux commandes du *Phénix*, Stone et Flamen étaient d'excellente humeur. Le contrebandier leur avait offert le lit à baldaquin, le faisant démonter et remonter dans la cabine de Flamen. Le cargo était réparé, son réservoir rempli et sa soute contenait le chasseur furtif.

La jeune fille avait trouvé que l'idée de Stone était géniale, même si elle n'était pas certaine que cela marcherait. En sortant du champ d'astéroïdes, ils constatèrent que le *Titan* les attendait toujours et trouvèrent un rocher de la bonne taille.

— Capitaine Stone, est-ce une reddition ? s'informa Ghalin.

— Non, commandant. C'est votre reddition que j'exige pour ne pas attaquer.

Pour toute réponse, l'officier éclata de rire.

— Dommage pour vous, Ghalin. Vous devriez avoir appris à ne pas me sous-estimer.

Stone actionna la commande des propulseurs, les poussant au maximum de leurs capacités. Il fallut quelques secondes au cargo pour vaincre l'inertie qui le retenait, mais il fonça bientôt droit sur le croiseur.

Flamen s'inquiéta :

— Ils vont nous lancer des missiles !

Mais le pilote la rassura :

— Ils n'en auront pas le temps, nous serons sur eux avant qu'ils puissent tirer. Enfin… je l'espère…

Avec inquiétude, le commandant Ghalin essaya de comprendre ce qu'espérait Stone, mais en vain. Le *Phénix* avait activé son bouclier avant mais pas son bouclier arrière. C'était étrange, à moins que le bouclier arrière soit endommagé. Il semblait vouloir percuter le croiseur à pleine vitesse. La collision viendrait à bout du bouclier du *Titan* et endommagerait très sérieusement le croiseur, mais Ghalin ne parvenait pas à croire que Stone sacrifierait son appareil dans une manœuvre aussi suicidaire.

Lorsqu'ils furent à portée de tir, Flamen enclencha les quinze canons laser comme le lui avait demandé le pilote. Au dernier moment, Stone coupa le faisceau tracteur et évita la collision en redressant son vaisseau pour passer au-dessus du croiseur, si près que les deux boucliers se frôlèrent en crépitant.

À bord du *Titan*, Ghalin riposta en ouvrant le feu à son tour pour répondre à l'attaque du *Phénix*. Les lasers du croiseur affaiblirent le bouclier avant du cargo tandis que les siens n'affectaient pas les boucliers du *Titan*. Les impacts d'énergie sur les boucliers avaient cependant provoqué des interférences aveuglant les senseurs pendant quelques secondes. Ce n'est que lorsque le cargo se fut écarté du croiseur que le commandant Ghalin comprit que Stone l'avait battu une fois de plus.

Un énorme astéroïde fonçait sur le *Titan* et il était trop tard pour l'esquiver. En un éclair, Ghalin comprit l'astuce de Stone : il avait utilisé un faisceau tracteur pour tirer derrière lui l'un des rochers qu'il était allé chercher dans le champ d'astéroïdes. Cela expliquait pourquoi son bouclier arrière était désactivé : il aurait gêné le fonctionnement du faisceau tracteur. Le commandant n'eut que le temps de s'asseoir dans son siège et de déclencher l'alarme avant que le rocher ne heurte le bouclier.

Conçu pour absorber l'énergie des lasers ou des missiles lors d'un combat, le bouclier n'était pas capable d'encaisser une masse de plusieurs milliers de tonnes lancée à grande vitesse. Le générateur du bouclier explosa, freinant néanmoins l'astéroïde qui percuta la coque du croiseur, s'y encastrant en écrasant deux batteries de canons laser.

Heureusement les cloisons étanches des compartiments se verrouillèrent, évitant la dépressurisation totale du vaisseau. Atterré, le commandant s'informa :

— Étendue des dégâts ?

— Boucliers détruits. Système de visée endommagé. Manœuvrabilité réduite de quatre-vingts pour cent, répondit l'un de ses officiers d'une voix blanche.

La mort dans l'âme, Ghalin activa sa console de communication tandis que le *Phénix* faisait demi-tour, prêt à fondre à nouveau sur sa proie.

— Capitaine Stone, ici Ghalin. Vous m'avez battu une nouvelle fois, je le reconnais. Vous comptez achever mon croiseur ?

— C'est tentant, commandant. Je n'aime pas beaucoup que l'on me suive. Je vous balancerais bien un autre météore dans vos propulseurs. Mais le *Titan* n'est plus en état de combattre, alors je vais vous laisser une chance, Ghalin. Débrouillez-vous pour ne plus vous mettre en travers de ma route.

— Nous nous retrouverons, Stone, et j'aurai ma revanche !

— Vous savez bien que non, commandant. Combien de croiseurs devrais-je encore vous détruire avant que vous admettiez que le *Phénix* est un trop gros morceau pour la Flotte ? C'est le troisième vaisseau que vous perdez, si je compte bien. Vos supérieurs finiront par refuser de vous confier un speeder !

Avec un rire moqueur, le capitaine Stone coupa la communication et le *Phénix* disparut dans l'hyperespace. Pour plus de sûreté, le pilote fit un triple-saut avant de prendre la direction de Tikan 2.

Mais le commandant Ghalin n'avait pas envie de mettre inutilement en danger son équipage en suivant le *Phénix*. Il réalisait maintenant combien il avait été stupide en s'imaginant que le bouclier anti-lasers de son croiseur serait suffisant pour vaincre Stone.

Malgré les défaites successives qu'il lui avait infligées, le vieil officier ne pouvait s'empêcher de ressentir une certaine admiration pour Stone. Se moquant des lois et de ceux qui les représentaient, il n'hésitait pas à défier la Flotte, se battant pour ce qui lui semblait juste. Car maintenant Ghalin était persuadé que le capitaine Stone qu'il devait abattre était de bonne foi et qu'il avait sauvé Flamen des griffes du CES.

Un pirate ou un contrebandier n'aurait pas épargné plusieurs fois un ennemi qui s'acharnait à le poursuivre. Lorsque le *Phénix* était dans le hangar du *Destrier*, Stone aurait pu détruire complètement le porteur avant de s'enfuir s'il l'avait voulu, mais il ne l'avait pas fait. Et il y avait cette guerre civile sur Varn 3. Stone et Flamen avaient d'abord violé le blocus de la Flotte pour apporter des médicaments aux assiégés, pour ensuite prendre leur parti et les aider à gagner la guerre alors que la Flotte vendait en secret des armes à l'autre colonie.

En réfléchissant à tout cela, le commandant Ghalin souhaitait presque que ses supérieurs lui retirent sa mission pour lui confier une autre tâche. Contrairement à ses subordonnés qui obéissaient aux ordres sans se poser de questions, il savait maintenant qu'il se battait du mauvais côté, lui qui s'était engagé très jeune dans la Flotte qu'il considérait alors comme le symbole de la Justice.

Mais il ne pouvait pas désobéir aux ordres, même si ceux-ci ne lui plaisaient pas. Sinon sa carrière finirait en cour martiale et un autre officier moins scrupuleux remplirait la mission à sa place : retrouver et tuer une jeune fille de dix-sept ans, une mutante créée par les chercheurs du Centre d'Études Spatiales qui avaient joué les apprentis sorciers et voulaient maintenant détruire la créature qu'ils ne contrôlaient plus…

Chapitre XVI

Le système Tikan ne comportait que deux planètes, mais possédait une vaste ceinture d'astéroïdes qui rendait difficile la navigation spatiale. Tikan 1 était si proche du soleil que sa face éclairée se liquéfiait en surface, mais la seconde planète du système était habitable, recouverte de prairies et de déserts sur un vaste continent irrigué par plusieurs rivières. Lorsqu'elle avait été découverte, seuls de grands troupeaux d'herbivores la peuplaient.

La Fédération Planétaire faisait respecter ses lois dans toute la galaxie. Seuls les criminels ayant tué étaient condamnés à la peine de mort. Pour les autres, on avait créé sur Tikan 2 la prison la plus sûre de la galaxie, où l'on envoyait les prisonniers dont on ne voulait plus jamais entendre parler.

Le procédé était simple : une garnison de chasseurs automatiques, programmés pour détruire tout vaisseau spatial, entourait la planète. Sans hommes pour les piloter, ils ne dormaient pas, ne pouvaient pas être achetés et veillaient vingt-quatre heures sur vingt-quatre. Ils ne laissaient passer que les capsules de survie dans lesquelles on envoyait les prisonniers sur la planète, qui étaient livrés à eux-mêmes et devaient se débrouiller pour survivre.

C'est ce qu'expliquait Stone à Flamen en cachant le *Phénix* dans le champ d'astéroïdes, dissimulé sous son hologramme météore.

— Comment en sais-tu autant sur cet endroit ? s'enquit la jeune fille. Tu t'en es déjà évadé ?

Jeff se mit à rire.

— Non, on ne s'évade pas de Tikan 2. C'est Joker qui m'a expliqué en détail ce qui m'attendait si la Flotte découvrait l'armement illégal du *Phénix*. Mais maintenant, je ne risque plus d'être envoyé dans cette prison. Avec le nombre de morts qu'ils peuvent nous reprocher, c'est la chambre de désintégration assurée s'ils nous prennent !

— Moi, je ne risque rien, ils ne peuvent pas me désintégrer, déclara malicieusement la jeune fille.

— Oui, c'est pour ça qu'ils veulent absolument détruire mon cargo ! grommela Stone.

Il hésita avant de demander sans conviction :

— Tu ne préfères pas rester à bord du cargo pendant que je vais chercher Ratnet ?

— Jeff !

Devant l'air furieux de Flamen, il s'inclina, faussement effrayé :

— Du calme ! Ne me désintègre pas, je plaisantais !

— Comment allons-nous retrouver ce pirate informatique dans une planète entière ?

— Ne t'inquiète pas, toutes les capsules de survie atterrissent au même endroit afin de regrouper les détenus. Ainsi ils peuvent plus facilement s'entraider... ou s'entre-tuer... Joker m'a donné les coordonnées, nous poserons le *Shadow* à proximité... si les chasseurs de surveillance nous laissent passer.

Ils s'équipèrent d'un plass, d'une ceinture antigrav et d'un bouclier personnel chacun, puis se rendirent dans la soute. Flamen s'installa aux commandes du chasseur furtif avec excitation.

— Tu veux vraiment que ce soit moi qui pilote ?

— Oui, sauf si tu ne t'en sens pas capable.

Le regard noir de la jeune fille fit sourire Stone : elle réagissait comme il l'aurait fait lui-même. Joker avait rajouté les commandes de pressurisation et d'ouverture de la soute du cargo dans le poste de pilotage du furtif.

Stone déclencha la dépressurisation de la soute.

Il ouvrit ensuite la porte et ordonna :

— En route, Flamen. Fais attention, l'ouverture n'est pas très large.

La jeune fille avait les mains moites en faisant sortir le chasseur furtif de la soute du *Phénix*, mais elle réussit la manœuvre et poussa un soupir de soulagement… qui s'interrompit lorsqu'elle comprit qu'il lui fallait encore traverser le champ d'astéroïdes où Stone avait caché le cargo. Mais heureusement le *Shadow* était bien plus petit et plus maniable que le *Phénix*, elle s'en sortit sans trop de mal.

— Bravo, Flamen. Tu es vraiment très douée. Mais essaie d'accélérer, nous pourrions être poursuivis, il faut que tu t'entraînes.

La jeune fille subit les leçons du pilote pendant plus d'une heure, manquant plusieurs fois percuter un rocher, mais finalement Stone s'estima satisfait et la félicita chaleureusement.

Elle rougit de plaisir et avoua :

— J'adore piloter, Jeff. Au début, les astéroïdes me faisaient un peu peur, mais maintenant je trouve amusant de foncer au milieu en les évitant.

Le pilote pâlit en voyant l'aile gauche du *Shadow* frôler un rocher et décida :

— Fini de jouer, direction Tikan 2 !

— À vos ordres capitaine ! sourit la jeune fille. Je suis prête à affronter les chasseurs robots.

Mais en approchant de la planète, elle changea d'avis. Il y avait au moins une centaine de chasseurs qui patrouillaient.

Elle chuchota instinctivement :

— Tu es sûr qu'ils ne peuvent pas nous voir ?

— Je ne sais pas. Tu pilotes un prototype, le seul moyen de savoir s'il fonctionne ou non, c'est de l'essayer. De toute façon, tu m'as bien dit que tu étais prête à les affronter, non ?

— Heu… ils sont quand même un peu nombreux…

Heureusement le *Shadow* passa au milieu des chasseurs automatisés sans être repéré. À peu de distance des coordonnées indiquées par Joker, ils découvrirent un petit village de bois et se posèrent à quelques kilomètres.

— Tu crois qu'ils ont vu le vaisseau ? s'inquiéta Flamen.

— Je ne pense pas. Normalement il devait se fondre dans le ciel en prenant la même couleur. Regarde, il a pris la couleur ocre des rochers sur lesquels il s'est posé. De loin, on ne doit pas le voir. Et même si quelqu'un le découvre pendant notre absence, il ne s'ouvrira pas sans le code que nous sommes les seuls à connaître.

Ils descendirent et marchèrent vers le village. En foulant l'herbe haute de près d'un mètre, Flamen frissonna.

— J'espère qu'il n'y a pas de bêtes féroces dans ces herbes parce qu'elles pourraient nous attaquer sans même qu'on puisse les voir.

— Bah ! Ne t'en fais pas, ton organisme de mutante les désintégrerait avant qu'elles puissent te mordre.

— Je sais, mais c'est pour toi que j'ai peur, Jeff. Je ne veux pas risquer de te perdre. Nous devrions utiliser le générateur d'invisibilité que t'ont donné les pirates.

— Non, je le garde à ma ceinture au cas où, mais il nous gênerait plus qu'autre chose. Les bêtes sauvages se dirigent à l'odeur et nous trouveraient quand même. Quand aux êtres humains, nous devons entrer en contact avec eux pour retrouver Ratnet. Mais tu as raison, ne prenons pas de risques. Activons nos boucliers personnels.

Le champ protecteur invisible les entourant, Flamen se sentit rassurée en progressant dans les hautes herbes.

Ils approchaient du village et purent se rendre compte qu'il était entouré d'une haute barricade de bois, quand soudain ils sentirent un choc dans le dos. En se retournant, ils constatèrent qu'ils avaient été frappés par des flèches de bois primitives, taillées en pointe.

Désignant les morceaux de bois tombés au sol, Stone commenta calmement :

— Heureusement que nous avons mis en marche nos boucliers. Les indigènes ne sont pas très accueillants. Remarque,

210

c'est normal : ce sont tous des prisonniers jugés dangereux par la Fédération Planétaire.

Des dizaines de flèches les frappaient maintenant tandis que les herbes s'agitaient dans leur direction. Des hurlements bestiaux s'élevaient tout autour d'eux. Comprenant qu'ils étaient encerclés, Flamen avait saisi son plass, mais Jeff posa la main sur son bras.

— Non ! Ratnet est peut-être parmi eux et nous avons besoin de lui vivant. Utilisons nos ceintures antigrav pour nous élever au-dessus d'eux.

— Bonne idée ! Mais tu crois vraiment que ce sont des hommes qui poussent ces cris horribles ?

— Il le faut bien. Des animaux ne pourraient pas lancer des flèches.

Les ceintures antigrav leur permirent de voler à quelques mètres au-dessus du sol, et ils purent voir leurs agresseurs. C'était des hommes, mais s'ils tenaient des arcs et étaient vêtus de peaux de bêtes, ils se comportaient en animaux, courant à quatre pattes en grondant rageusement vers les proies qui étaient hors de leur portée.

Flamen ne put retenir un cri d'horreur en comprenant que cette meute humaine ne voulait pas seulement les tuer, mais les dévorer !

— Jeff ! Ces gens ont régressé au stade animal. Ils veulent nous manger !

— Oui, c'est affligeant. Mais pour construire un village, il a dû falloir d'autres hommes plus évolués. Allons voir, nous n'obtiendrons rien de ceux-là.

Ils volèrent rapidement jusqu'au village, poursuivis par les cris d'impuissance de la meute qui n'osa pas s'approcher de l'enceinte de bois. Ils comprirent pourquoi lorsqu'une flèche siffla à leurs oreilles.

— Halte ! Si vous approchez encore, je serai contraint de vous abattre.

L'homme se tenait debout sur l'une des plates-formes aménagées le long de la clôture, tenant Stone et Flamen en joue avec son arc.

— Bonjour, je suis heureux de voir qu'il y a aussi des humains normaux sur cette planète, déclara le pilote en s'arrêtant.

— Qui êtes-vous ? Vous n'êtes pas des prisonniers. Une patrouille envoyée par les autorités ? demanda le guetteur avec méfiance.

Stone se mit à rire.

— Est-ce que nous ressemblons à des soldats ? D'ailleurs ça m'étonnerait que la Flotte envoie des hommes pour s'inquiéter de votre sort.

— Alors qui êtes-vous ? Et comment êtes-vous venus ici ?

— Peu importe, éluda le pilote. Je voudrais parler au chef de ce village.

Le garde agita ostensiblement son arc.

— Vous n'êtes pas en position d'exiger quoi que ce soit. Répondez à mes questions.

D'un geste vif qui surprit même Flamen, Stone saisit son plass et tira avec précision, carbonisant l'arc. La sentinelle avait cependant eu le réflexe de décocher sa flèche qui rebondit sur l'écran protecteur du pilote.

— Maintenant, c'est moi qui pose les questions ! Conduisez-moi à votre chef, je ne vous veux aucun mal. Je cherche simplement un homme nommé Ratnet. Il est parmi vous ?

Le garde fit signe à Stone et Flamen de le suivre.

— Venez ! Le chef pourra sans doute vous renseigner.

Il descendit une échelle tandis que Jeff et sa compagne se posaient dans l'enceinte du village. Ils furent aussitôt entourés d'une vingtaine d'hommes aux regards hostiles qui semblaient prêts à se jeter su eux. Ils étaient vêtus de peaux comme ceux de la prairie, mais ils étaient propres, rasés et se tenaient bien droits, discutant à voix basse de l'irruption des étrangers dans leur village.

Tenant des outils et des armes rudimentaires, ils s'approchaient et Stone craignit un instant de devoir utiliser son plass.

C'est alors qu'une voix autoritaire les fit reculer :

— Imbéciles ! Vous n'allez tout de même pas attaquer des gens armés de lasers avec vos fourches. Nous avons eu assez de mal à construire ce village, je n'ai pas envie de le voir raser. Voyons qui sont ces étranges visiteurs !

Un petit homme chauve aux lunettes surmontant un nez proéminent s'avança parmi les villageois. Son visage s'épanouit en reconnaissant le pilote.

— Capitaine Stone ! Ravi de te revoir. C'est ta femme ? demanda-t-il en désignant Flamen.

— Oui, répondit Jeff tandis que la jeune fille s'empourprait. Flamen, voici Ratnet, le meilleur pirate informatique de la galaxie.

Les deux hommes se serrèrent la main et les villageois se détendirent. Sur un signe de leur chef, ils retournèrent à leurs activités et Ratnet invita ses visiteurs dans sa cabane. Il leur offrit une sorte de jus de fruit dans des gobelets de terre cuite.

Quand ils furent installés, il expliqua :

— Je suis ici depuis trois ans, c'est moi qui ai pris l'initiative de regrouper les détenus pour construire le village afin d'être à l'abri de ceux qui ont perdu la raison et se conduisent en animaux. Ils nous ont attaqués plusieurs fois, mais ils craignent le feu et nous avons toujours réussi à les repousser. Notre communauté est un peu rudimentaire, mais la vie y est agréable. Si tu veux t'installer ici, tu es le bienvenu.

— En fait, nous sommes venus te libérer. J'ai une dette envers toi depuis que tu m'as expliqué comme contourner certains systèmes de sécurité, alors quand j'ai appris que tu avais été envoyé ici, je suis venu à ton secours.

Ratnet éclata de rire.

— Tu en serais peut-être capable, Stone, mais on ne me la fait pas. Tu as besoin de moi pour pirater un ordinateur, avoue-le !

— D'accord, j'ai besoin de toi. Mais tu as l'air si bien installé ici que tu ne voudras sans doute pas quitter cette planète.

Ratnet se leva d'un bond.

— Tu plaisantes ! Sans ordinateur, j'ai failli devenir fou et rejoindre les dégénérés de la plaine ! Si tu as un vaisseau, emmène-moi avec toi et je crackerai ton ordinateur gratuitement.

Ils ressortirent de la cabane et Ratnet annonça :

— Écoutez-moi ! Je quitte le village avec mes amis. S'il vous faut un autre chef, je vous suggère de prendre le docteur, il vous conseillera bien mieux que moi. Et n'oubliez pas : restez vigilants !

Des murmures réprobateurs accueillirent cette nouvelle, mais personne ne tenta de retenir Ratnet. Les gardes ouvrirent la porte et la refermèrent derrière eux en lui souhaitant simplement bonne chance.

Ratnet expliqua :

— Vous voyez, ici chacun est libre de faire ce qu'il veut à condition de ne pas nuire aux autres.

— Il y a un docteur ? s'étonna Flamen.

— Oui, un savant qui a été envoyé ici comme nous. Il aurait fait un meilleur chef que moi, mais il a refusé pour avoir plus de temps pour étudier les dégénérés. Mais avec nos moyens rudimentaires, il ne peut pas soigner les gens aussi bien qu'il le voudrait.

Changeant de sujet, il s'enquit :

— Tu as franchi les défenses de Tikan 2 avec ton tas de ferraille ou tu as un nouveau vaisseau ?

— J'ai toujours le *Phénix*, mais je l'ai laissé dans la ceinture d'astéroïdes. Nous sommes venus avec un chasseur furtif.

— Un furtif ? Je ne savais même pas que la Flotte en avait. Où te l'es-tu procuré ?

— C'est Joker, notre ami commun, qui me l'a fourni. C'est le premier prototype, il a été volé à la Flotte.

— La nuit ne va pas tarder à tomber. J'espère que tu ne l'as pas posé trop loin d'ici, s'inquiéta Ratnet.

— Il est de l'autre côté de cette colline, dans les rochers. Mais si les cannibales de la plaine reviennent, nous les chasserons avec nos plass, ne t'inquiète pas.

— Mais leurs flèches peuvent nous atteindre sans qu'on puisse les voir.

— Nous avons des boucliers personnels. Tu n'auras qu'à rester entre nous deux.

Ils avaient presque atteint le *Shadow* quand les sauvages attaquèrent. Stone et Flamen se placèrent devant l'informaticien et tirèrent sur les assaillants tandis que les flèches rebondissaient sur leurs boucliers personnels.

Ratnet voulut prendre le plass de la jeune fille mais se ravisa en constatant qu'elle tirait sans doute mieux que lui. Chacun des rayons que Stone et Flamen tiraient abattait un des hommes-bêtes, mais la meute attaquait toujours, indifférente aux nombreux corps carbonisés qui jonchaient les rochers.

Ils allaient être submergés quand soudain Flamen tendit la main vers les sauvages, utilisant ses pouvoirs pour projeter une large boule de feu qui tournoya devant eux. Devant la lueur éblouissante qui dansait entre eux et leurs proies, les hommes de la plaine s'enfuirent. La jeune fille rappela alors la boule lumineuse à elle et la réabsorba sous les regards ébahi de Ratnet et inquiet de Stone.

— Flamen, n'épuise pas inutilement ton énergie ! lui rappela-t-il.

— Ne t'en fais pas, j'en ai récupéré la plus grande partie. J'en avais assez de ce massacre… Je suis une mutante, j'ai certains… pouvoirs, expliqua-t-elle à Ratnet.

— On te racontera toute l'histoire à bord du cargo, lui promit Stone.

Un peu plus tard, Ratnet s'extasiait sur le furtif tandis qu'ils filaient dans l'espace.

Soudain Flamen s'écria :

— Jeff ! Les chasseurs robots viennent vers nous. Ils ont dû nous repérer !

— C'est impossible ! Le *Shadow* est invisible et indétectable.

Mal à l'aise, Ratnet se racla la gorge.

— Hem… Je crois que c'est moi qu'ils ont repéré. Les prisonniers envoyés sur Tikan 2 ont une puce implantée dans le bras gauche. Les chasseurs peuvent la détecter et la détruire. J'aurais dû vous le dire plus tôt, mais cela m'était complètement sorti de l'esprit.

Flamen esquiva facilement les premiers lasers, mais des chasseurs fondaient sur eux, venant de tous les côtés de la planète. Elle s'écria :

— Prends les commandes, Jeff ! Je m'occupe de cette fichue puce de repérage.

Stone activa le bouclier du *Shadow* qui s'établit heureusement en quelques secondes. Plusieurs impacts de laser secouèrent l'appareil. Il tira en utilisant les lasers lourds du furtif, constatant avec intérêt qu'un seul coup suffisait à détruire un chasseur ennemi. Mais chaque vaisseau automatisé abattu était aussitôt remplacé par une dizaine de nouveaux robots qui tiraient sur l'intrus.

Stone voulait tout d'abord gagner le champ d'astéroïdes, mais les chasseurs ennemis l'empêchaient de voler en ligne droite. Il devait sans cesse changer de direction. Malgré ses manœuvres savantes, il ne pouvait éviter tous les rayons laser et le *Shadow* était frappé pratiquement sans interruption, ses boucliers s'amenuisant rapidement.

— Flamen, dépêche-toi, il ne nous reste plus beaucoup de temps.

— Une minute, je cherche la puce, protesta la jeune fille qui palpait le bras de Ratnet. Je ne pense pas qu'il apprécierait que je lui désintègre le bras pour atteindre cette puce.

— Mais si tu ne la détruis pas très vite, nous serons tous les trois entièrement désintégrés !

— Je l'ai trouvée ! s'écria soudain la jeune fille en sentant une petite masse dure sous la peau de Ratnet.

Un éclair jaillit de son doigt et l'informaticien ferma les yeux en tremblant, mais ne ressentit aucune douleur. Quand il rouvrit les yeux, il examina son poignet, ayant peine à croire que Flamen ait pu détruire l'émetteur sans brûler sa peau.

— C'est fait, Jeff. Nous sommes tirés d'affaire ! l'avertit la jeune fille en poussant un soupir de soulagement.

— Mais apparemment tu as oublié de le dire aux robots, parce qu'ils s'acharnent toujours à vouloir nous détruire.

La situation devenait critique. Stone n'avait même plus à viser pour toucher les chasseurs robots : il y en avait tellement qu'il lui suffisait de tirer devant lui pour toucher quelque chose.

— Tu es sûre de l'avoir détruite ? Les boucliers ne tiendront pas longtemps !

Flamen comprit alors comment les robots pouvaient encore les localiser.

— Les boucliers, Jeff ! Joker nous a bien dit que les senseurs pouvaient détecter leur champ magnétique. Coupe-les et arrête de tirer !

Stone obéit en réalisant qu'elle avait raison et s'éloigna rapidement de l'essaim de chasseurs. Ne pouvant plus détecter leur proie, ceux-ci tournaient autour de la zone. Ne trouvant plus rien, leurs ordinateurs conclurent que les intrus avaient été détruits et les chasseurs robots se séparèrent pour retourner patrouiller dans leurs zones respectives.

— Ouf ! soupira Ratnet. J'ai bien cru que nous étions fichus. J'ai peut-être eu tort de vous suivre.

— Mais non ! le rassura Stone. Pense à la liberté et à tous les ordinateurs qui t'attendent.

Le pilote fit atterrir le *Shadow* dans la soute du *Phénix*, le fixant au sol grâce à ses patins magnétiques. Il referma ensuite la porte et repressurisa la soute. Stone indiqua une cabine à Ratnet, puis ils dînèrent tout en racontant au pirate informatique l'histoire de Flamen et ce qu'ils attendaient de lui.

Stone conclut :

— On s'arrête sur la prochaine station où tu loues un ordinateur pour t'introduire dans le réseau du Centre d'Études Spatiales. On te déposera ensuite où tu veux.

Ratnet réfléchit un moment, puis déclara :

— Ce n'est pas aussi simple que tu sembles le croire. L'ordinateur principal du CES n'est relié au réseau galactique qu'en mode émission. Aucun flux de données ne peut y entrer. Par contre, l'ordinateur central peut transmettre ses lignes de codes à tous ceux reliés au réseau galactique.

— Tu en es sûr ?

— Oh oui ! Comment crois-tu que je me suis fait pincer ? Pirater cet ordinateur aurait été le chef d'œuvre de ma carrière ! Malheureusement je me suis fait surprendre par leurs gardes. Je n'ai aucune envie de retourner là-bas, mais d'un autre côté…

Ratnet croisa le regard suppliant de Flamen.

— Je vous en prie, j'ai besoin de votre aide.

— … mais d'un autre côté, le système informatique du CES est un défi aux pirates : personne n'est jamais parvenu à s'y introduire. Je compte bien être le premier à réussir cet exploit ! À condition que vous soyez prêts à vous introduire dans le central informatique du CES, l'un des endroits les mieux gardés de la Terre.

— En route pour la Terre ! conclut Stone. Le berceau de l'humanité nous attend.

Chapitre XVII

Le *Phénix* sortit de l'hyperespace aux limites du système solaire, au-delà de l'orbite de Pluton. Stone se tourna vers Ratnet.

— Je pense qu'il vaut mieux nous poser sur Pluton et faire le trajet jusqu'à la Terre à bord du furtif pour ne pas être repérés. Qu'en dis-tu ?

Mais avant que le pirate informatique puisse répondre, l'écran de communication s'alluma et une voix résonna dans le poste de pilotage :

— Ici base d'observation de Pluton. Vaisseau émergeant, identifiez-vous.

D'abord pris de court, le pilote réagit rapidement et envoya le signal d'identification du cargo en espérant que Joker l'avait bien changé comme il le lui avait demandé.

Un silence, puis la base émit :

— Code reçu, *Pixnéh*. Pourquoi avez-vous émergé si loin de la Terre ? Votre système hyperspatial est défaillant ?

— Non, notre destination est Pluton, pas la Terre. Nous devons y prélever des échantillons géologiques pour un collectionneur un peu excentrique.

— Vous avez l'autorisation de vous poser sur Pluton, *Pixnéh*. Mais les forages sont interdits aux alentours de la base implantée au pôle nord. Vous pouvez y atterrir si vous souhaitez vous ravitailler mais vous devrez aller au moins à trois cents kilomètres pour faire vos prélèvements.

— Nous avons suffisamment de carburant. Nous nous poserons près de l'équateur. *Pixnéh*, terminé.

En programmant son approche vers la zone équatoriale de Pluton, Jeff poussa un soupir de soulagement.

— Ouf ! Ils ont accepté l'identification. J'ignorais la présence de cette base sur Pluton.

Ratnet sourit :

— En tout cas, tu as bien improvisé, même si ton prétexte de prélèvement géologique est un peu bidon.

— Ça n'a rien de bidon ! protesta Stone. J'ai eu un client qui m'a payé une petite fortune pour des échantillons de la planète Mars. Je connaissais donc ce règlement de trois cents kilomètres au-delà des installations militaires, ce qui nous assure que personne ne viendra se mêler de nos affaires.

Il se posa au centre d'un cratère rocheux. Tandis que Ratnet fouillait dans le bric-à-brac du cargo pour trouver des outils et du matériel informatique nécessaires à son travail, Stone se dirigea vers la cabine de Flamen.

La jeune fille était encore endormie et il la secoua doucement pour la réveiller. En ouvrant les yeux, elle sourit et l'attira pour l'embrasser.

— Comment vas-tu, ma petite mutante ? Bien dormi ?

— Jeff... Je... je suis encore fatiguée. Je sens que mon énergie s'épuise lentement. Il faut nous dépêcher.

— Nous sommes sur Pluton, la dernière planète du système solaire. Peut-être que tu devrais rester sur le *Phénix* pour te reposer pendant que Ratnet et moi allons sur Terre.

À cette suggestion, Flamen se leva d'un bond et commença à s'habiller.

— Pas question ! Ton ami et toi, vous allez risquer vos vies pour moi. Vous pourriez avoir besoin de mes pouvoirs et je me sens beaucoup mieux quand tu es près de moi. Quoi qu'il arrive, nous devons rester ensemble, d'accord ?

— Entendu. Moi non plus, je n'ai aucune envie de m'éloigner de toi.

La base de Pluton n'avait pas pu détecter le chasseur furtif qui venait de quitter la planète. Si elle tentait de joindre l'équipage du cargo, elle croirait qu'il était occupé à faire des forages. Il y avait de toute façon fort peu de chances que cela se produise, les

220

fonctionnaires de la Fédération Planétaire étant réputés pour leur absence d'initiative.

Tandis que le *Shadow* filait vers la Terre, Flamen somnolait, la tête appuyée contre l'épaule du pilote. En passant près de Saturne, il la réveilla doucement pour qu'elle puisse admirer les anneaux entourant la planète.

— C'est magnifique ! s'écria-t-elle. Est-ce que nous pourrons voir aussi la planète Mars ?

Jetant un coup d'œil à l'écran de navigation qui indiquait la position des différentes planètes du système, il secoua la tête.

— Non, Mars se trouve de l'autre côté du soleil. Tu peux te reposer encore deux heures, la prochaine planète que nous verrons sera la Terre.

Se retournant vers le pirate informatique, Flamen constata qu'il dormait profondément, allongé sur la banquette arrière.

— Ratnet voudrait peut-être voir Saturne, tu ne crois pas que nous devrions le réveiller ?

Mais Stone se mit à rire.

— Les planètes n'intéressent pas Ratnet. Son unique passion, c'est les ordinateurs. Il ne nous a accompagnés que dans l'espoir de décortiquer l'ordinateur central du CES. Laisse-le dormir et repose-toi aussi. Notre expédition pourrait être mouvementée si la Flotte nous surprend. Un dixième de ses effectifs est en permanence dans le système solaire.

En approchant de la Terre, Jeff Stone réveilla Flamen et Ratnet.

Tandis que la jeune fille s'émerveillait de voir la planète bleue, l'informaticien grommela :

— Tu aurais pu attendre l'atterrissage pour me réveiller.

— Mais je ne sais pas où se trouvent les bureaux du CES. Tu y es déjà allé, il va falloir me guider.

— Leurs bureaux sont à New York, dans ce qui s'appelait autrefois les États-Unis avant la mise en place d'un gouvernement planétaire. J'y suis entré en passant par les égouts, mais quand je me suis servi d'un de leurs ordinateurs, je me suis rendu compte que l'ordi central n'était pas dans l'immeuble du CES mais caché dans une base militaire de la Flotte. J'ai soudoyé l'un des gardes qui m'y a conduit, mais nous avons été surpris. Le garde a été fusillé et j'ai été envoyé sur Tikan 2 sans même avoir pu toucher l'ordinateur du CES.

Flamen s'inquiéta :

— Mais alors vous n'êtes pas certain de pouvoir nous aider, même si nous parvenons jusqu'à l'ordinateur.

Ratnet ricana avec suffisance.

— Aucun ordinateur ne m'a jamais résisté. Amenez-moi devant la console et je vous garantis que j'obtiendrai le nom de la planète que vous cherchez.

En suivant les indications de Ratnet, Stone conduisit le *Shadow* jusqu'à la base 17 de la Flotte. C'était là que s'entraînaient les redoutables soldats du CIEF, le Commando d'Intervention d'Elite de la Flotte. C'est pourquoi les responsables du Centre d'Études Spatiales avaient décidé d'y mettre leur ordinateur central, bénéficiant ainsi d'une protection maximale qui ne leur coûtait rien.

Malgré ses radars et ses sentinelles munies de jumelles à infrarouges, la base 17 ne détecta pas le chasseur furtif qui se posa sur le toit du bâtiment indiqué par Ratnet.

Flamen et Stone suivirent l'informaticien vers l'ascenseur.

— Nous devons descendre au vingtième sous-sol, c'est là qu'ils gardent l'ordinateur.

Flamen protesta :

— Mais si nous utilisons l'ascenseur, ils vont s'en rendre compte et nous serons pris au piège.

Ratnet poussa un soupir en acquiesçant.

— Oui, c'est comme ça que je me suis fait prendre la première fois. J'avais désactivé les systèmes de sécurité, mais lorsque les hommes affectés à la surveillance ont constaté que la caméra de cet ascenseur ne fonctionnait plus, ils ont bien compris que quelque chose clochait. Et je me suis retrouvé sur Tikan 2... Mais cette fois nous descendrons simplement dans le puits de l'ascenseur avec nos ceintures antigrav.

Stone se retourna un instant vers le *Shadow*, constatant avec soulagement qu'à quelques mètres son système caméléon le rendait quasiment invisible. Les patrouilles qui passaient autour du bâtiment, vingt-cinq étages plus bas, n'avaient aucune chance de le repérer, même en le cherchant.

Flamen voulut ouvrir la porte de l'ascenseur, mais Ratnet l'en empêcha.

— Surtout n'y touchez pas ! Il y a sûrement des capteurs sur cette porte. Donnez-moi vingt minutes et je vous l'ouvre sans déclencher l'alarme.

L'informaticien avait sorti sa trousse d'outils sophistiqués et s'apprêtait à se mettre au travail, mais la jeune fille haussa les épaules.

— Nous sommes pressés, Ratnet.

Posant sa main contre le mur métallique contigu à la porte, elle ferma les yeux et se concentra quelques secondes. Un large trou circulaire de deux mètres de diamètre apparut alors autour de sa main.

Jeff s'étonna :

— Tu l'as désintégré sans émettre de lumière !

— Oui, j'ai réabsorbé les photons émis par la désintégration. C'était un peu plus difficile, mais je contrôle presque parfaitement mes pouvoirs. Pas de lumière, pas de bruit, pas de chaleur et pas de vibrations. Je ne pense pas qu'ils aient pu détecter ça.

Ratnet fit la moue.

— Sauf s'ils avaient placé un capteur de pression ou de température qui aurait immédiatement été déclenché par le trou donnant sur l'extérieur. Mais c'est peu probable. Ce mur est fait du même alliage que les vaisseaux spatiaux. Un chalumeau laser ne l'aurait pas entamé et vous l'avez désintégré ! Je comprends pourquoi le CES et la Flotte veulent absolument vous remettre la main dessus.

Ils entrèrent dans le conduit sombre aux parois lisses et se laissèrent descendre lentement avec leurs ceintures antigrav.

Flamen s'avisa soudain :

— Et l'ascenseur ? Comment ferons-nous pour passer au-dessous ?

Ratnet la rassura :

— Il y aura sans doute un espace suffisant pour passer entre la cabine et l'une des parois.

Mais quelques minutes plus tard, ils constatèrent malheureusement que l'ascenseur qui montait à leur rencontre occupait entièrement le conduit. Réagissant rapidement, Flamen fit signe à ses compagnons de la suivre et... s'enfonça dans l'une des parois, désintégrant la matière pour creuser une cavité suffisante où ils s'entassèrent tous les trois, regardant passer la cabine en poussant un même soupir de soulagement.

Stone retint soudain la jeune fille qui chancelait.

— Flamen ! Tu ne dois pas utiliser tes pouvoirs, tu risques d'épuiser ton énergie.

Elle le rassura en souriant bravement.

— Je mourrai de toute façon si nous échouons. Il faut à tout prix que je retrouve cette planète et que j'y sois lors de l'éclipse. Continuons, l'ascenseur ne nous gêne plus.

Ils reprirent leur descente et Ratnet commenta :

— Nous avons tout de même eu beaucoup de chance. Nous étions au niveau du troisième sous-sol, et Flamen a creusé un trou dans la paroi rocheuse. Mais si elle avait fait ça au-dessus du rez-de-chaussée ou si elle avait percé le mauvais mur, le trou aurait été repéré. Espérons que nous ressortirons aussi facilement.

Arrivés au vingtième sous-sol, ils constatèrent sans surprise que c'était le dernier, et Ratnet leur expliqua que l'ascenseur réclamait une carte d'accès pour descendre à ce niveau.

224

La première fois, il avait dû démonter une partie du mécanisme de l'ascenseur, mais cette fois il n'avait qu'à déconnecter les alarmes avant d'ouvrir la porte.

Malheureusement un soldat montait la garde devant l'ascenseur. Il ouvrit la bouche pour crier... et la referma en poussant un léger râle, un couteau de cristal planté dans sa poitrine, la lame acérée ayant traversé sa veste de protection. Il s'écroula sans bruit, et Stone récupéra son couteau avant de jeter la sentinelle dans le puits de l'ascenseur dont la porte se referma.

Il fit signe à ses compagnons de mettre leurs lunettes à vision radar, puis activa le système de champ d'invisibilité pris aux pirates. Les trois intrus devinrent aussitôt invisibles et parcoururent silencieusement le couloir. Ils croisèrent des patrouilles qui les frôlèrent sans les voir, avant d'entrer dans la salle de l'ordinateur.

Elle était gardée en permanence par trois soldats du CIEF. Stone comprit qu'il leur fallait les éliminer pour avoir accès à l'ordinateur. Profitant de son invisibilité, il lança l'un de ses couteaux avec précision, visant la gorge du plus proche des trois hommes. Mais le couteau rebondit et tomba au sol avec un tintement. Le pilote retint un juron de dépit en comprenant que les gardes avaient des boucliers personnels.

Intrigué par le bruit, le soldat se baissa, ouvrant des yeux ronds en découvrant le couteau surgi de nulle part. Mais il n'eut pas le temps de s'interroger. Tirant un autre couteau de sa ceinture, Jeff l'avait enfoncé très lentement dans le dos du garde, trop lentement pour que le bouclier réagisse en repoussant l'attaque. L'homme s'écroula avec un gémissement qui attira l'attention de ses deux collègues, mais ils ne purent le voir, la victime de Stone se trouvant elle aussi dans le champ d'invisibilité.

En revanche Flamen et Ratnet étaient maintenant visibles. Les commandos du CIEF pointèrent aussitôt leurs plass sur ces intrus. La jeune fille lança deux éclairs sur les soldats, les désintégrant malgré leurs boucliers personnels avant qu'ils aient le temps de tirer.

Stone coupa son générateur d'invisibilité et ordonna à ses compagnons de mettre en marche leurs propres boucliers, craignant que d'autres gardes surviennent. Mais il n'y avait apparemment pas de caméras de surveillance dans la salle de l'ordinateur et Ratnet put s'installer devant la console et commencer à pianoter.

Voyant qu'ils ne pouvaient pas aider l'informaticien, Stone et Flamen se mirent en faction devant la porte, montant la garde en priant pour que Ratnet se dépêche.

Mais le pirate informatique se rendit rapidement compte qu'il ne serait pas facile de cracker le système de protection de l'ordinateur. Comprenant que contourner le code d'accès lui prendrait des heures, il démonta carrément l'appareil en découpant un panneau au chalumeau-laser. Il entreprit ensuite d'étudier ses entrailles pour relier les puces de données à l'ordinateur portable qu'il avait apporté.

Intéressés par le démontage de l'ordinateur central du CES, Stone et Flamen ne virent pas approcher les premiers soldats et sursautèrent lorsque des impacts de laser frappèrent leurs boucliers personnels.

Se ressaisissant aussitôt ils tirèrent leurs plass et ripostèrent, mais comme les hommes du CIEF étaient plus nombreux et avaient eux aussi des boucliers, ils durent se mettre à couvert en refermant la porte blindée, qui était malheureusement le seul accès à la pièce.

— Dépêche-toi, Ratnet ! Nous sommes repérés !

Jetant un coup d'œil distrait par-dessus son épaule, l'informaticien se replongea dans le programme de son propre ordinateur qui venait de se connecter sur les puces de données du CES.

— J'ai sans doute déclenché une alarme en ne donnant pas le mot de passe. Retenez-les encore quelques minutes, le contenu de ces fichiers est crypté…

Stone regardait avec angoisse la porte blindée fondre sous les tirs de laser qui la martelaient. Un trou s'ouvrit en haut et un petit objet sphérique traversa l'ouverture pour rebondir dans la pièce. Les réflexes du pilote lui permirent de rattraper la grenade au vol et de la relancer avec précision par le trou.

Une explosion assourdie retentit de l'autre côté de la porte et un gaz orangé commença à pénétrer dans la pièce.

— Du gaz ! s'écria Flamen en reculant, imitée par Jeff qui constata :

— Heureusement il est très volatil, c'est du IC-13, un gaz incapacitant qui agit par contact avec la peau, reconnaissable à sa couleur orangée. Il se dissipe déjà, nous ne risquons rien. Par contre, nos amis de l'autre côté…

Stone dut mettre toute sa force pour rouvrir la porte déformée par la chaleur des lasers, mais constata qu'effectivement les soldats gisaient au sol, inanimés, victimes de leur propre gaz. Leurs boucliers personnels, mis au point pour stopper des projectiles et des rayons laser, n'avaient pas pu les protéger. Mais le gaz s'était dissipé et d'autres soldats ne tarderaient pas à les remplacer.

— Ratnet ! Nous devons repartir ! Tu en as encore pour longtemps ?

— Il me faudra environ trois heures pour décrypter ce code…

— Quoi ? s'inquiétèrent ensemble Stone et Flamen.

— … mais rassurez-vous : j'ai trouvé le dossier « Mutants » et je l'ai copié sur mon ordi. Juste le temps de leur laisser un petit virus de ma création en souvenir et on peut s'en aller. J'obtiendrai vos informations, faites-moi confiance, mais retournons d'abord sur le *Phénix*. S'ils me reprennent une seconde fois, ce ne sera pas Tikan 2 mais la désintégration, comme vous deux !

Serrant son précieux ordinateur portable contre lui, il rejoignit ses compagnons et tous trois retournèrent à l'ascenseur à l'abri du champ d'invisibilité, croisant dans les couloirs des groupes d'hommes du CIEF courant vers la salle de l'ordinateur, passant à côté des intrus sans les voir.

Ratnet allait démonter le panneau de l'ascenseur pour en ouvrir les portes quand la cabine s'immobilisa à leur niveau, déversant un nouveau groupe de soldats affolés. Toujours invisibles, Flamen et ses compagnons se plaquèrent contre le mur pour les laisser passer, puis montèrent dans l'ascenseur avant que les portes se referment.

— Il ne nous reste plus qu'à monter sur le toit pour repartir, commenta Stone.

Ratnet le détrompa :

— Ce n'est pas si simple. En cas d'alerte, cet ascenseur ne peut que faire la navette entre l'étage où une anomalie a été détectée et le rez-de-chaussée où se trouvent les quartiers des commandos d'élite.

Devant l'étonnement de ses compagnons, il expliqua :

— Je m'en suis rendu compte quand j'ai piraté le système électronique à ma première visite.

— Alors nous allons nous jeter dans la gueule du loup ! Même si nous sommes invisibles, les commandos nous remarqueront lorsqu'ils voudront se tasser dans l'ascenseur, lui reprocha Stone.

— Désolé, je n'y avais pas pensé. Mais ils ne pourront de toute façon pas nous voir : ils deviendront aveugles en entrant dans le champ d'invisibilité. Avec nos lunettes radar, nous aurons l'avantage.

— Peut-être, mais nous aurons du mal à remonter sur le toit pour reprendre le furtif. J'ai une meilleure idée, mettez en marche vos ceintures antigrav, ordonna Flamen.

Ratnet et Jeff obéirent et virent alors la cabine de l'ascenseur se volatiliser autour d'eux.

Coupant son générateur de champ d'invisibilité, Stone attira la jeune fille dans ses bras en la grondant gentiment :

— Flamen, promets-moi de ne plus utiliser tes pouvoirs. Sans ta ceinture antigrav, tu ne tiendrais plus debout !

Elle avoua :

— Désintégrer l'ascenseur m'a épuisée, mais j'ai encore assez d'énergie pour tenir une ou deux semaines. Dès que nous aurons résolu mon problème, je te promets d'oublier mes pouvoirs et de me conduire comme une femme normale.

La jeune fille l'embrassa et Jeff protesta en souriant :

— Surtout pas ! C'est Flamen la mutante que j'aime. Je ne veux pas d'une femme normale !

Ils allaient s'embrasser à nouveau mais une toux discrète les fit se retourner vers Ratnet.

— Hem… Désolé de vous ramener à des choses bassement matérielles, mais nous sommes suspendus dans le vide au milieu d'une cage d'ascenseur, dans le bâtiment le mieux gardé de la base la plus sécurisée de la Flotte, avec tout le CIEF à notre recherche. Je pense qu'on devrait partir d'ici au plus vite !

Un peu gênés, les deux amoureux se rendirent à ses arguments et tous trois regagnèrent le toit où le *Shadow* les attendait. Ils quittèrent la base aussi discrètement qu'ils s'y étaient posés et les hommes du CIEF mirent plusieurs jours avant d'abandonner les recherches : malgré le trou dans le toit, ils ne pouvaient admettre qu'un vaisseau ait pu se poser au milieu de la base 17 de la Flotte et en repartir sans être remarqué.

Quant aux informaticiens du CES, ils certifièrent qu'aucun pirate ne pouvait réussir à s'introduire dans leur système de sécurité. Mais quand tous les ordinateurs du CES de la galaxie cessèrent brusquement de fonctionner et que leurs écrans indiquèrent : « L'empereur Ratnet, maître des ordinateurs, vous souhaite une bonne journée ! », ils durent admettre leur erreur…

Le *Shadow* avait regagné la soute du *Phénix* sur Pluton et Ratnet tentait de décrypter le dossier « Mutants » qu'il avait copié de l'ordinateur du CES sur le sien. Sentant les regards anxieux de Stone et Flamen sur lui, il pianotait si vite sur son clavier qu'ils avaient du mal à suivre les mouvements de ses doigts.

Enfin il perça le code utilisé pour crypter le dossier. Cela ne lui prit que quelques minutes de plus pour inverser le procédé et accéder aux informations qu'il contenait. Il jeta un œil à sa montre et s'exclama fièrement :

— Deux heures et cinquante-trois minutes. Comme vous pouvez le constater, j'ai tenu parole : je l'ai décodé en moins de trois heures ! Alors, qu'en dites-vous ?

— Que ce n'est pas la modestie qui t'étouffe ! se moqua Stone en lui assénant une claque dans le dos.

Flamen embrassa l'informaticien sur la joue en s'écriant :

— Monsieur Ratnet, vous êtes un génie !

Il se mit à rire.

— Vois-tu, Stone, si j'étais aussi modeste que génial, je travaillerais sans doute pour le CES, ce qui aurait été extrêmement ennuyeux pour vous !

À contrecœur, le pilote admit :

— D'accord, tu es le meilleur informaticien de la galaxie et malheureusement tu en es conscient. Voyons ce qu'on peut tirer de ce dossier...

Ils se penchèrent sur l'écran et constatèrent que Flamen n'était pas la seule mutante fichée par le CES : chaque cas était étudié et détaillé dans un fichier distinct. Quand ils eurent trouvé celui qui concernait la jeune fille, ils le lurent avidement mais constatèrent avec consternation que Stone et Flamen en savaient plus sur les pouvoirs de la jeune fille que les savants responsables de sa mutation. Quant au projet Anti-Matière, les noms, les lieux et les dates qui s'y rapportaient étaient codés.

— Ratnet, tu peux déchiffrer ça ? La planète que nous cherchons, celle où est née Flamen, porte le nom de Pandora dans ce fichier, mais il n'y a aucun système de ce nom dans l'ordinateur de navigation.

Embarrassé, le pirate informatique expliqua :

— On ne peut pas décoder ça, ce n'est pas un code informatique. Quand certaines informations doivent absolument rester secrètes, on remplace les noms par d'autres qui leur correspondent dans l'esprit de ceux qui connaissent le code. Ainsi le véritable nom n'est écrit nulle part. Le seul moyen de trouver à quelle planète correspond Pandora, c'est de le demander à l'une des personnes qui travaillent au projet AM. Mais je doute que les savants du CES vous renseignent bien gentiment.

— Alors nous avons fait tout ça pour rien ? Je... je vais mourir...

Flamen semblait sur le point de fondre en larmes, mais Stone la serra fortement contre lui en décidant :

— Non, ma chérie, tu ne mourras pas, je te le promets. S'il le faut, je torturerai moi-même le directeur du CES pour obtenir le nom de la planète que nous cherchons. Sois forte, Flamen, et ne perds pas courage.

Elle se ressaisit et l'embrassa tendrement en murmurant :

— Merci, Jeff. Je tiendrais le coup pour toi. Si nous pouvions retrouver le docteur Ganthe, il se montrait gentil avec moi quand j'étais petite, je pense qu'il nous dirait où est Pandora sans faire de difficultés.

À ces mots, Ratnet éclata soudain de rire.

Devant ses amis interloqués, il demanda :

— Tu as dit : « Ganthe » ?

Mortifiée, Flamen répondit :

— Oui, mais je ne vois pas ce qu'il y a de drôle. Si c'était vous qui étiez en train de mourir, je ne pense pas que vous auriez le cœur à rire.

— Excusez-moi, mais vous avez traversé la galaxie pour m'arracher à la prison la plus surveillée, pour ensuite la retraverser pour m'introduire dans la base la mieux défendue. J'ai piraté le plus sophistiqué des ordinateurs de la Terre pour obtenir le nom d'une planète qui n'y était pas et maintenant vous me dites que le docteur Ganthe sait où elle se trouve ?

— Parce que vous connaissez le docteur Ganthe ? devina Flamen.

— Si je le connais ? Quand vous êtes venus me chercher sur Tikan 2, je vous ai parlé d'un médecin. Il a été envoyé sur la planète pénitentiaire parce qu'il refusait de participer aux expériences ordonnées par le CES. C'était le docteur Ganthe !

Flamen et Stone se mirent à rire à leur tour. Soulagé de voir l'espoir revenir sur les traits de sa compagne, le pilote poussa un soupir résigné.

— Bon, on retourne sur Tikan 2. C'est sans doute le dernier endroit où la Flotte nous cherchera après le piratage de l'ordinateur du CES !

Chapitre XVIII

— Je suis dingue ! marmonna Ratnet.

— Qu'est-ce que tu racontes ? demanda Stone.

— Je suis dingue ! répéta-t-il. C'est la seule explication logique à ma présence dans ce foutu vaisseau. Je me suis fait prendre devant l'ordinateur central du CES et je me suis retrouvé sur Tikan 2, à l'âge des cavernes. À peine évadé, je retourne à l'ordinateur du CES. Comme cette fois-ci je ne me fais pas prendre, je reviens de moi-même sur Tikan 2 !

Le pilote réprima un sourire comme le *Shadow* s'éloignait du *Phénix* caché dans la ceinture d'astéroïdes de Tikan. Il avait proposé au pirate informatique de le déposer sur la plus proche station, mais celui-ci avait refusé, expliquant qu'il s'était engagé à obtenir pour Stone et Flamen le nom de la planète natale de la jeune fille et qu'il ne pouvait donc pas les laisser tomber tant que sa mission n'aurait pas été remplie. D'autre part sa connaissance de la planète pénitentiaire lui permettrait de retrouver plus facilement le docteur Ganthe.

Flamen sourit à son tour.

— Moi aussi je dois être folle : j'ai mis dix-sept ans à échapper aux savants fous et au laboratoire du CES où l'on me traitait comme un cobaye et je veux absolument retourner là-bas !

Ratnet ricana :

— Et bien évidemment, c'est le pilote le plus cinglé de la galaxie qui est aux commandes !

Ils éclatèrent de rire tous les trois, mais Stone secoua la tête et déclara gravement :

— Non, je ne suis plus cinglé. Les défis impossibles que je relevais, c'est terminé depuis que je suis amoureux de Flamen.

La jeune fille rougit en prenant la main du pilote, mais l'hilarité de Ratnet ne fit qu'augmenter :

— Amoureux ? Mais alors tu es encore plus fou qu'avant ! Un fou amoureux fou… Laissez-moi sortir de cet appareil ! s'écria-t-il.

Mais Stone et Flamen ne l'écoutaient pas, trop occupés à s'embrasser.

Le chasseur furtif se posa au même endroit que la première fois, Ratnet préférant que les habitants du petit village ignorent la présence du vaisseau sur Tikan 2.

— La plupart d'entre eux se sont habitués à leur nouvelle vie, mais n'oubliez pas que ce sont tous d'anciens criminels. Il vaut mieux ne pas les tenter, ils pourraient nous tuer pour voler le *Shadow*.

— Avec nos boucliers et nos plass, je doute qu'ils y parviennent, dit Stone, voyant que Flamen frissonnait.

Elle lui avoua :

— Ce sont les sauvages qui me font peur, Jeff. J'espère que nous n'en reverrons pas.

Ratnet hocha la tête.

— Oui, ces épaves humaines ne s'intéresseraient pas au vaisseau, mais nous tueraient pour nous manger. Mais avec nos ceintures antigrav, nous pouvons voler jusqu'au village sans avoir à les combattre.

Mais quand ils parvinrent au-dessus du village, ils constatèrent avec inquiétude qu'il semblait désert. Il n'y avait pas de sentinelles aux postes de guet.

— Mais où sont-ils tous passés ? s'étonna Ratnet.

— Il y a quelqu'un ? cria Flamen. Docteur Ganthe ?

Les cris de la jeune fille firent sortir de leurs cabanes une vingtaine de villageois qui semblèrent mal à l'aise en reconnaissant Ratnet. L'informaticien interpella l'un des hommes qui étaient chargés de monter la garde :

— Yvan ! Pourquoi n'es-tu pas à ton poste ? Vous rendez-vous compte que les sauvages pourraient vous attaquer ? Que s'est-il passé ici ?

— Les hommes des plaines sont venus il y a trois jours, mais ils ne voulaient pas nous attaquer. Ils savaient que nous avions un médecin et nous ont apporté de la nourriture en échange de ses services. Nous ne voulions pas qu'il y aille, mais Ganthe pensait que c'était l'occasion d'obtenir la paix avec les sauvages. Il les a accompagnés après qu'ils aient promis de ne plus nous attaquer.

— Et vous les avez crus ? C'est pour ça qu'il n'y a plus de guetteurs ? s'indigna Ratnet.

L'un des hommes murmura :

— Eh bien… Nous nous sommes dits que ça n'était plus la peine. Puisque la paix est revenue…

Stone secoua la tête, désabusé.

— Si les sauvages vous croient plus forts qu'eux, ils vous craindront et vous laisseront en paix. Mais ils risquent de vous attaquer dans le dos au moindre signe de faiblesse.

— Pourtant le docteur Ganthe nous a dit que ce n'était plus la peine de nous cacher derrière notre palissade.

— Ganthe a eu tort ! rétorqua Ratnet.

Comme pour lui donner raison, une volée de flèches s'abattit dans le village. L'un des hommes s'écroula en hurlant, une flèche plantée dans la poitrine, tandis qu'une autre rebondissait sur le bouclier de Flamen sans la blesser.

Des cris de guerre retentirent derrière la palissade que des sauvages commençaient à escalader. Tandis que Ratnet donnait des ordres aux villageois, Stone et Flamen s'élevèrent au-dessus de la palissade à l'aide de leurs ceintures antigrav et tirèrent sur les assaillants avec leurs plass. Quand l'informaticien se joignit à eux, les hommes des plaines hésitèrent devant ces trois humains volants qui lançaient des traits de feu et sur lesquels les flèches rebondissaient.

Ils étaient trop nombreux pour que trois lasers puissent tous les arrêter et Flamen se demandait si elle devait ou non utiliser ses pouvoirs, mais heureusement les villageois s'étaient ressaisis, prenant leurs armes pour repousser les envahisseurs.

Quand les sauvages s'enfuirent, après avoir tué une quinzaine d'hommes du village de Ratnet, l'informaticien toisa ses anciens amis avec mépris.

— J'espère que cela vous servira de leçon : vous n'aurez la paix que si les hommes des plaines vous craignent. De quel côté ont-ils emmené le docteur ?

Un vieil homme désigna une direction.

— Par-là, dans la forêt à l'est. Mais ils l'ont sans doute tué…

Voyant les trois amis se préparer à s'en aller, il implora :

— Vous n'allez pas partir ? Nous avons besoin de vous pour nous protéger.

Ratnet secoua la tête.

— Vous n'avez pas besoin de nous mais de *vous*, de tous les habitants. Je vous ai aidés à construire ce village et je vous ai montré comment le défendre contre les sauvages. Et dès que je m'absente, vous abandonnez les plus élémentaires règles de sécurité. Débrouillez-vous !

Sur ces mots, il s'envola vers l'est et Stone et Flamen le suivirent.

Le pilote commenta :

— Tu as été dur avec eux.

— Je l'étais encore plus quand j'étais leur chef. Je me suis efforcé de leur apprendre à survivre. Pourtant je n'étais qu'un informaticien, pirater des ordinateurs ne m'avait pas préparé à me battre avec un arc ou une lance. Mais j'étais décidé à m'en sortir. Le plus dur a été de ne pas avoir d'ordinateur sous la main. Si vous n'étiez pas venus me récupérer, j'aurais fini par devenir fou et par rejoindre les sauvages.

Flamen se taisait depuis un moment, et Stone remarqua son air sombre. Il lui prit tendrement la main, et elle murmura avec angoisse :

— Jeff… S'ils ont tué le docteur Ganthe… Je serai condamnée…

— Garde l'espoir, ma petite mutante. Dans ce cas nous arracherons le nom de cette planète au directeur du CES, mais tu ne mourras pas, je te le promets.

Dans la forêt, ils ne tardèrent pas à retrouver les traces des sauvages. Leur attaque massive ayant été repoussée, ils avaient quitté les abords de la forêt pour s'y enfoncer profondément par peur des représailles. Les trois amis finirent par trouver une petite clairière où les restes d'un campement étaient visibles. Il était abandonné, les sauvages n'ayant laissé que le corps d'un homme pendu par les pieds à une branche d'arbre. Le reconnaissant, Flamen se précipita.

— Le docteur Ganthe !

En approchant du corps, ils constatèrent qu'il avait reçu trois flèches. Mais le médecin était encore vivant et ouvrit les yeux en entendant la voix de la jeune fille.

— Flamen ?

Ratnet et Stone détachèrent Ganthe et le déposèrent au sol avec précaution, mais l'homme était en train de mourir.

L'ex-chef du village lui demanda :

— Pourquoi, docteur ? Vous auriez dû vous douter que ça se passerait comme ça.

— Oui, mais j'espérais… Enfin, je ne regrette pas d'être venu chez eux. L'une des femmes de ces sauvages était enceinte, sans moi elle serait morte et son enfant également. J'ai sauvé deux vies.

— Et vous croyez vraiment que la vie de deux de ces sauvages qui se mangent entre eux valait la vôtre ?

— Oh oui ! Sachez que ces hommes ne s'entre-dévorent pas comme vous semblez le croire. Ils ont régressé et pour eux les villageois sont une espèce animale différente de la leur. Mais ils se sont mieux adaptés à leur nouvelle vie que nous. Quand à ma vie, Flamen est là pour me rappeler mes crimes. Puisses-tu me pardonner mes fautes, mon enfant.

La jeune fille se pencha sur le mourant et lui prit la main. Les larmes roulant sur ses joues, elle sanglota :

— Je vous pardonne, docteur Ganthe. Vous êtes le seul à vous être montré gentil avec moi. Mais je dois retourner sur Pandora ou je mourrai d'ici quelques jours. Comment s'appelle réellement la planète du projet AM ?

— Attends de savoir ce que j'ai fait avant de me pardonner. Cette maudite planète est répertoriée sous le nom de Migel 5. Lorsque j'y ai été affecté, je pensais qu'une grande carrière s'ouvrait devant moi. Quand j'ai lu les rapports des expériences précédentes, j'ai été stupéfié en apprenant qu'ils utilisaient des cobayes humains. Tous ceux qui avaient été enfermés dans la sphère à antimatière avaient été désintégrés.

Cela aurait dû choquer ma conscience, mais c'est moi-même qui ai fait remarquer que nous pourrions essayer avec une femme enceinte pour voir si le corps de la mère protégerait le fœtus. C'était une plaisanterie stupide, il n'y avait pas de raison de croire que cela changerait quelque chose : jusqu'alors, tout ce qui avait été introduit dans la chambre de confinement de l'antimatière avait été annihilé. Métaux, roches, végétaux, animaux, humains… Ce mélange matière-antimatière, que nous nommions « antimatière bêta », restait stable quelques minutes mais détruisait absolument tout et on ne pouvait pas le stocker.

Mais les responsables du projet m'ont pris au mot et ont décidé de réaliser l'expérience que j'avais proposée sans réfléchir. Ils m'ont promis la gloire et la fortune si je réussissais et… j'ai perdu mon âme. J'ai demandé une femme enceinte de presque neuf mois au moment de l'éclipse. Ils m'ont donné tes parents, Flamen. Je les ai tués…

Quand tu as survécu, j'ai sans doute été le plus étonné et les gens du CES m'ont donné carte blanche pour t'étudier. Mais petit à petit l'innocence de l'enfant que tu étais m'a fait prendre conscience de mes actes. J'ai tenté de me racheter en veillant sur toi. Mais je m'étais attiré la jalousie de Traden qui enviait ma réussite, alors que j'en avais honte. Personne ne semblait avoir conscience que nous étions des assassins, que nos cobayes étaient des êtres humains comme nous… Mes remords et mon affection pour toi ont fini par déplaire aux dirigeants du CES qui voulaient uniquement des résultats.

J'ai été envoyé ici, sur Tikan 2, pour étudier la régression des sauvages. C'était une façon commode de se débarrasser de moi sans mécontenter les savants qui me connaissaient. Mais mes anciens collègues m'auraient disséqué vivant comme n'importe lequel de leurs cobayes de laboratoire si on le leur avait demandé. Les véritables mutants, les monstres, c'étaient nous. Nous avions perdu notre humanité au nom de la science. Tu veux retourner là-bas parce que tu as besoin d'antimatière bêta, n'est-ce pas ?

Flamen hocha la tête.

— Oui.

— Tu dois avoir de grands pouvoirs. Tu es capable de contrôler l'énergie que tu possèdes ?

La jeune fille hocha la tête à nouveau et Ganthe poursuivit :

— Alors tu dois détruire le laboratoire de Migel 5 et tuer les chercheurs qui y travaillent pour que cessent leurs abominations. Mais hâte-toi car l'éclipse est sans doute proche.

— Nous le ferons, assura Flamen. Et je vous pardonne la mort de mes parents et d'avoir fait de moi une mutante, docteur Ganthe. À mes yeux, vous avez racheté vos fautes.

Le vieux médecin sourit, puis tourna la tête et mourut.

Après avoir enterré Ganthe, les trois amis reprirent le chasseur furtif, retournant au *Phénix* sans rencontrer de problème, les chasseurs automatisés gardant la planète pénitentiaire ne pouvant pas détecter le *Shadow*.

Ratnet avait calculé la date de l'éclipse en utilisant les données du fichier récupéré dans l'ordinateur du CES.

— Voilà : tu as le temps d'aller refaire le plein du cargo et du chasseur chez Joker avant d'aller sur Migel 5. Si ça ne vous ennuie pas, je resterai à Jok'Rock.

— Entendu, approuva Stone. Tu as rempli tes engagements au-delà de nos accords et la Flotte protégera sans doute un aussi important centre de recherches.

Flamen s'étonna :

— Vous ne voulez pas nous accompagner, monsieur Ratnet ? Nous avons pourtant une belle bagarre en perspective !

— Justement, très peu pour moi ! Contrairement à ce que vous pourriez croire, je ne suis pas un aventurier, moi. M'introduire dans la base la mieux gardée de la Flotte pour pirater l'ordinateur central du CES représentait un défi, mais maintenant tout ce que je désire, c'est un peu de calme, chez moi, avec mes ordinateurs. Je pourrai ainsi étudier en détail ce dossier « Mutants » que j'ai récupéré.

Quelques jours plus tard, le *Phénix* quittait Jok'Rock avec Stone et Flamen à son bord.

Mettant le cap sur Migel 5, le pilote s'écria :

— Allons conquérir ta planète natale, Flamen.

— Jeff… Je…

— Qu'y a-t-il, ma chérie ? Tu ne te sens pas bien ?

— Si, enfin… J'ai un peu peur de retourner là-bas.

— Moi non plus, je ne suis pas tellement rassuré. Après ces années de désespoir, j'ai enfin retrouvé l'amour et nous fonçons tout droit dans la gueule du loup. Mais je connais un excellent remède contre la peur…

Le cargo venant de passer dans l'hyperespace, Stone relâcha les commandes et attira la jeune fille contre lui pour l'embrasser tendrement.

Chapitre XIX

— Migel 5 ! annonça Stone.

Le cargo venait d'émerger hors de l'hyperespace à proximité de la cinquième planète du système Migel.

— Tu es sûr que c'est dans ce système que je suis née ? s'inquiéta Flamen.

Le pilote hésita un instant, une secousse soudaine secoua alors le cargo. Les voyants d'alerte clignotèrent et l'ordinateur indiqua que le bouclier venait d'absorber l'explosion d'un missile. Les scanners identifièrent trois croiseurs et deux porteurs qui commençaient à lancer leurs escadrilles de chasseurs. Tous les vaisseaux ennemis se trouvaient entre le *Phénix* et la cinquième planète.

Comme le voyant de communication clignotait, Jeff soupira :

— Il n'y a plus le moindre doute. Avec un pareil comité d'accueil, non seulement nous sommes au bon endroit, mais en plus nous étions attendus ! Heureusement que j'ai l'habitude de sortir de l'hyperespace avec mes boucliers levés !

Il pressa la commande de l'écran de communication et ce fut sans surprise qu'ils reconnurent le visage grave de Ghalin.

Malgré la supériorité numérique de leurs adversaires, Stone ne put s'empêcher d'ironiser :

— Encore vous, commandant ? Je suis surpris que la Flotte vous ait donné le commandement d'une nouvelle escadre après ce qui s'est passé dans le système de Keval et les dégâts infligés à ce croiseur au bouclier indestructible dont vous étiez si fier…

Ghalin se rembrunit, puis un léger sourire se dessina sur son visage.

— Vous ne perdrez donc jamais une occasion de bafouer les règlements et de vous moquer des autorités. C'est dommage, vous auriez pu faire un officier remarquable si vous vous étiez engagé dans la Flotte. Peut-être qu'une discipline stricte aurait tempéré vos coups de tête excessifs… Pour votre information, sachez que je ne suis plus que capitaine et que je vous dois une fois de plus d'être dégradé, ce qui n'est pas fait pour me mettre dans de bonnes dispositions à votre égard. D'autre part, c'est toujours le général Curtis qui commande l'escadre, du moins ce qu'il en reste après le piège que vous nous aviez tendu sur Keval.

— Tiens, Curtis n'a pas été dégradé, lui ?

Ghalin s'empourpra et répondit en faisant un effort pour masquer son dépit :

— Non, les autorités ont conclu que le général n'avait commis aucune faute et que vous aviez seulement profité d'une circonstance heureuse pour vous enfuir. Mais je sais que vous êtes responsable de l'explosion de Keval. Curtis a été également félicité pour avoir anéanti la Confrérie des Pirates de Khashak, même si le mérite vous en revient en partie.

C'était astucieux de votre part de faire s'affronter vos ennemis pendant que vous preniez la fuite. J'ai eu tort de vous poursuivre seul, j'ai bien cru que ma carrière était finie quand j'ai ramené avec difficulté ce qui restait du *Titan* à la plus proche station spatiale. Mais l'état-major m'a laissé une dernière chance de prendre ma revanche sur vous.

D'après ce que l'on m'a rapporté, vous avez pénétré sur la base 17 de la Flotte et piraté l'ordinateur central du CES. Les informaticiens du CES ont deviné que c'était vous qui aviez accompli cet exploit et que vous utiliseriez leurs données pour venir ici où se trouve l'un de leurs laboratoires ultrasecrets. Il nous a suffi de vous y attendre.

Le missile que nous vous avons lancé n'était qu'un avertissement. Mais si vous ne vous rendez pas, nous serons contraints de vous détruire. La Flotte veut savoir comment vous avez pu vous introduire sur la base 17. Si vous nous remettez votre vaisseau et que vous nous expliquez comment vous avez fait ce tour de passe-passe, vous aurez la vie sauve.

— Et Flamen ? s'enquit sèchement Stone.

— Le CES pense que cette mutante est trop dangereuse et incontrôlable. Nous avons ordre de la détruire par tous les moyens. Si vous vous rendez, éjectez-la dans une capsule de survie, nous la détruirons dans le vide de l'espace et je doute qu'elle puisse survivre malgré ses pouvoirs. Si vous vous obstinez à la protéger, nous serons forcés de détruire votre cargo. La partie est finie, capitaine Stone. Admettez votre défaite. Vous ne pouvez pas combattre trois croiseurs et deux escadrilles de chasseurs avec votre cargo modifié. Vous avez une minute pour prendre votre décision.

Le pilote coupa la communication et Flamen s'informa :

— Est-ce qu'on peut repasser dans l'hyperespace avant qu'ils puissent nous abattre ?

— Je pense que oui, mais il faut absolument que tu ailles sur la planète pour récupérer de l'antimatière bêta. Si nous ratons l'éclipse, il te faudra attendre plus de dix-sept ans avant la suivante.

— Tant pis, Jeff. Au moins tu ne mourras pas. De toute façon nous ne savons même pas si subir à nouveau l'expérience me sauverait ou me tuerait. L'ordinateur a identifié la petite lune responsable de l'éclipse. D'après ses calculs, elle sera en position entre le soleil et Migel 5 dans environ vingt-sept heures.

— Alors nous devons vaincre la Flotte, atterrir et prendre le contrôle du laboratoire avant la fin de ce délai. Tu te souviens comment on utilise les missiles du *Shadow* ?

— Oui, mais… tu es fou. Nous n'avons aucune chance, même avec le furtif. Je ne veux pas que tu meures, Jeff.

— Moi non plus, je ne veux pas que tu meures, Flamen. Alors nous devons gagner !

Il l'attira contre lui pour l'embrasser, puis la repoussa fermement vers la sortie du cockpit. Les yeux dans les yeux, la jeune fille retint l'envie qu'elle avait de se jeter au cou de Stone et de sangloter.

Son regard se fit aussi dur que celui de l'aventurier qu'elle aimait et elle déclara fermement en esquissant un salut militaire :

— On va gagner, mon capitaine !

Tournant les talons, elle s'engagea en courant dans les coursives, vers la soute contenant le chasseur furtif.

Sentant le pilote inquiet, Pik vint se poser sur son épaule et l'encouragea d'un « Craaâ ! » retentissant.

— Oui, matelot, on va gagner, murmura Stone.

Il réactiva la communication avec le *Destin* commandé par le capitaine Ghalin qui arbora un sourire moqueur.

— Vous reconnaissez enfin votre défaite, capitaine ?

Feignant l'étonnement, Jeff se moqua :

— Abandonner ? Un joueur n'abandonne pas la partie alors qu'il lui reste un atout maître dans sa manche ! Vous savez maintenant que vous êtes du mauvais côté. Nos précédents affrontements auraient dû vous faire comprendre que la justice finit toujours par triompher.

Voyant le *Phénix* accélérer et sortir ses canons laser en se mettant en position d'attaque, Ghalin tenta une dernière fois de le raisonner :

— Ne faites pas l'idiot, Stone. Vous n'êtes pas naïf au point de croire que la justice céleste vous protège ?

— Quand même pas. Mais moi je sais pourquoi je me bats. Vous, vous vous contentez d'obéir aveuglément à des ordres injustes.

Stone coupa la communication et fonça vers le plus proche croiseur sur lequel il ouvrit le feu. Un signal l'avertit que Flamen était aux commandes du *Shadow*, prête à décoller. Tout en arrosant consciencieusement de lasers la poupe du croiseur, il abaissa son bouclier arrière et ouvrit la soute pour que Flamen puisse sortir, puis releva le bouclier.

Lorsqu'il vira pour éviter le croiseur, de nombreux rayons le frappèrent, mais son adversaire était trop proche pour verrouiller ses missiles sur le cargo et sa masse le protégeait du reste de l'escadre.

Malgré ses quinze canons laser, le *Phénix* n'aurait pas pu venir à bout du champ de protection du croiseur avant que les chasseurs ne s'interposent, mais Flamen actionna les lasers lourds du furtif tout en lançant deux missiles.

Les deux rayons écarlates semblant surgir de nulle part frappèrent durement le bouclier arrière du croiseur qui avait renforcé son bouclier avant pour supporter l'assaut du *Phénix*, ignorant qu'il avait deux adversaires. Lorsque les deux missiles explosèrent simultanément contre le champ de force, l'énergie dégagée satura le générateur de boucliers qui se court-circuita.

Privé de bouclier arrière, le croiseur reçut de plein fouet l'impact des lasers lourds du *Shadow* qui transpercèrent la coque et atteignirent la centrale énergétique, la faisant exploser.

Stone et Flamen n'eurent que le temps d'écarter leurs appareils. Quelques débris du croiseur détruit rebondirent sur le bouclier du cargo. Flamen ne pouvait pas activer son bouclier sans révéler la présence du furtif aux senseurs de leurs ennemis, mais elle réussit à placer le *Shadow* de l'autre côté du *Phénix* pour s'abriter derrière son bouclier.

En voyant le vaisseau de Stone pivoter et piquer sur elle, elle retint un juron et évita la collision à grand peine. Maudissant mentalement Jeff, elle prit alors conscience de sa bévue : si les appareils de la Flotte ne pouvaient pas détecter le chasseur furtif, il en était de même pour le cargo. Stone ne pouvait donc pas savoir où se trouvait la jeune fille. C'était à elle de veiller à ne pas croiser la trajectoire ou l'axe de tir du *Phénix*.

Les chasseurs de la Flotte fonçaient maintenant vers le cargo qui ne pourrait soutenir bien longtemps l'assaut d'une trentaine de vaisseaux de guerre. Jeff se lança dans de multiples vrilles, changeant fréquemment de direction pour empêcher les chasseurs de verrouiller leurs missiles sur lui.

Deux missiles seulement réussirent à se verrouiller sur le vaisseau de Stone. Le pilote ne put les esquiver malgré de savantes manœuvres, mais heureusement les boucliers du *Phénix* les encaissèrent.

En revanche les boucliers des chasseurs, s'ils pouvaient supporter un combat contre d'autres chasseurs, n'étaient pas conçus pour résister aux quinze canons laser du cargo qui possédait la puissance de feu de deux croiseurs. Trompés par son apparence d'épave cabossée, deux des pilotes ne sortirent pas assez vite de l'axe de tir du *Phénix* qui les abattit en traversant l'escadrille, rompant la formation ordonnée des chasseurs. Trois autres appareils explosèrent en recevant les salves de lasers lourds du furtif, plus puissants encore que tous les canons du *Phénix* réunis.

Voyant l'explosion du premier croiseur, le général Curtis ordonna aux deux autres croiseurs de suivre l'escadrille pour attaquer le cargo tandis qu'il supervisait les opérations à bord de l'un des deux porteurs. Il fallut l'explosion des trois chasseurs pour qu'il comprenne : Stone recevait l'appui d'un chasseur furtif ! Une rumeur circulait à propos d'un prototype de cet appareil construit par le CES et volé lors des premiers essais.

Il ordonna alors aux croiseurs de pousser leurs senseurs au maximum afin de repérer l'éjection des gaz par le moteur du furtif. Une fois le vaisseau invisible localisé, il suffirait de transmettre sa position sur les écrans des chasseurs pour qu'ils puissent l'abattre, ce qui serait facile étant donné que le furtif ne pouvait pas utiliser ses boucliers qui auraient été détectés.

Le commandant de l'un des croiseurs venait de localiser le *Shadow* grace aux faisceaux laser rouges intermittents qu'il lançait et aux rejets de ses propulseurs. Il voulut transmettre son information aux chasseurs quand son bâtiment fut brutalement secoué.

Son second s'écria :

— Commandant ! Le *Destin* vient de tirer sur nous !

— Quoi ? Que fait donc cet imbécile de Ghalin ? Transmettez le vecteur du furtif et contactez le capitaine Ghalin immédiatement.

— Heu… monsieur… la secousse nous a fait perdre la trace du furtif. Il faut recommencer nos balayages de scanner.

De nouvelles secousses firent trébucher le commandant.

Le second lui signala avec inquiétude :

— Le *Destin* nous attaque délibérément, commandant. Et chaque impact sur nos boucliers brouille les senseurs. Impossible de repérer le chasseur furtif dans ces conditions.

L'officier chargé des communications s'exclama :

— Le capitaine Ghalin vient d'ouvrir un canal de communication global. Il est adressé à tous les appareils, y compris le cargo de Stone.

En voyant le *Phénix* s'attaquer seul au premier croiseur, Ghalin commenta à mi-voix :

— Il court au suicide, mais son courage est remarquable. Je l'admire, cet aventurier qui est prêt à sacrifier sa vie pour une cause juste.

Les propos de Stone lors de leurs précédents affrontements ayant semé le doute dans l'esprit de Ghalin, celui-ci s'était discrètement renseigné, se rendant compte que le CES dirigeait officieusement la Flotte et que la Fédération Planétaire feignait de l'ignorer, tout comme elle fermait les yeux sur les recherches menées par le CES.

Quand le général Curtis donna l'ordre de localiser le furtif qui donnait à Stone une chance de l'emporter, Ghalin prit sa décision et activa l'intercom pour parler à son équipage :

— Officiers et soldats servant sur le *Destin*, je dois vous annoncer un grave problème concernant notre mission. Je vais vous la résumer en quelques mots, malgré l'interdiction qui nous en a été faite par nos supérieurs, sans doute pour ménager vos consciences. Mais j'estime que vous avez le droit de connaître la vérité. Vous savez que la Flotte a été créée pour protéger notre Fédération Planétaire, c'est avec une grande fierté que je m'y suis engagé.

Mais aujourd'hui notre mission est tout autre. Le CES a fait des expériences sur des cobayes humains, créant une mutante qui a réussi à échapper à ses bourreaux. Comme elle refuse d'être un cobaye de laboratoire, ils envoient la Flotte pour tuer une jeune fille qui ne demande qu'à vivre en paix. Voilà quelle mission héroïque nous devons remplir : faire le sale travail que les tueurs du CES n'ont pas réussi à accomplir.

Il me faut choisir entre désobéir aux ordres ou oublier mon honneur d'officier de la Flotte. Équipage du *Destin*, nous allons porter secours au *Phénix* ! Que ceux qui sont loyaux au CES quittent mon croiseur à bord des navettes de secours. Avec les autres, nous nous battrons pour les véritables idéaux de la Flotte.

Les officiers du *Destin* s'étaient levés et fixaient Ghalin qui s'inquiéta :

— Remettez-vous en question mon commandement ?

Le lieutenant Allan, qui faisait partie de l'équipage de Ghalin depuis plusieurs années, secoua la tête.

— Non, *amiral*. Même si cela constitue une mutinerie vis-à-vis des autorités de la Flotte, nous vous obéirons. Au moins, cette fois, nous savons pourquoi nous nous battons. Mais je vous conseille d'attaquer immédiatement l'autre croiseur qui essaie de localiser le furtif du capitaine Stone.

— Vous avez raison, lieutenant. Ouvrez le feu sur le croiseur ! Et donnez-moi une communication globale.

Lorsque la communication fut établie, Ghalin s'adressa à la fois aux vaisseaux de la Flotte et au cargo de Stone :

— Ici l'*amiral* Ghalin de la Flotte. Le général Curtis est relevé de son commandement. Ordre est donné à tous les chasseurs d'interrompre le combat et de protéger le *Phénix*. La Flotte n'a pas à obéir à des ordres qui émanent du Centre d'Études Spatiales. Capitaine Stone, je vous apporte mon aide. Dites à votre furtif de ne pas attaquer le *Destin*.

La réaction de Curtis fut immédiate :

— À tous les chasseurs ! Détruisez le *Destin*. Le capitaine Ghalin est considéré comme déserteur et doit être abattu. Ceux qui lui obéiront subiront le même sort.

Le sourire moqueur de Stone remplaça alors le visage rouge de fureur de Curtis sur l'écran de Ghalin.

— Vous êtes encore plus fou que moi, amiral. Vous êtes un militaire, pour vous ce sera la cour martiale. Mais j'apprécie votre aide, je suis heureux de voir que je ne m'étais pas trompé à votre sujet : vous êtes un homme d'honneur.

Ghalin sourit à son tour.

— Disons qu'à force de vous affronter, j'ai compris que vous ne pouvez pas perdre. Vous avez toujours un atout en réserve pour renverser la situation lorsqu'elle n'est pas à votre avantage.

Les pilotes des chasseurs avaient un moment hésité entre les ordres de Ghalin et ceux de Curtis, mais le général était officiellement le commandant de l'escadre. Conditionnés à obéir sans se poser de question, aucun pilote ne se mutina.

En voyant la moitié de l'escadrille fondre sur le *Destin* contre lequel l'autre croiseur ripostait, Ghalin soupira :

— J'espère que vous avez une ou deux autres surprises, Stone, parce que même avec mon croiseur nous n'aurons pas le dessus.

— Désolé, amiral. Avec le furtif et vous, j'ai épuisé ma réserve de jokers.

Il changea de fréquence pour appeler le *Shadow*.

— Flamen, donne un coup de main à Ghalin, mais ne réponds pas à la radio pour ne pas être repérée.

La maniabilité du *Phénix* et l'adresse de Stone lui permettaient des évolutions acrobatiques empêchant les ordinateurs de visée des chasseurs de verrouiller leurs missiles sur le cargo, mais leurs canons lasers pilonnaient ses boucliers qui faiblissaient rapidement. Jeff poussa un soupir de soulagement quand une partie de ses agresseurs se détourna pour attaquer le croiseur de Ghalin.

Les chasseurs étant plus maniables que son vaisseau, il était difficile à Stone de les atteindre. Le pilote avait certes l'habitude de combattre des pirates, mais les soldats de la Flotte avaient un entraînement au combat spatial qu'il ne possédait pas.

En voyant deux appareils réussir à se glisser derrière lui et à suivre ses mouvements pour verrouiller leurs missiles, Jeff ricana :

— Vous êtes trop prêts l'un de l'autre, je vais vous montrer un tour à ma façon que l'on n'apprend pas dans la Flotte.

Freinant légèrement, il obligea ses deux poursuivants à se rapprocher du *Phénix*. Quand ils furent à portée du faisceau tracteur que Joker avait installé à l'arrière du cargo, Stone l'utilisa pour dévier l'un des chasseurs sur l'autre. Quand les pilotes comprirent ce qui se passait, il était trop tard pour éviter la collision et le choc endommagea sérieusement les deux appareils, forçant leurs pilotes à s'éjecter sans avoir pu lancer leurs missiles sur le *Phénix*.

Stone commenta :

— Voler en formation serrée, c'est très joli dans une parade, mais c'est une erreur fatale au combat.

Le *Destin* avait l'avantage sur l'autre croiseur, mais l'arrivée des chasseurs renversa la situation. Contrairement au cargo de

Stone, les croiseurs de la Flotte n'étaient pas assez maniables pour empêcher le verrouillage des missiles.

Les treize premiers missiles explosèrent les uns après les autres contre les boucliers du *Destin*, faisant finalement exploser les générateurs du champ de force. L'onde de choc jeta au sol la plupart des hommes d'équipage.

Relevé le premier, le lieutenant Allan annonça :

— Nos boucliers sont hors service, nos canons lasers du flanc gauche sont endommagés et le secteur quatre est en dépressurisation.

Se redressant à son tour, Ghalin remarqua des impacts de missiles contre le bouclier du croiseur qu'il attaquait et comprit que le chasseur furtif venait l'aider.

Songeant au général Curtis qui donnait ses ordres à bord du porteur *Walkyrie*, il évalua rapidement la situation et ordonna :

— Cap sur le *Walkyrie*, vitesse maximale. Isolez le secteur quatre. Aucune manœuvre d'évitement, nous éperonnerons les chasseurs qui seront sur notre route. Tenez-vous prêts à évacuer avant la collision contre le porteur.

— Et les chasseurs qui nous attaquent ? s'inquiéta Allan.

— Ignorez-les ! Notre objectif est le *Walkyrie*. Privée du commandement de Curtis, l'escadrille sera désorganisée.

Flamen hésitait à laisser Stone seul avec le *Phénix* au milieu d'un essaim de chasseurs ennemis, mais elle obéit et fit demi-tour, évitant de justesse un chasseur qui faillit la percuter sans la voir. Détruisant un autre chasseur d'une salve de lasers lourds, elle fonça vers les deux croiseurs en même temps qu'une partie de l'escadrille. Elle n'eut aucun mal à verrouiller ses missiles sur le croiseur attaqué par Ghalin.

Les impacts de missiles se succédèrent et, au septième, les boucliers s'affaissèrent enfin. Arrivant à portée des canons laser, le *Shadow* contourna le croiseur pour attaquer ses propulseurs. Flamen utilisa ses lasers lourds et lança ses trois derniers missiles, détruisant les moteurs de sa cible. Elle reçut alors une communication de Stone qui n'avait rien perdu des mouvements des croiseurs malgré l'intensité de la bataille qu'il livrait à un contre dix.

— Bravo Flamen, tu as immobilisé le croiseur. Laisse-le maintenant, il ne représente plus de menace. Je pense que Ghalin veut percuter l'un des deux porteurs. Suis-le et protège ses propulseurs pour lui permettre de réussir.

À regret, la jeune fille obéit, se mettant dans le sillage du *Destin*. Elle réussit à abattre deux chasseurs placés entre elle et le croiseur, mais quand les autres lancèrent en même temps leurs missiles, elle dut s'écarter pour sauver le furtif, parvenant tout de même à abattre trois des missiles avec ses lasers.

Mais il en restait encore plus d'une douzaine qui percutèrent le *Destin* par l'arrière, faisant exploser ses moteurs. Heureusement l'amiral Ghalin avait désactivé le générateur principal avant l'impact, évitant une réaction en chaîne. Malgré ses moteurs détruits en même temps qu'une bonne partie de sa poupe, l'épave du *Destin* poursuivit sa course en trajectoire balistique vers le porteur *Walkyrie*.

Le général Curtis avait compris trop tard la manœuvre peu orthodoxe de Ghalin, il ordonna donc trop tard la procédure d'esquive. Il n'eut pas le temps d'ordonner celle d'évacuation.

Tandis qu'une petite navette de secours s'éjectait du *Destin*, la proue du croiseur percuta le bouclier du porteur en son milieu. Le champ de protection s'affaissa aussitôt sous l'impact qui freina à peine l'épave. Ayant touché la sphère de protection sur une trajectoire orthogonale, le *Destin* ne put ricocher et éperonna le porteur sans dévier de sa route.

Les deux masses métalliques s'enchevêtrèrent l'une dans l'autre, projetant des débris qui endommagèrent la petite navette pilotée par Ghalin.

Voyant qu'elle ne pouvait plus aider l'amiral, Flamen avait fait demi-tour pour se porter au secours de Stone qui avait réussi à réduire ses adversaires au nombre de sept. Cependant les boucliers du *Phénix* venaient de rendre l'âme et le pilote doutait que le blindage du cargo supporte bien longtemps les lasers des chasseurs.

C'est donc avec soulagement qu'il vit deux appareils de la Flotte exploser consécutivement. Malheureusement les chasseurs qui s'en étaient pris au *Destin* avaient imité le *Shadow* et foncé vers le cargo. Stone comprit que le *Phénix* ne pourrait résister à l'assaut conjugué des quatorze chasseurs qu'il comptait encore sur son écran tactique.

Constatant que le combat l'avait déporté à proximité de la petite lune orbitant autour de Migel 5, Jeff appela la jeune fille :

— Flamen, je vais jouer à cache-cache avec eux derrière la lune. Au passage, j'essaierai de récupérer la navette de Ghalin. Je compte sur toi pour me couvrir.

Fonçant vers la formation qui revenait attaquer le cargo, Stone passa au travers en forçant les chasseurs à s'écarter, réussissant à en abattre un et à percuter l'aile droite d'un autre qui tourbillonna dans l'espace. Le bouclier du chasseur l'avait protégé, mais la violence du choc avait assommé son pilote, ce qui laissait encore douze chasseurs aux trousses du *Phénix*.

Comprenant que Stone ne pourrait pas atteindre la petite lune sans recevoir plusieurs missiles, Flamen résolut de faire diversion. Sans se soucier de débrancher le système de camouflage du furtif, elle activa les boucliers et interpella les chasseurs de la Flotte sur la fréquence globale :

— Bande de lâches ! Venez donc vous battre au lieu de fuir devant une femme !

Pour appuyer ses paroles, elle abattit un autre chasseur. Les pilotes de la Flotte réagirent aussitôt en constatant que leurs scanners détectaient les boucliers du furtif ennemi. Lançant une demi-douzaine de missiles à la poursuite du *Phénix*, ils se désintéressèrent du cargo pour se retourner vers la jeune fille qui se rendit rapidement compte qu'elle avait commis une erreur : les onze appareils qui l'entouraient n'étaient plus des cibles inoffensives mais des pilotes professionnels en colère, brûlant de prendre leur revanche sur le *Shadow* invisible qui avait décimé leur escadrille.

Sur son écran, Stone vit apparaître brusquement un nouvel appareil qu'il identifia aussitôt. Il cria alors dans son communicateur :

— Flamen ! Non ! Camoufle-toi vite ! Tu n'as aucune chance à un contre onze. Les boucliers du *Shadow* tiendront moins longtemps encore que la coque du *Phénix* !

Il voulut faire volte-face pour aller prêter main forte à sa compagne mais ses détecteurs lui indiquèrent que sept missiles verrouillés sur le cargo l'avaient pris en chasse. Volant en ligne droite pour gagner la lune, il avait malheureusement laissé le temps à ses adversaires de lancer leurs missiles.

Estimant qu'il avait une chance de s'abriter derrière les épaves enchevêtrées du *Destin* et du *Walkyrie*, Stone s'y dirigea, repérant la navette de Ghalin. Endommagée, l'un de ses moteurs ne fonctionnant plus, elle ne pourrait pas aller bien loin. Passant à côté d'elle à la frôler, il ralentit légèrement pour la capturer avec son faisceau tracteur, l'entraînant à sa suite. Mais son bref freinage avait permis aux missiles de gagner du terrain et il constata en arrivant devant l'immense amalgame de métal tordu qu'il n'avait plus le temps de le contourner.

Un signal sur son écran tactique attira son attention et il constata que deux missiles venaient d'exploser à l'endroit où se trouvait le chasseur furtif qui s'effaça de l'écran. Mais il n'eut pas le temps de s'inquiéter pour Flamen : les missiles qui le poursuivaient étaient sur lui et, distrait par la disparition du

Shadow, il ne pouvait plus éviter le tas de ferraille qu'il allait percuter.

Il y eut un grincement de métal torturé, suivi de plusieurs explosions. Quand la lueur aveuglante et le nuage de débris se furent dissipés autour des épaves enchevêtrées, il ne restait plus aucune trace du *Phénix*...

Flamen comprit qu'elle était perdue. Malgré son adresse et les lasers lourds du *Shadow*, elle n'avait pu abattre qu'un seul ennemi supplémentaire et l'énergie de ses boucliers baissait rapidement. Soudain deux missiles furent lancés contre elle. Elle exécuta une vrille mais les missiles s'étaient verrouillés sur le champ magnétique de son bouclier. Songeant à Jeff, elle constata avec inquiétude que lui non plus ne pourrait pas échapper aux missiles qui le poursuivaient, puis une violente explosion secoua le chasseur furtif et tout devint noir...

Ayant eu la confirmation que ses deux objectifs étaient détruits, Ernst Palis, le commandant du dernier porteur de la Flotte, rappela les dix chasseurs restants qui réintégrèrent son hangar. Il procéda rapidement à la récupération des pilotes éjectés et prit à son bord l'équipage du croiseur dont les moteurs étaient endommagés. Les soldats du *Destin* et du *Walkyrie* qui avaient pu quitter les épaves dans des nacelles de survie furent également recueillis.

Plus haut gradé survivant de l'escadre, le commandant Palis fit son rapport à ses supérieurs qui déplorèrent la perte de trois croiseurs, d'un porteur et de vingt chasseurs, mais le félicitèrent d'être parvenu à remplir sa mission. Quand il aborda les pertes humaines subies par la Flotte, son interlocuteur éluda la question et il comprit que Ghalin avait eu raison : le général Curtis et la majeure partie de ses hommes avaient trouvé la mort dans la bataille, mais le CES s'en moquait. Les hommes étaient remplaçables et coûtaient beaucoup moins cher que les vaisseaux…

Il ne s'étonna donc pas de se voir refuser l'autorisation d'examiner les différentes épaves dans l'espoir d'y trouver des survivants. Obéissant servilement à ses ordres, il fit passer son porteur en hyperespace pour regagner sa base.

Ayant eu l'assurance que le cargo et le furtif de Stone étaient détruits et donc que Flamen était morte, les autorités du CES ne tenaient pas à voir la Flotte s'attarder autour d'un centre de recherches ultrasecret…

Chapitre XX

Flamen revint à elle avec un violent mal de tête. Il lui fallut quelques instants pour comprendre où elle se trouvait. Le cockpit du *Shadow* ! Elle se rappela les deux missiles qui la pourchassaient, puis l'explosion... Les boucliers avaient apparemment absorbé l'impact, mais ils avaient grillé.

La jeune fille réalisa que c'était cela qui l'avait sauvée : lorsque le champ de force entourant le chasseur furtif avait été coupé, le *Shadow* était redevenu invisible et avait disparu des radars de la Flotte. Ses ennemis l'avaient donc cru détruit.

Elle constata sur son écran que les chasseurs regagnaient leur porteur et elle songea à Jeff et au *Phénix* privé de boucliers avec plusieurs missiles à ses trousses. Elle scruta attentivement son écran, mais il n'y avait plus aucune trace du cargo. Refusant d'admettre la possibilité de la mort du pilote, elle activa la radio... et constata qu'elle ne fonctionnait plus.

Elle vérifia les informations de l'ordinateur de bord et poussa un soupir de soulagement en constatant que mis à part la radio et les boucliers, tous les systèmes fonctionnaient correctement.

Flamen décida aussitôt de se mettre à la recherche du *Phénix* et reprit les commandes, dirigeant son chasseur vers l'amalgame de métal formé par les épaves du *Destin* et du *Walkyrie*, espérant que Stone avait dissimulé son cargo derrière.

Mais elle eut beau en faire plusieurs fois le tour, elle ne trouva aucune trace du *Phénix*. Avisant un large trou dans la carcasse métallique, elle y engagea le *Shadow* et sentit les battements de son cœur s'accélérer en découvrant ce que contenait le hangar du *Walkyrie*. Des larmes de joie coulant de ses yeux, elle contempla avec allégresse le *Phénix* qui flottait dans le porteur, une petite navette de secours accolée à son sas.

La jeune fille contourna le cargo pour se placer devant l'entrée de la soute qui s'ouvrit lorsqu'elle pressa la commande installée dans le furtif.

Au moment où Stone se croyait perdu, il reconnut la porte du hangar du *Walkyrie* devant lui. Ayant eu l'occasion de constater qu'un cargo pouvait entrer dans un porteur, il poussa ses moteurs à pleine puissance et tira de tous ses canons laser sur les fixations de la porte du hangar.

Le nez du cargo percuta violemment la porte métallique, l'arrachant en partie pour s'enfoncer dans les entrailles du porteur, entraînant la navette de secours de Ghalin à sa suite.

Trompés par la masse métallique dont la proximité brouillait leurs détecteurs, cinq missiles explosèrent en frappant la coque du *Walkyrie*. Les deux derniers pénétrèrent dans le hangar, mais l'un d'eux heurta le bord de la porte. Son explosion dévia le dernier missile qui manqua le *Phénix* de quelques dizaines de mètres pour aller frapper l'une des parois intérieures du porteur éventré.

Emporté par son élan, le cargo percuta à son tour une cloison métallique, heureusement peu épaisse, la déchirant pour s'enfoncer dans le porteur. Heureusement Stone avait fait renforcer la proue de son appareil en songeant à la possibilité d'éperonner des pirates s'il lui arrivait d'avoir à combattre sans ses boucliers. Le choc fut rude mais arrêta le *Phénix*, la navette de Ghalin toujours piégée dans son faisceau tracteur.

En grommelant contre les meurtrissures causées par le harnais de son siège, Stone inversa les propulseurs pour s'arracher à la cloison qu'il venait de défoncer, constatant avec soulagement que s'il avait récolté les plus belles bosses de sa carrière aventureuse, le vieux cargo n'était pas trop endommagé. Seuls trois canons laser avaient souffert de la collision.

Stone coupa le faisceau tracteur, libérant la navette. Sans avoir besoin de prendre contact par radio, il constata que Ghalin la dirigeait vers le sas. Il s'occupa des manœuvres d'abordage en songeant à Flamen. Il se souvenait parfaitement avoir vu le *Shadow* disparaître de l'écran radar.

Ghalin fut surpris de voir que le cargo déployait un conduit de transbordement sur son sas, il comprit alors que Stone lui avait menti lors du blocus de Varn 3. En procédant aux manœuvres d'accostage, il ne put retenir un sourire en songeant que le pilote du cargo l'avait trompé ce jour-là, l'incitant à faire entrer le *Phénix* dans le porteur.

Jeff Stone voulut ressortir aussitôt de l'épave du porteur pour se mettre à la recherche de Flamen, puis il se raisonna : le *Phénix* n'était pas en état de combattre les chasseurs de la Flotte, et il n'avait aucun moyen de repérer le furtif, qu'il soit détruit, endommagé ou camouflé. Sortir serait suicidaire et n'aiderait en rien la jeune fille.

Il alla accueillir ses passagers, serrant la main de Ghalin qui le félicita pour ses prouesses et lui présenta le lieutenant Allan et trois autres officiers qui avaient pu prendre place dans la navette.

Le vieil officier regretta la mort des hommes d'équipage du *Destin*, causée par son sens de l'honneur qui l'avait poussé à aider Stone en se retournant contre ses supérieurs de la Flotte.

En voyant l'air sombre du pilote, il devina :

— Le furtif que pilotait la jeune fille…

Stone secoua la tête.

— Je ne sais pas. Le furtif a été touché, mais les senseurs ne pouvaient détecter que le champ magnétique de ses boucliers. Tout ce que je sais, c'est que les boucliers du *Shadow* sont coupés. Peut-être avez-vous sacrifié votre croiseur et vos hommes pour rien… ou peut-être qu'elle va appeler à la radio ou venir ici en cherchant le *Phénix*. On ne peut rien faire d'autre qu'attendre. Faites comme chez vous, je retourne dans le poste de pilotage pour surveiller le radar et l'écran de communication. Vous trouverez dans ma cabine les meilleures bouteilles de la galaxie.

Elles sont à votre disposition. Je ne bois plus d'alcool, ça n'arrive pas à me rendre ivre.

Ghalin hocha la tête, préférant laisser le capitaine seul.

Stone surveilla les instruments pendant plus d'une heure, mais il n'y avait aucun signe du *Shadow*. Leur mission remplie, les appareils de la Flotte se préparaient à quitter le système. Jeff retint un sanglot, ses yeux rougis à force de fixer les écrans laissèrent échapper des larmes trop longtemps contenues.

Sentant son maître malheureux, l'étrange oiseau qui avait adopté le *Phénix* vint se percher sur l'épaule du pilote.

— Flamen, je t'aimais tant… Tu m'avais redonné l'espoir, à tes côtés j'avais repris goût à la vie…

— Craaaâ !

— Je sais, Pik, tu es là. Mais Flamen…

— Fais attention à ce que tu vas dire, Jeff. Je pourrais le prendre mal et te désintégrer !

Se relevant d'un bond qui fit basculer le malheureux volatile, Stone se retourna, n'osant en croire ses yeux en découvrant la jeune fille debout devant lui.

En voyant le visage baigné de larmes du pilote, Flamen murmura, émue :

— Jeff… Je ne pensais pas te voir pleurer un jour… Je suis désolée de ne pas être revenue plus tôt, mais le choc m'avait assommée et la radio est fichue. Les boucliers aussi sont morts, mais le *Shadow* n'est pas trop endommagé. Pardonne-moi de t'avoir fait peur, mais moi aussi je t'ai cru mort…

Se regardant un moment sans pouvoir parler, ils se jetèrent soudain dans les bras l'un de l'autre pour s'embrasser avec passion, indifférents à ce qui les entourait.

Quand Ghalin vint leur parler et les trouva enlacés, il sourit et murmura :

— Excusez-moi, je reviendrai plus tard.

Il se retira discrètement, mais Stone et Flamen n'avaient même pas eu conscience de sa présence…

*

* *

Laissant le *Phénix* dissimulé dans l'épave du *Walkyrie*, le *Shadow* se dirigeait vers Migel 5. Voulant s'introduire dans le laboratoire du CES le plus discrètement possible, Stone avait décidé que les officiers du *Destin* resteraient à bord du cargo et attendraient le signal de Jeff pour venir les chercher. Le pilote avait donné à Ghalin le code de l'ordinateur du *Phénix*, faisant confiance au vieux soldat qui avait prouvé son sens de l'honneur lors de la bataille.

Stone et Flamen avaient emporté un communicateur portable pour remplacer celui du furtif endommagé. Munis de boucliers personnels et de plass, ils étaient résolus à parvenir à la sphère à antimatière, même s'ils devaient pour cela tuer tout le personnel du laboratoire !

En approchant de Migel 5, Stone constata qu'ils auraient eu du mal à trouver les installations, cachées dans une profonde crevasse. Heureusement l'ordinateur du *Phénix* n'avait eu aucun mal à localiser l'endroit précis où se projetterait l'ombre de la petite lune lorsqu'elle serait parfaitement alignée avec la planète et le soleil. Le sol rocheux était d'une couleur violet foncé peu engageante et la planète était stérile.

— C'est encore plus laid que je l'imaginais ! commenta Flamen.

— Tu as passé toute ta vie ici et tu ne savais pas à quoi ressemblait la planète ? s'étonna Stone.

Maîtrisant un tremblement en se remémorant son enfance, la jeune fille secoua la tête.

— Non, j'étais enfermée dans le laboratoire, je n'avais même jamais vu le soleil. Même quand nous sommes partis à bord d'un vaisseau, j'étais consignée dans ma cabine. J'ai vu un soleil pour la première fois sur la station où nous nous sommes rencontrés.

Elle désigna une longue antenne métallique qui surmontait un petit bâtiment carré.

— Ce doit être l'émetteur qui leur permet de communiquer avec les autorités du CES sur Terre. Nous devrions le détruire.

— Excellente suggestion ! Plus tard le CES saura que nous sommes vivants, plus tard il renverra la Flotte à notre poursuite. Ne pouvant établir la liaison avec Migel 5, ils croiront que c'est l'éclipse qui perturbe les communications.

Ajustant la base de l'antenne dans son viseur, Stone pressa la commande des lasers lourds. Deux rayons écarlates illuminèrent brièvement la crevasse et l'antenne s'abattit, soulevant un nuage de poussière brunâtre.

— Pour une arrivée discrète, ce n'est pas très réussi, remarqua Flamen.

— Peu importe ! Regarde, il y a trois navettes posées près du sas d'entrée. Je pense qu'il est plus sage de leur faire subir le même sort qu'à l'antenne.

Quelques minutes plus tard, le *Shadow* se posait à quelque distance des navettes détruites. Vêtus de combinaisons spatiales, Stone et Flamen s'approchèrent rapidement du bâtiment principal. Se retournant vers le chasseur furtif, ils ne le virent pas bien qu'il ne soit qu'à une vingtaine de mètres d'eux, son système de camouflage lui donnant l'aspect des roches qui l'entouraient.

Stone et Flamen virent soudain deux gardes sortir par un sas. Découvrant les intrus, les soldats réagirent aussitôt en pointant leurs fusilasers sur eux. Heureusement les rayons furent stoppés par leurs boucliers personnels, et Jeff riposta, abattant les deux hommes de deux coups tirés par son plass.

Flamen bougonna en montrant le plass qu'elle venait de sortir :

— Tu aurais pu m'en laisser un ! Tu es bien plus rapide que moi.

— Mais ces deux gardes ont réagi encore plus vite que moi. Ce sont certainement des soldats du CIEF. Heureusement qu'ils ne portaient pas de boucliers comme nous.

— Bah ! Je les aurais désintégrés !

— Tu peux lancer un éclair à travers ta combinaison sans l'abîmer ?

— Je ne crois pas. Je n'avais pas pensé à ça. Dépêchons-nous de rentrer dans le bâtiment.

Ils coururent au sas qui leur permit d'entrer dans le laboratoire où une alarme résonnait. Ils eurent à peine le temps d'ôter leurs casques avant d'être assaillis par des soldats venant des deux couloirs. Ceux-là avaient malheureusement des boucliers comme le découvrit Stone, et les leurs ne tiendraient pas longtemps sous les impacts répétés des lasers.

Flamen retira rapidement les gants de sa combinaison et pointa une main sur chacun des deux groupes de soldats. Deux éclairs blancs jaillirent, d'un éclat si intense que Jeff dut fermer les yeux. Quand il les rouvrit, les hommes du CIEF avaient disparu. Seuls deux petits tas de cendres marquaient l'endroit où ils s'étaient tenus.

Stone rattrapa soudain la jeune fille qui chancelait.

— Flamen ! Ça ne va pas ?

Elle le rassura d'un pauvre sourire en s'appuyant sur son épaule.

— La dépense d'énergie m'a coûté une bonne partie de mes réserves, mais je tiendrai jusqu'à l'éclipse.

Le pilote consulta sa montre, les chiffres indiquant un compte à rebours avant l'éclipse d'après les calculs de l'ordinateur du *Phénix*.

— Il faut nous dépêcher, nous n'avons que trente et une minutes pour atteindre la salle de l'antimatière.

Ils s'engagèrent dans les couloirs du laboratoire, au début un peu au hasard, jusqu'à ce qu'ils rencontrent un médecin en blouse blanche qui les renseigna volontiers en sentant le canon du plass de Stone appuyer douloureusement sur son nez. Jeff levait son poing pour assommer le docteur, mais Flamen le devança en l'abattant d'une décharge de plass.

Croisant le regard haineux de la jeune fille, cela l'étonna mais elle lui expliqua :

— Ces monstres m'ont privée d'une famille et d'une enfance normale avant de vouloir m'utiliser comme un vulgaire objet. Je ne voulais pas te choquer…

— Ne t'en fais pas, je te comprends très bien. Avant de repartir, nous détruirons ce maudit endroit avec les savants fous qu'il contient.

Ils parvinrent finalement dans une partie de la construction que Flamen connaissait, elle indiqua à Stone l'ascenseur qui les emporta à l'étage de la sphère à antimatière.

En sortant de l'ascenseur, ils se heurtèrent à un autre scientifique qui ouvrit des yeux ronds en reconnaissant la jeune fille.

— Flamen ! On m'avait assuré que tu étais morte ! Je… je suis heureux de te revoir. Tu…

Un éclair éblouissant interrompit le savant et Flamen rétorqua sèchement :

— Pas moi !

Désignant le sol noirci, Jeff s'enquit :

— Un vieil ami à toi ?

La jeune fille éclata de rire.

— Je te présente Traden, le responsable du projet AM. Je sais que j'aurais dû utiliser mon plass pour économiser mes forces, mais je détestais tellement cette ordure… Je me sens beaucoup mieux.

— Je m'en doute, mais hâtons-nous car nous n'avons plus que seize minutes avant l'éclipse. Nous aurions peut-être dû prévoir une marge de temps plus importante. Je ne savais pas que cet endroit était si grand.

— Ne t'inquiète pas, nous y sommes presque. La salle de confinement est à l'autre bout de ce couloir. Et si nous étions venus plus tôt, les scientifiques auraient pu arrêter l'expérience.

Ils avaient en effet lu le fichier du projet antimatière que Ratnet avait trouvé dans l'ordinateur du CES, découvrant que deux heures avant l'éclipse, l'ordi de la base prenait le contrôle sur le déroulement de l'expérience. Toute intervention humaine à ce moment-là était impossible par mesure de sécurité, l'énergie déployée étant susceptible de détruire la planète !

Ils arrivèrent devant la salle indiquée par la jeune fille, mais deux hommes la gardaient. Comme ils avaient des boucliers eux aussi, Flamen dut les désintégrer pour gagner du temps. Cette fois elle s'écroula : ses forces la trahissaient.

Stone l'aida à se relever, mais dut la maintenir par la taille. Elle se força bravement à lui sourire et désigna la porte.

— Dépose-moi à l'intérieur et attends-moi dehors. L'antimatière bêta me rendra la vie, mais toi tu serais désintégré.

Jeff hocha la tête et ouvrit la serrure magnétique qui bloquait la porte. Ils eurent alors la surprise de voir un homme et une femme qui se tenaient devant l'ouverture de la pièce sphérique. Ils semblaient un peu inquiets et l'homme poussa un soupir de soulagement.

— Ouf ! J'ai bien cru que nous étions enfermés. La porte s'était bloquée et nous ne parvenions pas à la rouvrir.

— Mais... qu'est-ce que vous faites là ? s'étonna Stone.

L'homme montra le balai qu'il tenait à la main.

— Nous nettoyions cette salle, comme nous l'avait demandé monsieur Traden.

Se rendant compte que la jeune femme était enceinte d'au moins huit mois, Flamen devina :

— Jeff... Traden voulaient leur faire subir le même sort qu'à mes parents. Ce monstre...

— Il est mort, maintenant. Il ne fera plus de mal à personne.

En quelques mots, Stone et Flamen leur expliquèrent qu'ils avaient failli servir de cobayes dans une expérience qui les aurait désintégrés. Au début, ils refusèrent de les croire, mais durent admettre la vérité lorsque Flamen désintégra sous leurs yeux le balai que l'homme avait gardé à la main.

Suivant les consignes de Stone, ils s'empressèrent de quitter la zone de l'expérience.

Comme Flamen n'avait plus la force de tenir sur ses jambes, le pilote la prit tendrement dans ses bras et la déposa au centre de la salle sphérique. Un déclic les fit se retourner vers la porte. Elle s'était refermée !

Laissant la jeune fille là où elle était, Stone se précipita à la porte, mais bien entendu elle était verrouillée. Ils étaient pris au piège à la place du couple qu'ils venaient de sauver. Bandant ses muscles, Jeff essaya de forcer l'ouverture, mais même si la porte ne semblait pas blindée, elle était faite d'un alliage très résistant et ne bougea même pas.

Stone sortit résolument son plass et visa la serrure, tirant à bout portant. Mais à sa grande surprise, le rayon ricocha et le frappa en pleine poitrine, l'envoyant à terre.

Flamen poussa un cri angoissé :

— Jeff ! Tu n'es pas blessé ?

Il se releva en secouant la tête pour retrouver ses esprits.

— Non, ça va. Heureusement je n'avais pas désactivé mon bouclier. Mais je ne réussirai pas à l'ouvrir.

— Attends, je vais essayer…

Malgré son état de faiblesse, la jeune fille concentra ses forces pour former une petite boule d'énergie entre ses mains. Les traits crispés de douleur, elle lança la sphère lumineuse contre la porte, mais elle rebondit également à l'intérieur de la pièce. Flamen l'attira à elle pour la réabsorber.

— Je suis désolée, Jeff. Si cette salle a été prévue pour contenir la fantastique énergie de l'antimatière, ce n'est pas avec si peu d'énergie que l'on pourra forcer cette porte. Emmène-moi

268

près du panneau, peut-être qu'en utilisant toute l'énergie qu'il me reste…

Très ému, Stone s'agenouilla auprès de la jeune fille et lui caressa doucement les cheveux.

— Non, Flamen. Je ne veux pas que tu meures. Tes cheveux roux ont déjà perdu leur éclat. Ils sont presque noirs et ta peau est beaucoup trop pâle. Même en te sacrifiant, tu ne réussirais pas à me sauver.

Sans chercher à retenir ses larmes, la jeune fille se serra contre lui.

— Alors je laisserai cette énergie me détruire moi aussi. Si tu meurs, je ne veux pas te survivre.

— Flamen, je t'en prie ! Ne dis pas ça…

— Jeff, dis-moi franchement : est-ce que tu pourrais vivre sans moi ?

— Non, ma petite mutante. Je t'aime trop…

— Pour moi, c'est pareil. Si l'un de nous doit mourir, autant mourir ensemble. Ainsi nous ne serons pas séparés. Jeff… aime-moi.

Il voulut protester puis se ravisa en consultant sa montre.

— Tu as raison, il ne reste plus que quatre minutes avant l'éclipse. Que ce soient tes réflexes de défense qui me désintègrent ou ce maudit laboratoire, ça ne fera pas une grande différence. Profitons des derniers instants que nous avons à passer ensemble.

Ils se dévêtirent rapidement et s'embrassèrent avec passion. Flamen frémissait sous les caresses de Stone. Lorsqu'ils s'unirent, elle sentit une nouvelle fois son énergie bouillonner et chercher à s'échapper de son corps.

Mais cette fois, au lieu de repousser l'homme qui l'aimait, elle se serra plus fortement contre lui, plongeant son regard dans le sien en murmurant d'une voix tremblante :

— Je t'aime, Jeff…

Écartant les longs cheveux de la jeune fille pour la caresser avec douceur, Stone répondit en l'embrassant :

— Je t'aime aussi. Un bref instant dans tes bras vaut mieux qu'une éternité sans toi…

Alors que leurs corps enlacés s'étreignaient, le temps sembla s'arrêter. Un grondement menaçant s'éleva tandis que la sphère de confinement de l'antimatière s'illuminait. En quelques secondes, la formidable énergie de l'antimatière bêta remplit la salle, entourant Stone et Flamen qui fermèrent les yeux…

Chapitre XXI

La prodigieuse déflagration d'énergie s'était dissipée. Ouvrant les yeux, Jeff Stone réalisa qu'ils avaient survécu tous les deux.

— Je suis vivant ! L'éclipse est passée, mais l'antimatière ne m'a pas désintégré !

Les yeux brillants, sa compagne écarta sa longue chevelure rousse flamboyante qui les enveloppait pour l'embrasser tendrement.

— Je t'ai protégé en absorbant toute l'énergie que j'ai pu. Nous ne faisions plus qu'un et... je crois que ton corps a lui aussi absorbé une partie de l'antimatière bêta.

— Tu veux dire que...

— Oui, maintenant tu es un mutant, comme moi. Mais ce n'est pas le plus important : nous nous sommes aimés sans que je te désintègre !

Stone était heureux de voir que la jeune fille quasiment morte d'épuisement qu'il avait déposée dans cette pièce s'était métamorphosée, devenant la magnifique femme rayonnante qu'il tenait dans ses bras. Avec douceur, il la caressa lentement, puis l'attira sur lui en la sentant frissonner.

Mais Flamen l'arrêta :

— Jeff... Tu vas sans doute m'en vouloir, mais il faut que nous partions immédiatement d'ici.

— Ne t'inquiète pas, nous ne risquons plus rien, nous ne sommes pas à quelques minutes près.

Elle poussa un long soupir comme les caresses de Stone se faisaient plus insistantes, mais fit un effort de volonté pour le repousser et expliqua gravement :

— Jeff, l'éclipse a produit bien plus d'antimatière bêta que nos deux corps pouvaient en contenir. Ce que nous ne pouvions plus absorber aurait dû nous détruire comme cela a détruit mes parents. Ce qui m'avait sauvée à l'époque, c'est le volume réduit de mon corps de bébé. Je pense que lorsque ma mère a été désintégrée, elle a pu écarter de moi l'énergie qui aurait dû normalement me détruire aussi, se sacrifiant pour me sauver.

— Je vois, une sorte de réflexe maternel inné qui lui a permis de préserver la vie de l'enfant qu'elle portait. Mais s'il y avait plus d'énergie que nous ne pouvions en absorber, comment avons-nous survécu ?

La jeune fille baissa les yeux et avoua :

— L'énergie venait d'en haut, quand j'ai vu qu'il y en avait trop pour que je puisse la contrôler, j'ai envoyé le surplus vers le bas, lui permettant de traverser le sol de cette salle. Même si les murs sont conçus pour confiner l'antimatière, on peut les désintégrer en canalisant l'énergie sur une surface réduite. J'ai peur que l'antimatière que j'ai envoyée dans le sol ne détruise cette planète…

Comme pour souligner ses paroles, une secousse sismique faillit les faire trébucher. Stone remarqua alors au sol le petit trou circulaire d'où sortait un sourd grondement qui allait en s'amplifiant.

— Je vois… Ce qui va se passer ici sera pire encore que l'explosion de Keval ! Filons en vitesse, nous n'avons plus rien à faire sur Migel 5.

Leurs vêtements, leurs armes et leurs boucliers ayant été désintégrés par l'antimatière, ils coururent à la porte, nus et désarmés. Constatant que la serrure magnétique était toujours verrouillée, Stone s'inquiéta :

— Nous sommes toujours coincés dans cette bulle maudite.

Il frappa rageusement la porte. À sa grande surprise, son poing s'illumina en traversant la serrure, y forant un trou circulaire. Tandis que la porte s'ouvrait, le pilote abasourdi examina tour à tour sa main et la serrure désintégrée.

Flamen éclata de rire.

— Hé oui, Jeff ! Je te l'ai dit : à présent tu es un mutant, comme moi. Ne t'inquiète pas, je t'apprendrai à utiliser tes pouvoirs. Dépêchons-nous d'abord de rejoindre le *Shadow*.

Une nouvelle secousse sismique plus forte que la première manqua les jeter au sol. Se tenant par la main, ils coururent à l'ascenseur tandis qu'une alarme résonnait dans le complexe. Une voix métallique annonça froidement que le secteur 6 était dépressurisé et isolé par des portes étanches. Stone songea que c'était sans doute à cause d'une fissure dans un mur qui laissait entrer l'atmosphère nocive de Migel 5.

Le bâtiment tremblait maintenant en continu et ils poussèrent un soupir de soulagement en sortant de la cabine d'ascenseur. Pendant toute la descente, ils avaient croisé les doigts pour que la cabine ne se décroche pas avant qu'ils en soient sortis.

Malheureusement, un peloton de soldats armés de fusilasers les attendait dans le couloir. Voyant Stone et Flamen foncer vers eux en courant, leur nudité les surprit, mais les ordres avaient été formels : éliminer les intrus.

En voyant les fusilasers, Jeff s'avisa avec angoisse qu'il n'avait plus de bouclier personnel. Seul, il aurait plongé au sol pour éviter les rayons, mais Flamen l'entraîna en courant, fonçant vers les hommes armés comme s'ils n'avaient pas été là. Plusieurs rayons le touchèrent, mais il ne ressentit aucune douleur, son corps et celui de la jeune fille absorbant l'énergie des faisceaux laser pour la renvoyer sous forme d'éclairs blancs qui désintégraient un à un les soldats. Quand ils passèrent à l'endroit où se tenait le commando, il n'en restait que des traces noires au sol.

Au détour d'un couloir, ils tombèrent nez à nez avec le couple qu'ils avaient sauvé de l'expérience.

— Il faut partir d'ici ! s'écria la femme enceinte. Mais pourquoi êtes vous tout nus ?

— Plus tard, les explications ! coupa Stone. Est-ce que vous savez où il y a des combinaisons spatiales ?

L'homme hocha la tête.

— Oui, mais ils les gardent dans une pièce fermée et nous n'en avons pas la clé.

— Nous n'avons pas besoin de clé, assura Flamen. Conduisez-nous !

Stone et Flamen suivirent le couple qu'ils questionnèrent rapidement, acquérant l'assurance qu'hormis eux quatre, tous les gens qui se trouvaient dans le laboratoire étaient soit des scientifiques travaillant sur le projet AntiMatière, soit des soldats du CIEF chargés de protéger les travaux du Centre d'Études Spatiales.

Devant la porte verrouillée, Flamen n'hésita pas et... traversa tout simplement le panneau blindé qui se désintégra à son contact sous les yeux effarés des deux cobayes. Mais des fissures apparaissant dans tous les murs, ils remirent leurs questions à plus tard et chacun enfila rapidement une combinaison spatiale.

Quand ils ressortirent, une faille s'ouvrit dans le sol et ils durent sauter par-dessus, Stone rattrapant de justesse la femme enceinte avant qu'elle ne bascule dans un gouffre dont ils ne voyaient pas le fond.

Courant maladroitement à cause du tremblement de terre ininterrompu, ils atteignirent le sas qui refusa de fonctionner. Les lumières s'étant éteintes, Stone jugea que la centrale énergétique devait être endommagée. Il s'apprêtait à désintégrer la porte mais Flamen l'arrêta d'un geste.

— Non ! Si tu fais ça, tu vas abîmer ta combinaison. Laisse-moi faire.

Elle retira l'un de ses gants, fit jaillir de sa main nue une petite boule d'énergie, puis remit son gant. Contrôlant mentalement la petite sphère incandescente, elle l'envoya contre la porte extérieure du sas qui disparut.

La différence de pression les aspira à l'extérieur. En se relevant péniblement, la femme enceinte constata avec effroi :

— Les navettes sont détruites !

— Oui, mais ne vous inquiétez pas, notre vaisseau est par-là ! cria Stone.

Ils retrouvèrent le chasseur furtif là où ils l'avaient laissé. Stone se mit aux commandes et décolla rapidement. Constatant que la faille dans laquelle était construit le laboratoire se refermait, menaçant d'écraser le *Shadow* entre ses parois comme un simple insecte, Stone poussa les propulseurs à leur puissance maximale. L'accélération les plaqua sur leur siège.

La femme enceinte gémit et Flamen suggéra à son compagnon :

— Essaie d'éviter les acrobaties, Jeff. Je ne crois pas que ce soit très bon pour son bébé.

— Si cette crevasse se referme avant que nous en soyons sortis, je crains que ce ne soit pas très bon pour nous tous, grommela le pilote.

D'une habile manœuvre, il esquiva un gros bloc rocheux qui s'était décroché de la falaise verticale que le chasseur furtif longeait, puis en fit exploser un plus petit avec les lasers lourds du *Shadow*. Les débris qui le heurtèrent secouèrent un peu l'appareil, mais heureusement Stone parvint à sortir de la faille juste avant qu'elle se referme.

Sur l'écran montrant les images de la caméra arrière du chasseur, ils purent voir le laboratoire du CES se faire broyer par les murailles qui s'écrasèrent l'une sur l'autre dans un bruit de tonnerre. Mais la terre tremblait toujours et, tandis que le furtif s'éloignait de Migel 5, ils purent constater que de nombreuses autres failles s'étaient ouvertes dans la croûte terrestre de la planète, certaines étant assez profondes pour révéler les entrailles rougeoyantes de Migel 5.

Inquiet de voir ainsi une planète se déchirer sous ses yeux, Stone fonça vers le *Phénix* aussi rapidement que possible.

Contemplant par l'habitacle transparent sa planète natale en train de se craqueler, Flamen était trop horrifiée pour rappeler au pilote qu'il transportait des passagers. Les visages de ceux-ci viraient au verdâtre, mais pour rien au monde ils n'auraient demandé à Stone de ralentir.

Le *Phénix* avait quitté l'épave du porteur de la Flotte. Le chasseur furtif réintégra sa soute et tous se réunirent dans le poste de pilotage du cargo pour contempler – de loin – l'explosion de Migel 5. La planète se disloqua sous leurs yeux et des débris frappèrent le satellite qui causait les étranges éclipses génératrices d'antimatière bêta. Les débris de la planète et de sa lune se mêlèrent.

Ghalin commenta :

— Bientôt, il n'y aura plus ici qu'un champ d'astéroïdes. Dans quelques années, plus personne ne se rappellera que Migel 5 a un jour existé.

— Moi, je n'oublierai pas l'endroit où je suis née et où j'ai passé mon enfance, soupira Flamen.

La jeune fille avait les larmes aux yeux. Elle se tourna vers Stone et lui prit la main.

— Pardonne-moi d'avoir détruit Keval, mon amour. Je… je ne savais pas ce que tu pouvais ressentir, mais voir ainsi tout son passé anéanti…

Jeff lui sourit tendrement.

— De toute façon, il faut tourner le dos au passé. Lorsque le CES renverra la Flotte dans ce système, il aura la certitude que nous sommes tous morts. Nous n'aurons plus à fuir et nous pourrons enfin vivre librement.

Ghalin s'enquit :

— Mais si vous avez un jour besoin de… recharger votre énergie ?

Un peu inquiet, Stone se tourna vers Flamen.

— C'est vrai, je n'y avais pas pensé.

La jeune fille le rassura :

— Cette énergie est quasiment inépuisable, elle se renouvelle d'elle-même. Si je suis tombée gravement malade, c'est parce que je m'étais volontairement privée de la plus grande partie de mon énergie lorsque j'étais désespérée au point de vouloir mourir. Ensuite, le peu d'antimatière qu'il me restait a servi à sortir le *Phénix* du Nuage des pirates. Mais avec la quantité d'antimatière que nous avons absorbée à nous deux, nous pourrions sans danger faire fonctionner le vaisseau pendant quelque temps !

Stone entra des coordonnées dans l'ordinateur de navigation. Quelques minutes plus tard, le cargo plongeait dans l'hyperespace, abandonnant les débris de Migel 5.

— Où nous emmenez-vous ? s'enquit la femme enceinte.

— Je pense qu'il vaut mieux pour vous aussi que le CES ne vous retrouve pas. La planète Varn 3 me semble un excellent endroit où s'installer. Nous y serons bien accueillis et il y a une plage qui nous attend, Flamen et moi.

En parlant, il fit un clin d'œil entendu à sa compagne qui rougit légèrement.

S'adressant à la fois au couple et au petit groupe d'officiers de Ghalin, il poursuivit :

— Si vous préférez un autre endroit, vous pourrez toujours reprendre un autre vaisseau à Parud.

Ghalin hocha la tête, mais regretta :

— Je suis tout de même triste de quitter la Flotte. Après avoir passé ma vie dans l'armée, je ne sais pas ce que je pourrais faire d'autre.

Stone sourit.

— Si vous le voulez, amiral, vous et vos hommes pourrez sans doute vous engager dans les forces de Parud. Le commandant Kast sera sans doute heureux de compter dans ses rangs des officiers de votre valeur.

Ghalin serra la main de Stone et décida :

— Oubliez mon ancien grade d'amiral, capitaine Stone. Soucieux de conserver ma position, j'ai trop longtemps exécuté aveuglément les ordres du CES. Je préfère que vous me donniez celui de capitaine.

— Comme vous voudrez, mais juste avant, pourriez-vous nous rendre un service ?

— Bien sûr, de quoi s'agit-il ?

— Si je me souviens bien du code de la Flotte, les officiers généraux sont habilités à célébrer un mariage à bord de leur vaisseau…

— En effet, mais…

— Alors je vous confie le commandement du *Phénix*, amiral. Pouvez-vous nous marier, Flamen et moi ? Si elle le veut toujours, bien sûr…

Il plongea son regard dans celui de la jeune fille qui, ne trouvant pas les mots pour exprimer son émotion, passa ses bras autour du cou de Jeff et l'attira vers elle.

Ghalin se racla la gorge.

— Hem… Si mes souvenirs sont exacts, le baiser, c'est *à la fin* de la cérémonie !

Un peu plus tard, Flamen embrassait son mari avec passion sous les applaudissements des officiers de Ghalin et du couple tiré des griffes du CES. En soupirant, l'ex-amiral demanda à Stone :

— Je vous rends votre commandement, capitaine ?

Comprenant que le vieil officier mourrait d'envie de s'installer aux commandes du vaisseau qui avait plusieurs fois défié et ridiculisé la Flotte, Jeff sourit en désignant le noir de l'hyperespace :

— Pas question, amiral. Il fait nuit et c'est notre nuit de noces. Le *Phénix* est à vous jusqu'à notre arrivée sur Varn 3. Veillez à satisfaire nos passagers et n'hésitez pas à puiser dans ma réserve de vins et d'alcools.

Tandis qu'il emmenait sa femme dans leur cabine en la tenant dans ses bras, elle s'enquit en lui soufflant dans le cou :

— Jeff... Tu pensais à une nuit standard ou à la nuit de l'espace qui va durer plus d'une semaine jusqu'à Varn 3 ?

Stone sourit largement avant de l'embrasser.

— À ton avis ?

Flamen éclata de rire et devina :

— Et ensuite nous passerons notre lune de miel sur cette petite plage où j'ai failli te quitter. Quand j'y pense, j'ai été si bête ce jour-là...

— N'y pense plus, nous y fabriquerons de nouveaux souvenirs...

— Mais ensuite ? Que ferons-nous pour gagner notre vie ? Du transport de marchandises avec ton vieux cargo ?

Le ton de la jeune fille indiquait que cette perspective ne l'emballait pas. Stone prit un air rusé.

— Gagner notre vie ? Mais il y a encore une tonne de matronite dans la soute. Même après un passage chez Joker pour faire réparer nos deux vaisseaux, il nous restera encore assez d'argent pour profiter des plus beaux endroits de la galaxie pendant un bon moment. Et avec les pouvoirs que tu possèdes, tu pourrais certainement conquérir la Fédération Planétaire si tu le voulais et régner sur la galaxie !

Flamen éclata de rire.

— Je te signale que tu as les mêmes pouvoirs que moi, Jeff. Mais je possède déjà la chose la plus précieuse de la galaxie.

— Ah oui ? Quoi donc ?

— Ton amour, Jeff.

Stone déposa la jeune fille sur leur lit et déclara, la voix tremblante d'émotion :

— Et moi, je possède le tien.

Passant devant leur cabine, Pik s'arrêta un instant en vol stationnaire pour écouter, puis repartit en lançant un « Craaâ ! » retentissant qui fit sursauter les deux époux...

À toi, lecteur…

Cette histoire t'a plu ? Alors n'hésite pas à envoyer un commentaire à la boutique où tu te l'es procurée. Tu peux aussi écrire à l'auteur à joel.verbauwhede@free.fr pour lui donner ton avis et être averti de ses prochaines publications.

L'auteur

Depuis son plus jeune âge, Joël Verbauwhede est un passionné de lecture, avec une attirance particulière pour le fantastique et la science-fiction. À l'université, il se lance dans l'écriture d'histoires mêlant le fantastique, les arts martiaux et le romantisme. Une seule règle : le nom du héros doit commencer par J...

Parallèlement à son métier d'enseignant de mathématiques, il obtient plusieurs prix littéraires pour ses écrits. Certaines de ses nouvelles sont publiées dans des recueils ou des magazines et un roman de science-fiction parait aux éditions Mille Poètes.

En 2017, il publie ses textes sur Amazon et crée son site Internet. L'enseignement lui a fait prendre conscience du grand nombre d'enfants et d'adolescents dyslexiques pour qui la lecture est difficile, et qui n'ont que peu de livres qui leur sont accessibles. Habitué à adapter ses cours pour ses élèves dyslexiques, il lui a semblé essentiel d'en faire autant pour ses romans jeunesse qui existent ainsi en version « dys ».

Auteur indépendant, il diversifie son activité en publiant ses ouvrages en version numérique pour le kindle d'Amazon, sur Kobo et Fnac.com, puis sur Apple Books et Google Play.

Il crée en 2020 les éditions Mondes Parallèles en s'imposant une ligne éditoriale stricte : chaque œuvre qu'il publiera (jeunesse ou adultes) sera disponible en version « dys », en format broché comme en ebook.

Dépôt légal : mai 2018
Imprimé à la demande par KDP